刺客信条：起源 沙漠誓言

[英]奥利弗·波登 著
夏青 黄培原 译

新 星 出 版 社　NEW STAR PRESS

Assassin's Creed Origins: Desert Oath
Original English language edition first Published by Penguin Books Ltd, London
Copyright © 2017 Ubisoft Entertainment. All rights reserved.
Assassin's Creed, Ubisoft, Ubi.com and the Ubisoft logo are trademarks of Ubisoft Entertainment in the U.S. and/or other countries. All artworks are the property of Ubisoft.
Simplified Chinese edition copyright: 2018 New Star Press Co., Ltd. All rights reserved.
All artworks are the property of Ubisoft.

封底凡无企鹅防伪标识者均属未经授权之非法版本。

著作版权合同登记号：01-2018-6141

图书在版编目（CIP）数据

刺客信条：起源．沙漠誓言／（英）奥利弗·波登著；夏青，黄培原译．—北京：新星出版社，2018.9
ISBN 978-7-5133-3083-1

Ⅰ.①刺… Ⅱ.①奥… ②夏… ③黄… Ⅲ.①长篇小说－英国－现代 Ⅳ.
① I561.45

中国版本图书馆 CIP 数据核字（2018）第 109456 号

刺客信条：起源．沙漠誓言

（英）奥利弗·波登 著 夏青 黄培原 译
策划统筹：陈 曦 贾 骥
责任编辑：汪 欣
特约编辑：贾 衲
美术编辑：张 慧
责任印制：李珊珊

出版发行：新星出版社
出 版 人：马汝军
社　　址：北京市西城区车公庄大街丙3号楼　　100044
网　　址：www.newstarpress.com
电　　话：010-88310888
传　　真：010-65270449
法律顾问：北京市岳成律师事务所

读者服务：010-88310811　　service@newstarpress.com
邮购地址：北京市西城区车公庄大街丙3号楼　　100044

印　　刷：三河市文通印刷包装有限公司
开　　本：910mm×1230mm　　1/32
印　　张：11.25
字　　数：270千字
版　　次：2018年9月第一版　2018年9月第一次印刷
书　　号：ISBN 978-7-5133-3083-1
定　　价：48.00元

版权专有，侵权必究；如有质量问题，请与印刷厂联系调换。

第一部分

第一章

沙漠空寂无垠，只有一座破旧的平顶猎人小屋独自截断了地平线，好似一颗朽坏的牙齿。这地方正合适，埃姆萨夫心想。他把马拴在小屋的背阴地里，然后走进凉爽的室内，埃姆萨夫十分庆幸厚实的土墙挡住了严酷的热浪。

在小屋里，他摘下头上的披巾，打量了一下四周。当然，他并不打算在这里待上太长的时间——屋子里空荡荡的，还有股潮湿的霉味——但尽管如此，这里仍是他心目中的理想地点。

他心中想的是关于死亡的事。他把自己的弓放在地上，从箭囊里抽出一支箭，又将箭矢放在弓旁，他随后把注意力转向一扇小窗，向外眺望着远方的平原。他眯着眼睛盘算了一会儿，仔细端详着各种角度，然后屈膝跪在地上，尝试以不同的视线观察，随后他拿起弓，搭上一支箭练习瞄准。

他满意地把武器放回原处，然后吃掉了从伊普市场里带来的最后一块瓜，随后他安顿下来，等待着他的猎物现身。

在等待的同时，埃姆萨夫的思绪又回到了他留在赫贝努的家人身边。这场离别完全是因为他收到了一封从杰尔蒂寄来的信。信的内容让他深感不安，读完以后埃姆萨夫便立即开始收拾行装。

"有些事我必须去做，"他只能这样告诉他的妻子和儿子，"时间不等人，我会尽快赶回来的。我保证。"

他告诉梅尔蒂他要离开几周，甚至是几个月的时间，他不在的时候，她要好好照料庄稼，踩踏麦粉。他把关照鹅跟鸭子的任务交给了埃贝，让只有七岁的男孩答应帮助他的母亲照顾牛和猪，他相信埃贝会照办的，因为他是个好孩子，他深爱着他的父母，干家务活儿总是非常得勤快。

泪水在他们眼中闪烁，埃姆萨夫发觉自己很难保持镇静，他骑上马，一颗心沉甸甸地压在胸口。"你要好好照料你的母亲，小子。"他告诉埃贝，伸手假装拂去眼角的尘埃。

"我会的，爸爸。"埃贝答道，他的下嘴唇有些颤抖。埃姆萨夫与梅尔蒂交换了一个心碎的微笑。他们都知道可能会有这一天，但即便如此，这一刻还是让他们心神震颤不已。

"为我向众神祈祷。请他们保佑我们全家平安，直到我回来。"埃姆萨夫说道，他说着便调转马头，向西南方奔去。他忍不住回头瞥了一眼，看见他的家人目送着他离去，离别之苦就像一把刀扎在他的心头。

他原本估计从赫贝努到他的目的地会是一场十二天的旅程。他只带了最简要的必需品，乘马夜行，借月亮和星辰来指引方向。白天他放马休息和睡觉，待在笃耨香树茂密的树荫下面，或者是为了躲避危险的烈日待在棚屋里。

有天傍晚，他起身时太阳还没落山，埃姆萨夫眯起一只眼睛熟练地扫视着地平线。在远方几乎看不见的地方，地平线上淤积的热霾中有一点轻微的扰动。他注意到了，但并没有想太多。然而，当第二天他确信自己在同样的时间起来之后，埃姆萨夫在地平线上的光带中，就在跟前一天同样的位置上看到了一个凹痕。毋庸置疑，他被人跟踪了。更重要的是，跟踪他的人是个行家里手。对方显然是在保持固定的距离。

验证他的理论有可能会打草惊蛇，但他不得不这么做。他放慢了脚步。热霾中的标志却始终不曾改变。他冒着灼热的太阳在白天出行，跟踪者也做了同样的事。有天晚上他纵马飞奔，拼命地催马前行。跟踪者看到了他的举动，不出所料，对方也有样学样跟了上来。

这样他就别无选择了。他不得不放弃他的任务，至少暂时放弃——直到他能对那个偷偷跟踪他的家伙做点什么。这个追踪者是什么时候咬在他后面的？埃姆萨夫自己就是个经验丰富的斥候，他一直都很小心。

好吧，他想，我们来想想吧。他是在此行的第五天发现了身后的幽灵，这一点让他颇为振奋，因为这意味着梅尔蒂和埃贝是安全的。不管这家伙是谁，只要对方能够远离他的家就好。他现在要做的是想办法甩掉这个追踪者。

在伊普城外不远的地方，埃姆萨夫遇到了一个小村落。商贩们架起摊位，出售装在高坛子里的油、布、扁豆和豆子。许多商人来来往往，他找了一个往底比斯方向去的商人，给了点钱请他帮忙带个信，还许诺成事之后有更多的报酬。埃姆萨夫买了些粮食，但并没有逗留太久。来往的农人和牛让他想起了梅尔蒂和埃贝，不禁涌起了一阵乡思之情。埃姆萨夫找了个渡口渡过尼罗河，他一路引着他的追踪者，向西部沙漠奔去，一边盘算着他的下一步行动。

两夜后，他来到了平原上的猎人小屋，他随即断定这是埋伏的理想地点。

果然，他的目标出现了——那是远处马背上一个独行的身影，追踪者在热霾中现出身形。埃姆萨夫感谢诸神，太阳在他背后的方向，他弯弓搭箭瞄准了骑手。他注意到对方穿着形状有些熟悉的同一件披肩，颜色和他的马一样。

是时候了。

埃姆萨夫深吸了一口气，箭矢紧盯着他的猎物，他保持着瞄准的姿势，感觉似乎已经过了很久。他得在肌肉的颤抖影响他的瞄准之前射出这支箭。现在就要结束这一切。

他松开了右手的手指。

箭矢射中了目标。远处的骑手从马背上跌落下来，在地面上带起一阵沙尘。埃姆萨夫又搭上另一支箭，他瞄准对方，只要有必要，他随时都可以射出第二支箭，埃姆萨夫盯着对方的身体，寻找生命的迹象。

但他没有发现任何迹象。

第二章

两周前。

杀手在黎明时醒来,随后初升的阳光便透过帘幕倾泻而入,在他眼中亮起白色的火光。过不一会儿,他的房子就会暖和起来,但当他穿起衣服,又从床上扯下披巾裹在身上的时候,却感觉四下的寂静里蕴含着几分清冷的寒意。

他在另一个房间里准备好他最后的面包和水果,开始慢慢地进食,杀手在沉思,他在为即将到来的任务清理脑中的思绪。这花了他很长时间,但他的思想和身体已经准备好了——他的刀锋锐利无比。

吃完饭后他做了最后的准备工作:查阅地图。铜镜中显现出他侧脸上十字交叉的疤痕,他一直用这面铜镜给自己的眼窝涂抹眼影,借此来抵御耀眼的阳光。

伊塞特、荷鲁斯与阿努比斯会对他微笑吗?他寻思着。

时间会证明一切的。

他花了整整三天时间才赶到位于赫贝努的农庄，这是一片建在沙地里的建筑，农庄里有牲口栏，还有一排泛着白光的换洗衣物。自信的杀手藏身在高低不平的沙地后面，他在一簇棕榈树前停下脚步，把坐骑拴在一棵树的树荫下面。他从背包里取出一个皮革水袋，又检查了一下太阳的位置，前进的时候他要确保太阳一直都在他背后的方向，杀手在沙漠里找到一块大小合适的凹地，随后他挖出一个凹坑，自己躲了进去。他把披巾盖在身上安顿下来，默默地等待着。

就在那里。农舍里有了动静，一个男人，不，是一个女人的身影在向水车井走去。她提着一只大水桶，杀手眯起眼睛观察着她走路的样子，女人的动作非常的简练、克制。他看着她装满了水桶，把桶搁在井沿上，然后把双手架在髋部站着等了一会儿。过了一会儿，她把双手捧在嘴边，在微风中呼唤着一个名字。

埃贝！

他的目标名叫埃姆萨夫，他要么是在别的地方——在镇子里照料他没见到的庄稼——要么就根本不在家。农舍里出现了一个男孩的身影，这肯定就是埃贝了。杀手看着两人走去劳作，他们从井沿上提起另一只水桶，然后把它们带回农舍。他们用小一些的水桶灌满了牲口的饮水槽，山羊低下头开始喝水。远处的平原上，他们的观察者也跟着喝了一口水。

他一直待在凹坑里，直到他确信埃姆萨夫并不在这里，农舍里只有女人和男孩，随后他弓着身子爬起来，全速冲刺跑了过去。他气喘吁吁地跑到农舍，背靠在泥砖墙上站着。透过一扇朝向后方的窗户，杀手听见了母子二人进食的声音。他听到了"父亲"这个词。在母亲的回答里又传来一句"很快会回来"。

现在杀手闭上眼睛沉思起来。这是个障碍——一个小障碍，但仍然是个障碍。埃姆萨夫是不是有所警觉了？

不，不是因为他的到来。如果是那样的话，埃姆萨夫会留下来保护他的家人。他肯定是注意到了什么。是为了警告其他人所以才匆忙离开，还是要着手执行什么任务？等他追上埃姆萨夫的时候会搞清楚的，他决定暂时不考虑这件事。

时间，现在时间就是一切，时间是他的敌人。

他脱下凉鞋，踩着滚烫的沙子蹑手蹑脚地在农舍周围移动，杀手俯身从窗户下面溜了过去，直到抵达正门入口。他在门口站好位置，身子紧贴着墙，他仔细聆听屋里的动静，默默判断着男孩和他母亲的位置。他从腰带上抽出小刀，把刀柄上垂下的皮索往手腕上绕了几圈。

他等待着，数着脚步声。

就是现在！

他把门帘推到一边，利落地走进农舍，从背后抓住女人，把刀架在她脖子上，这场短暂的打斗只用了几秒钟就结束了。

在房间的另一头，埃贝也听到了动静，他转过身来，只看见一个脸上疤痕累累的男人拿着一把刀抵着他的母亲。男孩的头发邋里邋遢，他惊恐地瞪大了眼睛。他一只手上拿着一只盘子，盘子里放着一把刀，男孩的目光盯着房间的尽头。

"没有人需要受伤。"杀手说道。这是个谎言，女人的呼吸变得急促起来。"孩子，把盘子放下，手放在肚子上。"

"别这么做，埃贝！"那女人说，她的声音紧张又坚决。

"我可不是在开玩笑，"他警告道，为了表明他的决心，他把刀刃刺进了她的肌肤。她的伤口里渗出鲜血，流到了杀手的手腕上。

"把盘子放下。"他重复道。

"记住爸爸说的话,"女人喘息着说,"快跑,埃贝。从窗户出去。你能跑过他的。他肯定有匹马,找到他的马快跑。"她抬起手抓住他的胳膊,稳住她自己的身体。

杀手摇了摇头。"你敢动一步我就划开她的喉咙。现在照我说的做。"

接下来发生的事情有如电光石火一般:埃贝的手腕一弹,盘子就飞了出去,摔碎在石头上。那把刀出现在他另一只手里,他用食指和拇指捏住了刀刃,手腕一甩,小刀便旋转着向杀手飞了过去。与此同时,男孩的母亲也行动起来,她身子一扭,牙齿咬进了袭击者的胳膊。

埃贝的飞刀扔得不错,可杀手身子一闪避开了,飞刀几乎完全落空,只在他肩膀上留下一道轻微的擦伤。男孩的母亲用胳膊肘击他的肋骨,一次,两次。这种结实有力的攻击相当精明。她也受过训练。现在他别无选择,只能解决他们两个了。他很快就做出了选择,在她试图第三次攻击他的同时划开了她的喉咙,然后就着这个前后摇摆的动作,他把自己的匕首朝男孩扔了过去,埃贝向前扑了过来,显然是想要帮助他的母亲对付他。

男孩离得很近,很容易瞄准。年轻的埃贝紧紧地攥着自己的脖子,匕首从那里插了进去,血液飞溅,然后从伤口喷涌而出,他跪倒在地,随后向一边倒了下去。母与子在石板上紧挨着对方死去。

杀手歪着脑袋,看着鲜血在他的两位受害人之间渐渐汇成一摊血泊,血液混合在一起,慢慢渗透到泥地里。他撇了撇嘴唇,这个简短的动作是他烦躁不安时下意识的反应。他本想留他们再活一段时间,让他好好审问一下。可他们选择搏斗打乱了他的计划。他们以死为埃姆萨夫赢得了时间,甚至有可能是逃跑的机会。

杀手比翁叹了口气,稍稍皱起了眉头。他们真是矛盾。

他一路追踪，跟着埃姆萨夫踏上了通往伊普的路。

他的猎物无疑是个好手。当有车队或者商人经过的时候，他会跟随他们的脚步，而当他自己的踪迹有可能会成为道路上唯一的痕迹时，他又会长时间滞留在野地里。可尽管他怀疑自己被人跟踪了，埃姆萨夫还是花了太长的时间来验证他的猜测，等到他开始行动的时候，杀手已经预料到了他的计划。

当他从远处看到猎人小屋，却没有发现埃姆萨夫的踪迹时，杀手就知道这地方设了一个陷阱。他也会设这样的陷阱。知晓了这一点，也就意味着埃姆萨夫的命运几乎已经注定了。

在靠近麦田离河边有一段距离的地方，他遇到了一个骑着驴的旅行者，驴身上满载着花瓶。他猜测远方那些人影的轮廓是田地里的工人，但他们的距离太远了，看不清接下来会发生什么。

"你好！"旅行者愉快地喊道。杀手跳下马匹向他走去，他把匕首藏在披巾下面看不到的地方。旅行者举起一只手遮在眼睛上方。"我能为你做什——"他开口说道，但这句亲切、愉快的问候他永远也没能说完。

杀手引导着被血腥味吓得烦躁不安的驴，让它继续背着死去主人的尸体折回猎人小屋。在小屋看不见的隐蔽处，他把尸体转移到自己的马背上，用绳索和巧妙的绳结做好了准备工作，绳结会在合适的条件下解开，死亡带来的僵直让尸体直立在马背上，最后，他把披巾披在了尸体上，朝后站了站欣赏他的作品。

马匹带着死去的骑手出发了，与此同时，杀手也开始围绕着小屋前后，从外侧绕了一个大圈。他从远处看见尸体从马背上摔了下来，埃姆萨夫的箭射中了尸体的脖子。

陷阱已经设好了。

过了一会儿，埃姆萨夫俯身从小屋里钻了出来，杀手也从后方靠了过去，他也等待着埃姆萨夫。他用刀从埃姆萨夫的脖子根割断了他的脊柱，让他只能看和说话，随后他蹲了下来，开始问话。

"你们这些人剩下的都在哪儿？"他问道。

埃姆萨夫用会意、悲伤的眼神盯着他，杀手再一次恼怒起来。这一家人都是同样的德行，他清楚自己是在浪费时间。他把匕首刺进埃姆萨夫的眼窝，然后用他的衣服把刀擦干净。在平原上，秃鹫已经开始在旅行者的尸体上停留。他懒散地看着它们，在出发之前稍事休息了一会儿。很快这些鸟儿也会发现埃姆萨夫。死亡与重生，永无止境的循环。

过了一会儿，杀手在埃姆萨夫的行李中找到了徽章，把它放进了自己的背包里。

任务完成了，至少现在是完成了。

比翁舒展身体，做了个深呼吸。他把武器清理干净，休息了一会儿，然后启程去回报任务。他会接到他的下一个指令，去寻找新的杀戮目标，游戏将重新开始。

第三章

那一天——我们的人生改变的那一天——我们就坐在我们最喜欢的位置，背靠着锡瓦堡垒城墙外侧温暖的石壁。我看见那独行的骑手在地平线上闪着微光，但说实话，我几乎没有留意到他。他毕竟只是远处的一个小点，只是日常生活的一小部分罢了，就好像下方绿洲拍打着湖岸的湖水，又或是在种植园的青翠中移动的人群。

而且，我正和艾雅坐在一起，她和往常一样，正在说着亚历山大城，说着她有多么希望有一天能回到那里。我一边听她说，一边看着那个骑手抵达了绿洲的湖岸，即将进入下方的村子。

"你应该去看看，巴耶克，"她说道，她一边说我一边跟着想象，"亚历山大是整个世界交汇的地方，在亚历山大的街头上能听到阳光下的每一种语言，希腊人与埃及人结伴同行，甚至连犹太人也有他们自己的庙宇——来自世界各地的学者在大博物馆和图书馆里学习。有一天你也会去那里的，对吗？"

我耸了耸肩。"也许吧,可我的使命在这里。"

我们沉默了一会儿。

"我知道。"她难过地说。

"你知道亚历山大还做过什么吗,"我说道,试着缓和一下气氛,"我的意思是,除了建造他那座伟大的城市之外?他来过这里,来过锡瓦。他来这里拜访了阿蒙神庙的神谕者。"

在锡瓦我们有两座神庙。其中一座已经荒废了,但另一座就像是城里的又一座小城:阿蒙神庙。

"他怎么会来这里?"艾雅说。

"嗯,"我说,"我听说的故事是这样的,亚历山大和他的同伴们在沙漠里,几乎快要渴死了,这时候他们眼前出现了两条蛇,蛇指引他们走出沙漠,来到了锡瓦。"

艾雅咯咯直笑。"或许他只是来这里朝拜。"

"我更喜欢我的版本。"

"你一向喜欢浪漫的故事。那么,他来这里的时候又发生了什么?"

"他拜访了神谕者。现在没有人知道神谕者具体跟亚历山大说了什么,但他们的会面结束之后,亚历山大就确信他是阿蒙之子,他在孟菲斯加冕成为法老,还征服了许多土地。"

"你觉得这都是我们的神谕者做的?"

"我相信是这样,"我说,"关键在于,我们锡瓦的神谕者从来没有错过,我们的阿蒙神庙家喻户晓……"

"所以?"

"所以它需要保护。"

她低下头,黑色的发辫也垂了下来,她咧嘴一笑。"所以我们又绕回到你的使命了。跟我说说吧,巴耶克,你真的确定你想要追随你父亲的脚步吗?你真的明白吗?你是发自内心的确定吗?"

这是个好问题。

"当然。"我说。

我们沉默地坐了一会儿。"我希望我能更像你这样,"她说,"……满足。"

"难道你不希望是反过来的吗?"我试探着说道,"希望我能更像你一样?"

她并没有回答这个问题。我们就这样坐了一会儿——直到我们的朋友赫波泽法沿着小路朝我们跑了过来。

"巴耶克!巴耶克!"他喊道,"从扎蒂来了一个信使。"

"怎么了?"艾雅问道。她坐了起来,我们的下午被彻底打断了。

"他是来找萨布的。"赫波泽法气喘吁吁地说。

"你说什么?"我听见自己脱口而出。

"萨布要走了,"赫波泽法气鼓鼓地说,"你父亲要离开锡瓦。"

不一会儿工夫,我们三个人就从堡垒城墙上爬了下来,一路跑进了村子,居民们都从他们家里伸长了脖子,用手护着眼睛朝巷子里望过去。

他们都在看着我家的方向。

等我们进了巷子,有个女人看到了我,她跟她的同伴低声说了些什么,对方也朝我的方向看了一眼,然后又飞快地移开了目光。孩子们朝小山上跑了过去,想要知道到底有什么好大惊小怪的。就在我们打算加入这场游行的时候,我看到一个骑手正骑着马逆着人流离去,我突然意识到,原来我看到的那个环绕绿洲而来的人就是从扎蒂来的信使。他有些心不在焉，正在把一袋看起来像是钱币的东西塞进他斜挂在胸前的皮包里，因此当我冲上前拽住他的马的时候，他差点儿惊讶从马上摔了下来。他咒骂一声，捋了捋他的下巴。

"放开我的马。"他警告道，他那双天青石色的眼睛在盯着我看。

"你给我的父亲，镇子的保护人送来了一个消息。这个消息说了些什么？"

"如果他真是你父亲，我相信他会告诉你的。"

我沮丧地摇了摇头，打算换个方法试试。"那就回答我这个问题：是谁发出的消息？"

信使把他的马从我手里拽了过去。"这个你也得自己去问他。"他说，随后他离开了。

镇民们还在继续往我家走去。前方有人在喊着拉比亚的名字，我知道这是为什么：她和我父亲是知己，我们经常发现他们两个在低声交谈，旁人根本听不清他们在说什么。在镇子里的会议上，他俩总能达成一致意见。

"来吧。"赫波泽法说道，他开始往山上走去。

虽然他和艾雅都要往山上走了，我却开始踌躇不前，我很确定我的生活很快就会发生改变，我只想要推迟这一刻的到来。

艾雅转身看见了我的举动。她让赫波泽法继续前进，然后折回来找我，白天的最后一缕阳光照在她身上，当她朝我大步走来的时候，仿佛全身都散发着光芒。

"巴耶克，"她温柔地说，把她的手臂放在我的肩膀上，看着我的眼睛，"怎么了？"

"我……"我开口道，"我不知道。"

她点点头表示理解。"嗯，你不来的话，永远也不会知道的。来吧。"

她俯身向前，嘴唇轻轻贴着我的嘴唇。"要坚强。"她低声说道，随后抓起我的手，一边宽慰着我，一边领着我顺着小路上山，向我父亲准备离开的家里走去。

第四章

　　第二天早晨我醒来的时候，只感觉我的房间里似乎弥漫着一股愁云惨雾。有那么一会儿，我迷迷糊糊地想要挺过这段现实世界与睡眠的世界紧密纠缠在一起的时光。我躺在那里，心里想着究竟出了什么问题，我的世界怎么会突然变得这么奇怪，这么不同寻常。直到……
　　我想起来了。
　　一切都历历在目。
　　我记得我的母亲，她拢着双臂站在暮色里，嘴唇紧紧地抿在一起，双唇几乎变成了白色，眼睛里冒着怒火。我父亲的马就拴在我们房子外面的街道上，他的包已经挂在马上了，光是看到他的包我就有些明白了，现实狠狠地扇了我一巴掌。
　　我和艾雅对视了一眼，她眼神里带着担忧。随后我的父亲出现了，只是一看到屋外聚集的镇民他就停下了脚步，他摇了摇头，继续准备他的行李。"阿赫莫丝。"他说道，父亲在恳求我的母亲。可如果他是想要得到几分理解的话，那这希望显然是要落空了。

拉比亚已经来了。她和我父亲低声交谈了几句，从她的表情判断，我父亲的话并没有哪句能让她满意。她和我母亲的看法显然一致。她摇了摇头，想要说些什么话震住我父亲，可无论她说什么，他都没有理睬她，他拒绝到我们家里跟她密谈，始终坚持他必须立即离开。

然后他准备好了。他亲吻了我的母亲，接着猛地拥抱了我一下，几乎把我肺里的空气都撞了出来，父亲用力地捶着我的背向我道别。

他骑上马，人群安静了下来。

"你发过誓的，萨布。"拉比亚说，可她的话里透着几分冷静，仿佛她已经接受了事情的转变。

"我发过很多誓，拉比亚。"他说。

"现在谁来保护锡瓦？"人群里有人喊道。

"我不在这里，你们反而更安全。"他应声道，说着他勒马调头，动身出发，他选了一条穿过镇民的道路向着绿洲奔去，离开了锡瓦。

我记得他沿着小路向种植园奔去时哒哒的马蹄声，镇民们在道路两旁看着他离开，有人仍苦苦思索着他那句话的意思。在他已经变成了远方的一个小点时，我记得自己正努力理清我心中的感受，但发现根本不能。我从头枕上抬起脑袋环顾着我的房间，仿佛这是一个陌生的地方，我发现我现在还是一样做不到。

母亲已经起来了。她拿着一杯水来到我们家后面，沿着墙壁长着几棵年轻的无花果树，它们高高的枝桠汇成一片树荫，清晨的阳光透过树荫，在小院子里映出斑驳的光影。她蜷着腿坐在那里，亚麻布紧紧地绷在她的膝盖上，她懒懒地握着水杯，杯子眼看着像是要从她手里掉下来。我走过去靠着她坐了下来，虽然她在对着我微笑，可笑容却有些苍白，我不知道她究竟睡了多久。

"他会回来的,"她说,"别担心。"

"那我们怎么办?"

她短短地干笑了一声。"哦,生活还得继续。你只需要等着他回来,我们会开始习惯没有他的生活,然后他会再次出现,把我们的日子弄得乱七八糟。"

"他究竟为什么要离开?"

"我不知道,"她叹了口气,"他不肯告诉我。我看得出来他很担心。"

"这会不会跟门纳有关?"

她回忆着这个名字,目光严肃了起来。她陷入了思绪之中,我一直陪在她身边,让她认真地思索。最后,她摇了摇头。

"如果是的话又有什么区别?"

"至少这样事情就说得通了。"

"我明白了。"她说。她把杯子举到嘴边,然后把它放到了台阶上。"哦,既然这样的话,或许你应该去见见拉比亚。"

第五章

  我的父亲就是那个击败了盗墓贼门纳的人。只有诸神知道这件事我已经听过多少遍了，村里的每一个人无时无刻不在向我强调这一点。
  门纳是谁？这是个好问题。有些人说这个人根本不存在："门纳"实际上是一群人，又或者说仅仅是一个高度组织化的匪帮的名字，他们靠着维持这个邪恶挂名领袖的假象来散播恐怖。
  其他人则说门纳确实是一个活生生的、有血有肉的人，但他实际上并不在自己的匪帮里活动。他们说他已经靠着手下人干的坏事发家致富，变得肥头大耳了。门纳从不离开他在亚历山大的家里富丽堂皇的院子，却操控着匪帮的活动。
  而最为持久的流言，也是我们从小在锡瓦街头谈论最多的流言，则说门纳是真实的，他靠着一套混合了令人恐惧和承诺即将到来的巨大财富的说辞统治着他的匪帮。他们说他的牙齿都是从受害人嘴里拔下来的，他把这些牙齿绑在一起，涂得漆黑，磨得又尖又利，他就靠着这些牙齿让所有用钦佩的目光看着他的人都深感恐惧；他残酷无情，眼中只有金钱没有神灵。人们说他会杀死那些他无法贿赂和对抗他的人——他会杀死他们，他还要杀掉他们的家人，把他们的内脏挂在树上，再把他们剥掉皮的尸体挂在公共广场上，警告那些胆敢违抗他的人。

人们说他是一个恶魔，诸神派他来惩治奸邪，折磨无辜。

门纳就是这么邪恶。

无论事实究竟如何，门纳和他的匪帮总是比一直在追捕他们的士兵要领先几步。他的手下时不时会被抓住一个，在拷打之后，他会被报复性地活活烧死，这样他的身体就无法踏上进入来世的旅程，这是亵渎，就像他自己已经亵渎了许多墓地一样。

但这阻止不了他们。有个拒绝贿赂的官员曾经试图这样做，但却失败了，不久之后他就神秘地死掉了。再多的干预也没能抑制门纳的活动，尽管他的手下遭受了酷刑，但从没有人透露过他的身份或者行踪。所有人都害怕他。

门纳和他的手下最猖獗的时候我还很小，大概只有十岁。我第一次意识到他们真实地存在时，他们对我来说也不过是一则故事，一段传说。他们纯粹只是我父母之间的一个话题，也是当我深夜躺在床上尝试入睡的时候，闯入了我脑海的一段想象。

我所听到的消息是，匪帮正在向北活动。他们打劫了金字塔，同时也在广泛撒网。多亏了像门纳这样的盗墓贼，法老的建筑师开始给他们的陵墓添加更多的陷阱和死胡同，对于那些以盗窃死者准备带入来世的财产为生的人来说，金字塔简直就像是一座火焰熊熊的灯塔。现在就连那些葬在巨大的秘密墓穴中的富人，哪怕他们的坟墓是用石头建造的，面对门纳的劫掠也是不安全的。不过他最喜欢的目标还是那些没那么有钱，但也并不算穷的人，也就是那些在公墓里踏上前往来生之路的人，公墓一般都在靠近村落的地方。这些人都是门纳打劫的目标。

他有一套自己的做法。他的匪帮会伪装成商人，在距离目标不远的地方扎营，但也不会靠得太近。然后他们会渗透到当地社区里踩点，贿赂官员，并且调查那些坟墓，留意墓穴里的通道，设法避开坟墓里设置的陷阱。

他的手法会根据墓地的性质做出改变，不过他的习惯还是直接闯进坟墓，然后把所有的东西都拿走。这样的话，盗墓贼们可以迅速溜之大吉，事后回到他们安全的贼窝里，再把金子从陪葬的摆设里整理出来。

当然，所有这一切引起了我父亲的注意，他是锡瓦的保护人——镇上的治安官——留意门纳和他的匪帮有没有靠近锡瓦是他分内的事。

而在那个时刻，他们确实离得非常非常近。

第六章

　　拉比亚并不在家。我在她家门口坐着等她回来,厌恶着流逝的每一分每一秒,直到最后我终于看到了她,她挎着一篮从市场买来的水果,正在从容地慢慢往家走。

　　"我还在想今天会不会见到你。"她说着从我身边走了过去,话里几乎一点热情和问候的意思都没有。我也没问候就直接跟着她走了进去,我等着她脱下斗篷,放下篮子,然后顺从地等着听她的差遣,她抱着双臂站在那里一直打量着我,时间长得让我感觉很不舒服。

　　拉比亚比我母亲年纪稍大一点,她们俩的性格也有些相似:总是喜欢直言不讳("我很直接,这没什么不好的。"每次我父亲责备我母亲说话太直率的时候,她总会这么说),而且她们总是让人感觉好像她们能够看穿你一样。

　　而此时此刻,我的感觉就是这样。

"我看到了决心，"当这番审视结束的时候她说道，"这很好。我们希望能在锡瓦保护人的血脉身上看到这一点。或许你是想现在就担起你父亲的职责，对吗？现在你父亲已经离开了。"

"也许吧。"我谨慎地说道，不知道她究竟是什么意思。

"你觉得自己距离能够做到这一点还有多远？"她问道。她微微眯起了眼睛，那表情我完全看不透。

"我已经从他身上学到了很多东西——关于求生和搏斗的技巧。"

"求生，"她说，"你不是跟努比亚人学的吗？"

在我还小的时候，努比亚人曾经在我们镇子的郊外扎营。我跟一个努比亚女孩成了朋友，她叫肯萨，虽然她年纪比我还小，却教了我很多关于打猎和设置陷阱的技巧。后来我才发现肯萨教我这些东西是出于我母亲的授意，她认为努比亚人在这方面是最优秀的。

"是的，"我现在对拉比亚说道，"可是努比亚人离开之后，我父亲就亲自接手了我的训练。只有他能指导我关于战斗和保护这方面的事情。"

"当然，"拉比亚同意道，"那么你的训练进展如何？"

她凝视着我，我感觉她仿佛能够看穿我的脑袋，读懂我的想法，因为我的训练确实进展缓慢，出于某些原因，我父亲似乎总是很不情愿。拉比亚和我母亲一直在敦促他训练我，尽管他每一次开始前都是各种各样的"你还没准备好呢，巴耶克"。

是的，我很清楚我的训练要持续很多年——"这是一辈子的事，巴耶克。"这话我同样也听了很多遍——但尽管如此，我还是感觉自己好像只有六岁一样，那时候我的训练才刚刚开始，可现在我已经十五岁了，我的训练却几乎没有取得任何进展。

现在看来拉比亚也是同样的想法。"告诉我，"她说，"你是不是感觉你的训练应该比现在更进一步？"

我低下头，"是的。"我承认道。

"的确，"她微笑道，"你觉得你父亲为什么没有把所有的一切都教给你？为什么你的训练还远远没有完成？"

"我很想知道为什么，"我对她说，"这是不是跟我与艾雅的友谊有关？"

"友谊，"她咯咯笑道，"真是妙极了。友谊？我见过你们两个黏在一起，腻乎的跟船壳上的帽贝一样。跟年轻人的爱情比起来，启蒙教育哪里还有什么机会呢，嗯？"

我感觉自己脸红了，拉比亚咧嘴大笑，这让我感觉更不自在了。"如果他让你觉得这跟你和艾雅的友谊有关，那么他肯定是想掩盖真正的原因。我很清楚这一点。我敢肯定有别的原因。某些其他的因素。告诉我，门纳袭击的那天晚上，你还记得什么？"

"所以这确实是跟门纳有关了？"

"先回答我的问题。那天晚上你还记得什么？"

我看着她。那时候我才六岁左右，可我依然记得当时的每一刻。

入侵发生的那天晚上非常安静。那是一个宁静的夜晚。我躺在床上努力偷听着父母谈话。有人告诉我父亲，镇上出现了一些陌生的面孔。他们自称是商人，却几乎没有买卖过什么东西。他相信这些新面孔是盗墓贼的手下，他们在镇外的沙漠里扎了营，就像门纳的习惯做法。

对于我来说，这样的消息简直是无价之宝。有了门纳即将到来的传言，我突然就变得炙手可热起来，我的朋友赫波泽法和塞内弗（并不包括艾雅，当时她还没有走进我的生活）每天都缠着我询问新的消息：门纳是不是真的打算带着一支盗墓贼大军向锡瓦推进？他那些尖牙的顶端是不是真的都有毒？我享受着他们的关注。身为保护人的儿子当然也是有好处的。

尽管如此，我还是睡得很不安稳。在梦中，我站在岩石前方望着一个山洞，我看见洞里有许多闪闪发光的眼睛，压抑的黑暗中白色的牙齿一闪而过。是一只老鼠，然后是另一只，又是一只。在我的注视下，洞穴里似乎充满了无数起伏、翻滚、油腻的躯体。它们一个个叠在一起，每一个都想爬到最顶端，躯体的形状在不断地变化和膨胀，黑暗中出现了越来越多的眼睛。它们发出的声音，那种窸窸窣窣的刮擦声似乎正变得越来越响，直到……

我醒了。只是老鼠的声音并没有随着我的梦消失。那声音就在我房间里，就在我身边。

那是从窗户传来的。

现在我猛地从床上坐了起来。外面有什么东西，一开始我还以为可能会是一只老鼠，或者……不，老鼠可没有这么大，也许是条狗。

此外，不，狗不会发出这样的声音，狗也不会蹑手蹑脚地走。

有人在外面。我的目光落在了卧室窗户的帘布上，一开始我以为它是在随风摆动，但随后我就看到了手指，是指关节。一只手小心翼翼地伸了进来。

我见到了一个男人的脸和上半身，他小心翼翼地穿过窗孔进入了我的房间。他的眼神邪气逼人，齿间咬着一把弯曲的匕首。

他站起来的时候我已经从床上爬了下来，尽管我本能地想要逃跑，我的大脑在尖叫着让我的腿动起来，但现实是我根本就做不到，我什么都做不了——移动、尖叫、咆哮、任何事——我恐惧得整个人都动弹不得。

入侵者有一只歪斜的眼睛，穿着一件脏兮兮的深色外衣和条纹斗篷，长斗篷几乎都拖到了地上，随着窗口吹来的微风轻轻摆动。他取下咬在嘴里的匕首，咧嘴大笑，但我并没有看见预想中的黑色木头尖牙，他的牙齿很普通——又脏又碎，和我跟我的朋友们在锡瓦街头说起的致命武器截然不同。

他把一根手指放在唇边让我不要声张，我还是想要逃跑，但就是迈不开步子。我一动不动地站在那里，他向屋里迈了一步朝我走来，他手里的刀刃闪着寒光，匕首在朝我靠近，刀光让我目眩神迷，仿佛那是一只膨开头颈，摇曳身形的眼镜蛇。

我张开嘴，或者更准确地说，是我感觉自己张开了嘴，我知道自己已经迈出了重要的第一步。我的意志告诉我，只要我能做到这一点，那么我肯定也能强迫自己发出一声尖叫。

只要我能战胜我的恐惧。

他又靠近了一步。他的手指还放在唇边。我能听见屋外传来低语声和沉闷的脚步声，有更多的人来了，我想到我的母亲和父亲正在别的房间里睡觉，我很清楚他们面临的危险。

现在，我终于感觉自己酝酿的尖叫声已经涌进了嗓子眼，眼看着就要从我嘴里喊出来。

就在此时，我父亲走进了我的房间，他在我身后大喊起来。"我明白了！"他咆哮道，"所以你的主人想要让我闭嘴！"

他的话立刻有了效果。入侵者向后退去，他脸上的笑意不见了，他大喊道："进攻！"同时向前冲了过来。

我转过身来看见我父亲身后的门廊里又出现了第二个人。"爸爸！"我喊道，我父亲身子一转，用他的剑迎上了新的入侵者，他首战告捷，手腕一转便娴熟地杀死了袭击者。他单膝跪地，身体一跨重新面对前方，他的剑刃划出一道弧线，挡住了第一个入侵者的攻击。

我依旧站在那里动弹不得，只感觉到温热的血滴溅在了我的脸上。

斜眼的入侵者完全跟不上我父亲的速度，他只能飞快地退后了两步，突然袭击的优势已经化为乌有，他的匕首面对我父亲的剑根本毫无价值。与此同时我父亲伸手拉住了我，他抓着我的胳膊把我拉向门口，我在门口一个踉跄，就摔在了第二位入侵者的尸体上。

我母亲在我身后的屋子里大喊道："萨布！"我父亲转过身来，拽着我站起来，把我一起拖进了屋里。

屋里有很多坐垫和凳子，我母亲就在这里，她手里攥着一把滴血的面包刀，眼中流露出一种非常黑暗、危险的神情，在她脚边正躺着一具尸体。

房间里还有另一个人。第四个人匆忙穿过房门，他举起武器，龇牙咧嘴准备发动攻击。我母亲唤我过去，我朝她跑了过去，我父亲就在此时朝着两位入侵者冲了上去——"阿赫莫丝，带巴耶克去安全的地方！"他喊道，他的剑悄悄地一摆。

只一瞬间，两个袭击者中已经有一个尖叫着倒在了地上，他的内脏从敞开的腹部流了出来，另一个入侵者大声咒骂着，他们的刀剑碰撞在一起，荡起一声铿锵的钢铁交鸣。我母亲拖着我向卧室走去，我看着父亲俯身旋转，他双手握剑又对上了另外两个拥进我们家的入侵者。利刃劈砍而过，在空气中洒出无数血沫。他脸上的表情几乎是平静的，在那一刻，尽管我们被杀手们重重包围，但我却有着无与伦比的安全感。

这种感觉渐渐消失。母亲和我刚冲进卧室里，就发现另一个从窗户爬进来的入侵者站了起来。"小菜一碟。"他说着咧嘴一笑，拿起他的刀就要动手，但这就是他最后的遗言了，因为我母亲果断地两步上前，把面包刀猛刺进了他的胸口，他甚至还没能把他的刀掏出来。

"他说得没错。"他倒地的时候她说道,随后她指着睡席,"待在这里。"接着她举起小刀,背靠着墙站在窗户旁边,扭着脖子查看屋外的情况。她满意地发现外面并没有人,于是她迅速走到门口,优雅的衣裙在地板上刷刷作响,和她手上血迹斑斑的小刀形成了鲜明的对比。

门口有了动静,她看到一道阴影正在移动,于是她举起小刀,准备再次保卫自己,只是看到是我父亲她才放松了下来。他的肩膀上下起伏,身上满是血污,看上去十分疲惫,但他还活着。而在屋外我们起居室昏暗的灯光下,我能看见地上有许多参差不齐的形体:那都是倒在我父亲剑下的入侵者的尸体。

"你没事吧?"母亲问道,她走到父亲身边,用手抚摸着他的束腰外衣,检查在血迹斑斑的布料下的伤口。

"我没事,"他说,"你呢?巴耶克呢?"他越过她的肩头,意味深长地望着躺在他们卧室里的尸体。

"我们都没事。"她对他说。

他点点头。"我很抱歉,可我得走了,"他说,"他们肯定会袭击神庙寻找古董、金子、祭品——任何他们的脏手能拿走的东西。他们不害怕诸神,也不在乎会不会冒犯到神谕者。我得阻止他们。"

"会不会有很多人?"她问道。

"我估计大部分都是些劳工,他招募的那些手艺人。他把战士都派到这儿来对付我了。他们指望我现在已经死了。"

在警告我们要警惕之后,他离开了,房子里突然安静了下来——我们家里似乎到处都是尸体——我母亲靠着墙坐了下来,低下了头。她揉搓着双手,仿佛在清洗一样,我意识到她是因战斗结束而颤抖,可她也知道可能还会有人来这里,她也许还得继续战斗。

我想起她走向入侵者然后捅了他——毫不犹豫,毫不动摇。那天晚上是我第一次看到我的父母杀人。但我有种感觉,我一直看着我的父亲履行着他的工作,而且他做得很好——那种强烈的被保护感一直陪伴着我——我的母亲似乎也因此而改变了,仿佛知道为了保护她自己和她的家庭,她究竟能做到什么地步。这些年来我经常看到她端详自己的双手忧郁地沉思着什么,却又奇怪的十分平静,我不知道她是否是在回想着那天晚上。

不过,我当时走了过去,坐在她身边。那段时间我们就坐在地板上互相安慰着对方,直到她振作起来,起身去告诉其他人发生了什么。

我说完了我的故事,木然地沉浸在记忆里。

"你父亲挫败了暗杀,拯救了神庙。"拉比亚说。她一直在剥一颗椰枣,现在她把椰枣丢进了嘴里。"当然,我并不在场,不过根据他告诉我的情况,当时匪帮确实已经开始袭击神庙,许多在神庙工作的人都遇害了。他们会把那个神圣的地方洗劫一空,甚至还有可能会杀死神谕者,如果你父亲没有现身拦截的话。"

"门纳在那里吗?"

"你父亲没跟你说过?"

"没有,他从没说过。"

"是的,门纳就在那里,但是他跑掉了。"现在拉比亚看起来若有所思,仿佛她要在开口之前好好想一想。"那一夜改变了你父亲的一切,"她最后说道,"他透过自己所爱之人的眼睛见证了那个暴力的夜晚,他不仅开始质疑他自己的道路,也开始疑惑你命中注定要追随的人生。他为你担惊受怕,变得不愿意训练你承担身为保护者的重任,他开始说想要保护你不再受到暴力的威胁。他说你还没有做好准备,那只是他的借口——只要能不再训练你,任何借口都可以,我们告诉过他,阿赫莫丝和我——可他还是那样说。"

"我一直都准备好了。我只想追随他的脚步。"

拉比亚严肃地扬起一只眉毛。她仔细地端详了我一会儿,又用她那种仿佛无所不知的敏锐眼神打量着我,这副表情她实在是驾轻就熟。

"真的吗?那你是怎么表现出这种渴望的?你打算怎么协调你的两种生活:你和艾雅的这份'友谊',还有你身为锡瓦保护人的未来?她想要回到亚历山大怎么办?你采取了哪些步骤来让你父亲相信你是追随他成为保护人的合适人选?让他相信你无论如何都会留在锡瓦?"

"我希望我能做到……"

"你希望!"她朗声大笑,"这不够,还有别的吗?"

我扭了扭身子,意识到这是一场无关拳头或者武器的战斗。

"我是个孝顺的儿子。"

她翻了个白眼,对我嗤之以鼻。这个答案也不合格。

"还是不够,还有吗?"

我摇了摇头。"我想知道,他究竟做了什么来判断我是不是适合守护锡瓦?"

"他心中充满了疑问,巴耶克,"她说道,她的语气严厉又冷淡,"关于你,关于他自己,关于为何而杀戮,还有他为你规划的人生。他需要确信它。说到底,你真的确定你想要追随他的脚步吗?"

我翻了个白眼。

"怎么了?"她严厉地说。

"艾雅之前跟我说过同样的话。"

拉比亚的表情闪烁了一下,很短暂,但我看得出来她对艾雅的赞赏。我不知道她对艾雅的梦想、我的梦想,还有我们的梦想如果有一天发生冲突时是怎么想的。

"你怎么回答的?"

"我说是的。"

"啊,但那是过去,那时候你父亲还在锡瓦。你现在怎么想?"

如果艾雅要离开这里去亚历山大呢?这句话她没有说出口。

"我以前是这样想的,现在我依然是这么想的。"

我的语气很肯定,我挺直了腰背,目光坚定地说出了这句话。它已经不再是一个孩子的梦想。我无法想象自己这辈子还能做些什么其他的事。

"他需要看到这一点。也许到那时他就会改变他的想法。"她恼怒地摇了摇头,说了些我以前听我母亲也说过的话。"也许你们两个都需要把脑袋好好敲一敲。"

我把一只拳头放在胸口。"那么他并没有看清我心里有什么。"

"也许是他看到的太多了。"拉比亚简单地说。

这并不是我所期望的回答,这让我有些慌张起来。倘若这是一场战斗,那么此时此刻获胜的人肯定是拉比亚。但我已经习惯了和艾雅辩论,每当她和我分享她的研究成果时,我们都会一起争辩历史和哲学。"你这话是什么意思?"

"他心存怀疑,"她重复道,回避着我的问题,"也许他看到的东西对他来说太过重要。也许这就是为什么他没有看到你有一颗狮子的心。"

我机警地看着她问:"但是你可以?"

她点点头说:"没错。我在你身上看到了一位保护人的雏形。"

"可他为什么看不见?"

"或许他看到的只是他的儿子,仅此而已。"

"他为什么要离开?"我换了个话题问她。也许现在打个伏击会有效果,"这是不是跟门纳有关?"

她考虑了一会儿,她的嘴唇微微翕动,仿佛正在试着从牙齿里剔出卡住的椰枣。"事实上我也不知道。"

"可我看见他跟你说话了。他小声跟你说了什么。他把那个消息告诉你了,对吗?"

她摇了摇头,沮丧的表情一闪而过。"他并没有告诉我。他只是说他不能让我知道这件事情,对我来说这太危险了。"

我把手放在头上。"那我还站在这里干什么?我得马上出发去追那个信使。"

"信使?"

"只有他能告诉我们那个消息的内容。"

她举起一只手,突然笑容满面,尽管她的神情里依旧隐藏着忧虑。"等等,事情没这么简单。你想让我留下来面对你母亲?"

她和母亲通常是盟友,可是当她们意见不一致的时候……关于她们那些史诗般的唇枪舌剑之争,我们私下里悄悄流传着许多传说。

"此外,"她继续说道,"还有些事情你应该知道。那天晚上——"

"不,不要再说了。我必须得走了。你可以稳住我母亲的,对吗?"

拉比亚看着我,她扬起眉毛,脸上一副怪相。

"但愿如此。"

第七章

"不,他不能走。"

我母亲双手叉着腰,她来回看着我和拉比亚,气得脸色通红。她和拉比亚一直是朋友,但就目前而言,这一点并没有起到什么作用。

"萨布训练过他,他跟努比亚人学过怎么求生。"拉比亚坚持道。她双手紧握在背后站在那里,努力保持着镇静。

"可他的训练还没有完成。萨布不是说过吗?"

"这也许可以帮助他完成训练,阿赫莫丝。"

我母亲冲她发起火来:"你是不是有什么目的?"

"不!"拉比亚坚持道,尽管我看到她眨了眨眼睛。"我这都是为了你们家和锡瓦。"

母亲皱起了眉头。"哼,不过也许不是这个顺序吧。"她这话已经不是在责备,而是一种变相的承认——她已经了解并且接受了。"你都跟他说了些什么?得了吧,跟我具体讲讲你昨晚到底都跟巴耶克说了什么。"

"我跟他说的就是萨布说过的话。我们最好不要知道他为什么会被叫走，这件事太危险了。"

"肯定还有。他肯定跟你透露过更多。"

拉比亚挺直了肩膀。我看见她在背后握紧了双手。"我没有跟你撒谎，阿赫莫丝。"她简洁地说。

我敢说我母亲已经意识到她有点过分了。我介入进来，准备给她们俩一个各退一步的理由。"没事的，"我对她们说，"母亲，拉比亚。他离开的原因并不重要……我已经决定好了。"

她们都把目光转到了我身上：拉比亚十分镇定，我母亲难过地摇了摇头——她们俩都知道我要说什么。

"我要去。"我告诉她们。

"等等，"我母亲赶紧说道，"等等。我想你父亲并不希望你这样做。"

"在这个问题上，也许萨布的判断并不是最准确的。"拉比亚带着嘲讽的表情说道。

我母亲把肚子里的话咽了回去，然后慢慢地点了点头。无论拉比亚究竟是什么意思，我母亲已经听懂了她的话，尽管我还是一头雾水。"拉比亚，也许你也该回家了，让我跟巴耶克谈谈。"她冷静地说。

拉比亚没有提出异议，她知道我母亲已经做出了决定。她们互相看着对方，两人的表情瞬息万变，接着，拉比亚用一种别有深意的眼神看着我，然后她离开了。

"你还没做好准备。"我母亲低声嘀咕着，但语气并不太肯定。听到她说这话实在有些奇怪，通常这么说的人都是我的父亲。她和拉比亚一直都支持让我接受训练成为治安官的想法，尽管我的父亲对此很是生气。

"照这样下去，我永远都不可能准备好，"我沮丧地对她说，"我想去。"

"我帮你训练的时候想的可不是现在这样的情况。"她叹了口气，摇了摇头。

"我想没有人能想到现在这个情况。"我有些恼火，但并不是在生我母亲或者拉比亚的气。我气的是我的父亲，气他就这样不容分说地离开了，而命运就这样把这种事带进了我们的生活。

她不自然地笑了笑。"你瞧，你好好地考虑一下，这是我唯一的要求。今天晚上你好好地想清楚，如果到早上你还是想去，那我也不会再阻止你。"

那天深夜，我躺在垫子上想要入睡，却怎么也睡不着，我聆听着夜晚的声音，直到母亲出现在我的门口。

"恐怕连神庙里都能听到你叹气的声音，"她轻声说，"你没有改变主意，对吧。"这更像是一个陈述句，而不是一个问句。

我点点头。

"那你现在就该走了，"她叹了口气，"趁着天气还凉快，趁锡瓦还在沉眠——而且我的主意还没变。"

她递给我一个旅行背包，里面有什么东西我都猜得出来：一个水袋和一些食物，足够让我的旅程有一个坚实的开端，直到我不得不开始打猎求生。

"就算你改变了主意也没用。我已经下定决心了。"

"我知道，我知道。你就跟他一样固执。"

她转了转眼珠，我克制着自己想去提醒她的冲动，我这份顽固可不单单是从我父亲身上继承下来的。

"要不要告诉艾雅？"我母亲问道。

"你觉得她会理解吗？"

"我想她会的。"她淡淡地一笑，尽管她明显对我的离去很是担心，但我也看得出来她对艾雅很赞赏。

"你觉得说再见很难吗？"

"怎么可能。"

"你自己决定吧。"她说着就离开了房间，留下我自己收拾东西，我把皮带扣在身上，又在手腕上挂了一个袋子，往里面丢了一小包硬币，这是我毕生的积蓄，这都是我做家务和在村里打零工攒下来的，带着我挣下的每一枚硬币——我希望这就够用了，足够我在旅程看清我自己。

我道了别。母亲紧紧地抱了抱我，然后让我快走，她把我赶出门外，眼中含着泪水转身离去。

我站在荒凉寂静的街道上，挂在绿洲之上的月亮冷漠地看着我，我背起背包向我们家边上的马厩走去，我的马就在那里等着我。

我骑马离开了镇子，这条路会带我经过艾雅和她的姑姑荷丽忒住的地方。有许多个夜晚，我来到她的窗前，低声呼唤着她的名字，激动地看着她爬出窗户，我们一起聊天，手牵着手在星空下接吻。

这一刻我不知道自己是否真的能忍心就这样离开艾雅，我对她一见钟情。那时的我，是一个锡瓦的小男孩，镇子保护者的儿子，一个自命不凡的小子；而她，来自亚历山大的女孩，随时准备着要挫挫我的锐气。

她会理解的。她和我都是在等待着的人：我等待着开始接受我的使命，而她等待着被召回亚历山大和她的父母一起学习。她知道我会离开，因为我必须追随我的道路。

可是不告而别?

我自私地选择了离开,因为我无法面对另一个选择。

"对不起。"我轻声说,在这寒冷的夜晚,这句话就像落石一般清脆。

第八章

　　前往扎蒂的旅程带着我穿越了红土地的沙漠。为了给自己保暖，我在夜里扎起营帐，又堆起石块来防风，我发现夜晚的平原是这世界上最寂寞的地方，只有秃鹫的叫声与我相伴。我思念着艾雅，我告诉自己，我要向艾雅证明我自己。这就跟我要向我的父亲、我的母亲，还有拉比亚证明我自己一样，我回首过去，正是这样的念头在敦促着我前进。

　　至于饮水，我做了一个蒸馏器。我先在地上挖了个洞，然后在上面盖上一块布，利用阳光在布的底面凝出水滴。我从找到的植物茎干里吮吸水分，为了尽量保存自己的体液，一直保持着稳定的步伐前进，通过鼻子呼吸。这些都是肯萨，还有我的父亲教给我的。在成长的岁月里，艾雅和我一起旅行，一起搭建小屋、一起打猎和觅食，我把我学到的忠告都教给了她："你得在上风或者侧风向打猎。最理想的时间是在拂晓的时候，这时候动物都在巢穴外面……"

多亏了我的导师，我知道该寻找什么样的痕迹和迹象；我知道哪种粪便象征着哪种动物；我知道如何在血肉温热时给它们剥皮，还有如何去除会产生气味或者让肉变质的腺体；我知道该从哪里下刀，如何小心地避免划破胃和消化器官。

我用沙漠灌木点火来烹制我的猎物：兔子、鼠类、野山羊、野猪。"你没法儿给野猪剥皮，巴耶克。先把内脏掏干净，然后把野猪毛烧掉。"我记得我的导师们告诉过我，肝脏不能煮得太多，肾脏是很好的营养来源，但需要煮沸。心脏要烤熟，肠子也要煮沸才行。从兽脚上刮下肉筋，把舌头和骨头煮开，留下脑子来加工兽皮。我用内脏重新布置陷阱，饮用兽血获取营养，吮吸眼球来补充体液。

我的第一把武器是一把弹弓，但最令我自豪的武器是我的弓。这把弓是我在度过了此行最艰难的那段旅途之后做的，取材的地方靠河流很近，土地肥沃。我在这里发现了一棵紫杉树，从树上砍下了一段柔韧的枝条来做弓材。

"这里，像这样握住弓材的尖端。这是你的臂长，你的弓就应该有这么长。"我的父亲告诉过我。

他向我展示过要怎样剥树皮，如何把弓材两端削成锥形，把弓材末端削出形状，刻卜挂弦的凹槽，再用猎物的动物油脂打磨光滑。我用生皮制作弓弦，然后在弓材的尖端缠上荨麻茎干来加固挂弦的绳结，并上紧弓。

笔直的西卡莫无花果树木条最适合制作箭矢。我还把我见到的每一根羽毛都收集起来存放在袋子里，用它们来制作箭翎。

我独自待在平原上制作我的弓，心里思念着所有人——肯萨、我的父亲、我的母亲和拉比亚、赫波泽法……艾雅——我不知道自己何时才能再见到他们。如果我还能再见到他们的话。

第九章

  我终于穿行在了尼罗河岸苍翠壮丽的胜景之中。此前，我举目四望，到处都是干旱的沙漠，而现在我四周却都是农场、茂密的树林、种植园和野生动物。我不再是孤身一人。到处都能看到其他的旅行者、商人、劳工、农民，我甚至还见到过一支祭司的队伍。

  然后是这条河：伟大的尼罗河，河水的起伏主宰着两岸居民们的命运。当高原的积雪在年中的几个月融化时，洪流便会沿着河岸送来一层厚厚的淤泥，这就是阿赫特洪水季——人们感谢哈比神为大地赐下祝福，为他们和他们的家人送来生产食物的肥沃土壤。尼罗河是他们的生命，他们的源泉。他们从河中取水，用河水产粮，靠河流出行；他们靠着河水的泛滥种植庄稼，维持生计。

  当然，这些都是我已经知道的事（我痛苦地意识到，这些都是艾雅告诉我的）。在我家乡的神庙里有着无数关于尼罗河的图画，这也意味着我在脑海里已经形成了一幅关于大河的印象，我一直都知道尼罗河是非常宏伟的。但尽管如此，亲眼看到尼罗河还是完全出乎了我的预料。它是如此地广阔，在蜿蜒曲折的河道里，忙碌的船只穿行不息，巨量的河水以缓慢又庄严的气势流淌远去，仿佛它是在以慵懒的态度回应着稠密而潮湿的气息。

我几乎无法移开我的视线，我一路穿过被洪水泛滥染上绿意的土地。水中有许多长满了芦苇和棕榈树的岛屿，到处都是船。有些船庞大又奢华，巨大的绸帆在微风中轻轻摆动，发出击鼓一般的响声；其他那些单人的小船都不是用木头制造的，而是用芦苇编成的。渔民用长杆推动他们的小船前进，在河面上撒网。我看到水鸟，还听见了它们的鸣叫。然后我平生第一次见到了圣鹮，这些伟大的涉水鸟有着下弯的喙，长长的脖子和腿。它们站在浅水里，似乎默许了船只上的人类，在岸边戏水的孩童，还有田野里的牛的存在。

又是一个第一次：一只河马，这种伟大的野兽激起了我极大的恐惧与尊敬，让我想起了女神塔沃里特。我看着它的鼻子从水面上探了出来，它也在看着这一天慢慢过去。

我终于抵达了扎蒂郊外，我决定把心思放在手头的工作上。再次置身在人群之中，我才感受到这一切有多么地不同。独自待在沙漠里的时候，我感觉自己渺小又脆弱，有时甚至会感到害怕。而现在城里熙熙攘攘的景象却给予了我一股力量，这是一种和锡瓦带给我的感觉截然不同的安全感，在锡瓦人人都知道我是保护者的儿子。而在这里我却是一个匿名者，这让我的胆子大了起来。

我找了个地方把马拴起来，从包里拿出一枚硬币付给一个男孩，然后出发去欣赏这座城市。

我在货摊之间漫步，在镇民之中穿梭，我努力忍着不要傻乎乎地瞪着别人，也时不时停下脚步欣赏这些商品。

扎蒂的街道比我在锡瓦见到的要窄。他们这里的商店有百叶窗和五颜六色的遮阳棚。我触目所及的是一条又一条的街道，左右都是岔口，先分出一条岔道，然后又分出另一条……这样可以拖慢入侵者的速度，艾雅曾这样告诉过我。

哦！

我停下脚步。因为我突然意识到这样很容易迷路。想想看，你拴好你的坐骑，然后出发去探险。接下来你就会发现，你已经忘记自己的马在什么地方了。

就在我四处寻找熟悉地标的时候，我突然瞥见身后有动静。虽然我并不是很肯定，但那看起来像是一个小孩——一个不想被人看见的小孩。

我对自己的行为举止掌控得很好，所以我继续往前走，然后在街巷更远处的一个货摊前停了下来，开始欣赏这里的货物。这个特殊的货摊售卖各种刀具，所有这些刀都比我从家里带来的那把更适合用来作战。

我对其中一把刀特别中意。所以我掏出钱包买下了它，但在把新买的小刀塞进腰带之前，我又假装最后检查了一次小刀，接着我用它来观察身后的情况，我再次在其他购物者的腿之间见到了动静。或许这个街头流浪儿是盯上了我的钱包？

下一个货摊售卖的是各类珠宝。我拿起一条抛光的领圈，再一次调整角度来观察身后的街道。我先看到了自己的脸，我脸上胡子拉碴，沾满了沙漠的尘土，然后……

在那里！

我通过反光看到了他。那是一个男孩，年纪比我小。他穿着一件和我差不多的束腰外衣,只是没有我挎在胸口的那些皮带。

问题在于,他为什么要跟踪我?他想干什么?

时间会说明一切的。

第十章

我继续前进,引着那个男孩来到了一处广场。广场周围的墙边排着几列石凳,不少顾客正围着贩卖食品和雪花石膏罐子的货摊转悠,枝叶低垂的杏树为他们遮蔽了阳光。我买了块沾满麦籽的蜜糕,然后在一张嵌花桌边坐了下来,开始等待。

好了,快现身吧,小老鼠。我心想。

他终于偷偷摸摸地溜进了广场。尽管这里的人远比城里其他的街道要少得多,但他还是靠着个子高的人隐藏着自己的行踪。我悄悄地观察他。我注意到他的眼睛在看我的蜜糕,毫无疑问他很饿。

我回头看着他,朝他打了个手势。他那张几乎和我一样邋遢的脸当即变得迟疑起来,随后他转身就要离开。

"嘿,"我喊道,"你饿吗?我这里有块蜜糕,可以分给你。"

这句话让他停了下来。他转过身,沿着墙朝我坐的地方溜了过来。他靠过来,先用厌世的眼神打量了我一番,然后才开口说道:"你觉得自己很了不起,是吗?"他说着就伸手去拿蜜糕。

"既然你不喜欢讲礼貌,那么……"我抓起蜜糕,把它拿到一边。

"好吧,好吧,我只是不太习惯比我大不了多少的人像这样跟我说话,就好像他们自己是个军官一样。"

我皱起眉头。"你多大了?叫什么名字?"

"我叫图塔,十岁。你叫什么名字?有多大了?还有你什么时候才能把那块蜜糕给我,还是说你打算让我求你?'哦,求求你,先生,求求你,先生,可以把你的蜜糕给我吃一点吗?要是你喜欢的话,我可以给你跳个舞,如果你觉得开心的话,我也可以给你唱个小曲,先生?'"

他说得没错,我的胳膊还举着,蜜糕还在我手里。我把糕点放下,示意他坐下来。"请自便吧。我叫巴耶克,我已经度过了十五个夏天。我想知道你为什么要跟踪我?"

他抽了抽鼻子。"我饿了,而且我就住在街上。所以我一直都在留意哪里能搞到吃的东西。"

"这话我或许可以相信——但事实上你一开始跟踪我的时候我身上并没有食物。我怎么感觉比起糕点,你对这个更感兴趣?"说着我"啪"的一声把钱包放在了嵌花桌上。

他嘴唇上沾着麦籽,脸颊上满是蜜糕。图塔翻了个白眼。"好吧,好吧,"他说道,嘴里喷着蜜糕屑,"我在马厩那儿有个朋友。我们关系很好,他帮我留意哪些新来城里的人可能会有些闲钱……"

"去偷?"

他猛地摇了摇头。"不,只是希望他们足够慷慨,愿意帮助一个男孩儿。"

他停顿了一下。

"那么，你愿意吗？"他满怀希望地说，"我的意思是，帮帮我？一笔小小的贷款，就当是一份礼物？我可以陪你在城里转转，看看风景。"

"好吧，是有这种可能，我或许会这么做……"

"真的吗？"

"是的，我说的是真的。不过，首先，我想多了解了解我要帮助的人。说说你的故事吧，图塔？"我示意他再拿一点蜜糕。

他吃了几口蜜糕说道："我从底比斯来扎蒂的时候还很小，我母亲和父亲带着我和我的小妹妹一起来到这里，我记得有段时间一切都很好。但后来发生了一场大火——非常可怕的大火，先生，大火夺走了我母亲和妹妹的命。"

"我很遗憾。"我说。

"谢谢你，先生，那是好几年前的事了，这样的事情我已经见过很多了。"

"那你父亲呢？"

"嗯，这个故事差不多也是个悲剧。在大火里失去我母亲和妹妹意味着我同样也失去了父亲。他开始酗酒，不出所料，现在这会儿他大概已经喝得烂醉如泥了。"

"我很遗憾，"我重复道，"你住哪儿？"

"嗯，我就在这个广场住过好几次，"他笑着说，"实话实说，几乎整座城里的每条街道我都住过。晚上会有点冷，不过我也只能勉为其难了，再说我也不是唯一一个在外面流浪的人。"

"那个是怎么回事？"我指着他脖子上的瘀伤。

"我说过情况没那么糟。"他的表情阴沉了下来，"但我并不是说它就能有多好。"

"没错，"我说，"好吧，我们也许可以互相帮助，如果——我是说如果——你也可以帮助我的话。作为一个访客，我并不像你这么了解这个地方，但我来这里是要寻找一个信使，他最近曾经去过锡瓦。他的蓝眼睛颜色很特殊，身上挂着一个棕色的皮质挎包，有点像是这样的，"我指着挂在我肩膀上的皮带，"但在下面这里有个包……"

"别把范围限得太死。"图塔含混地说。

我尽力想了一下。"好吧，上次我见到这位先生的时候，他把一袋看起来很像是钱币的东西塞进了他的皮包里。我不知道他是不是正在花这笔钱，也许他花钱的时候已经引起了某些人的注意。"

"我收回之前那句话，先生，"图塔说，"也许我帮得上忙。事实上，我正好知道应该去问谁，我认识一个商人，他各种各样的东西都卖。如果你愿意的话，我可以从他那里开始找。"

"你觉得你能找到我要找的那个人？"

图塔眨了眨眼睛，由于吃过蜜糕的缘故，他看上去气色已经好多了。"说实话，这城里就没有我没见过的人。你刚好帮自己雇到了最适合做这份工作的人。在这儿等着。"

我照他说的做了，丝毫没有意识到自己犯了一个严重的错误。

第十一章

　　萨布骑行了二十多天,终于抵达了目的地。这趟旅程比他预期的要长,因为他不得不谨慎小心。他必须得确定自己不是在踏入一个陷阱。消息里引用了安全地点——"母亲",所以他相当确定这封信的来源是真实的,但尽管如此……万事小心总无大错。

　　他抵达了"母亲"的位置,这是东部沙漠里的一个小绿洲,他在这里等待了大约一天时间,直到最后,他终于在远方望见了一辆马车熟悉的身影,正在向他缓缓驶来。长老的护卫坐在车座上,这个男孩大约有十五岁,他白花花的眼睛什么都看不见。

　　他名叫萨贝斯泰,许多人都认为他拥有近乎超自然的能力。但事实上听觉才是他的秘密武器,而且他的视力也并没有人们想的那么糟。这是长老给他的建议:"找出你的优势,好好运用。让你的朋友像你的敌人一样猜测你的本领,你永远都不知道他们什么时候会背叛你。"

长老赫蒙通常都会乘着马车,坐在萨贝斯泰身边。但今天似乎并不是这样。

两人互相问候了几句,萨布站到了一边,他知道萨贝斯泰下车并不需要自己的帮助。不久后,两人背靠着一根树干坐了下来,分享着萨布的最后一瓶水。

"赫蒙很感谢你能响应我们的消息,这么快就来会面。我们都相信你会来的。"萨贝斯泰说道,他漱了漱嘴里的尘土。

萨布打死了一只苍蝇。"他还好吗?"

"我们的师父身体健康,精力和以前一样充沛,虽然他现在走路需要依靠拐杖了。他本来应该和我一起来的,只是他最近经历的旅行有点太多了。所以我们觉得这次最好还是让他待在杰尔蒂的家里。我们的师父希望你不要介意他的缺席,并且感谢你的到来。"

"他一直在旅行?"

"是的,他一直在旅行。这也是他召唤你的原因。他很感谢你的到来。"

萨布叹了口气,他思念着家里的阿赫莫丝和巴耶克,还有他离开的镇子。"他感谢我的到来,萨贝斯泰,这我明白。那么原因呢?旅行,这究竟是怎么回事?"

"我们的师父给埃姆萨夫捎了信。他请求与他会面,有一件严肃的事情需要面谈。埃姆萨夫没有抵达会面地点。他反而从伊普派了消息,请求我们去另一个地方。你觉得埃姆萨夫为什么要这样做?"

萨布站起身来,他把双手放在腰背上,舒展了一下肩膀,他试着把自己放到埃姆萨夫的位置上思考。他回想起了自己刚刚穿越沙漠时的日日夜夜。

"那么,他抵达了伊普,"他说,双眼俯视着萨贝斯泰,"他从赫贝努的家里一路走到伊普，他肯定是觉得自己被人跟踪了。"

萨贝斯泰点了点头。他总是习惯性地闭着眼睛，因此他点头的时候看上去仿佛正在沉思。"这也是我们的师父得出的结论。他请求你调查我们的朋友与伙伴埃姆萨夫遭遇了什么命运，把确切的情况记录下来。他很乐意在杰尔蒂接待你，好好了解你的发现。"

这倒是值得期待，萨布苦涩地想。"我猜，我们的师父相信我们的宿敌就隐藏在这个事件背后。"他说。

萨贝斯泰再次点了点头说："这也是我们的师父所担心和确信的。"

第十二章

图塔回来的时候已经是黄昏,庭院里的商人都收摊回家了。他悄悄溜回广场在桌边坐了下来,眼睛从漆黑、邋遢的头发下面看着我。"我想我可能找到你说的人了,先生。"他说着,向我摊开一只空手。

我看着这只脏兮兮的手,咧嘴嘲笑着他的厚颜无耻,却又不由自主地有些喜欢这个小子。"不,现在还不能给你钱。我得先验一下你的消息,我的信使在哪儿?"

"你砍价真狠,"图塔说,不过他没有抗议就收回了那只手,"你要确定自己找到了要找的人,这我完全理解。跟我来。"

他领着我沿着狭窄、弯曲的街道前行,我愉快地记起了今天早些时候见过的几个地标,或许到时候我还能找回我的马。更确切地说,我感觉到了兴奋的先兆:不断增强的信心。我能做到。

在一条街道的尽头,图塔把我拉到一边。"小心,"他低声道,"你要找的那个人就在这儿。"

沿着小路的遮雨篷下面坐着几个人,在和他们的朋友们一起吃饭。附近还有些人,不过透过路上的行人,我还是认出了图塔所指的那个人,就像我描述的那样,他有一双深蓝色的眼睛,乍看之下确实很像我在家见到的那个骑手。尽管如此……

"我不确定,"仔细端详了这个人好一会儿之后,我告诉图塔,"他没有背包啊?"

"他肯定是有包的,先生,"图塔说,"也许是在桌子下面,放在他脚边。另外,我的联络人说他最近花了很多钱。我有个朋友,一位人脉非常广的绅士,他说你找的那个突然有了不少钱的人最近才回到城里,之前他离开了将近一个月的时间。"

我仔细想了想。"这样就很像了,我会给你钱的。如果我能听到他说话的话,大概吧。"

"好吧,我们过去看看怎么样,先生?"图塔说,"趁现在你还没较真儿过头把他吓跑,让我的赏钱泡汤。"

他准备离开的时候我抓住了他的肩膀。"不,他可能会认出我的。"

图塔一脸精明地上下打量着我。"上次他见到你的时候,你是现在这个样子吗?"

"不是。也许你说得对。"

"来吧,跟我来,就算他真的注意到你经过,也只会把你当成我的哥哥。来吧,我可不想整个晚上都耗在这儿。"

我的心怦怦直跳,我们两人悄悄溜过蓝眼睛那群人坐的地方。他似乎很乐意听他们聊天,虽然靠近以后我相当肯定他就是我要找的人,但我还是想听听他说话的声音。

我瞥了图塔一眼,他立即响应我的需求,往坐着的那群人走了过去。"能给点钱吗,先生?"他问那个人。

"滚开,小叫花子。"他答道,我当即就确定,他就是我要找的那个信使。

"怎么样?"散步结束之后,图塔问道。

"就是他。"

"那么我们的交易就完成了,对吗,先生?如果你不反对的话,我该带着我的钱离开了。"他把我给他的银币藏在手里,"你现在打算怎么办?你有什么计划吗?"

这是个好问题。我突然意识到,在我迄今为止所有的旅途中,还有我待在扎蒂的每时每刻,我从来就没有盘算过,如果我能够再见到那位信使,我到底该跟他说些什么。

"我觉得你可能需要一个中间人,"图塔说,他仿佛能读懂我的心思,"我也许可以安排你们会面。"

这很合理。如果他认出了我,拔腿跑进像迷宫一样的小巷里,我可能就再也找不到他了。但信使对一个男孩不会那么警惕,也不大可能公开溜走。"继续说。"我说道。

"我会告诉他我有位朋友需要他的服务,人就在戏院等他。我带他去找你,剩下来的事你自己解决,怎么样?"

听起来不错,我心想,于是图塔又一次消失了,那天晚上我独自一人待在扎蒂城戏院,身上又少了一个硬币,不知道我的新朋友还会不会再回来。

这地方安静得几乎有些不自然,我咳嗽了几声,戏院的层层座位间荡起了重重回声,不久前这里还坐着许多观众,正在观赏一部名叫《迈尔弥顿人》的作品。观众们的希腊长袍铺在石座上,他们互相闲谈,吃着坚果、椰枣和蛋糕,直到演员们开始他们的诗歌表演。艾雅大概会喜欢这部戏,她喜欢跟我聊他们在《复仇女神》这部戏里所用的火焰效果、刀剑搏斗、剧团营造下雨效果的方法，甚至还有剧团是如何运用某种起重机来制作诸神降临的效果。

当然，随后圆形剧场里就充满了欢声笑语和演员们念台词的声音。现在却并不是这样。所有的火把和火盆都没有点亮，天色渐渐变暗了。我听见鸟儿在我头顶上方的座位上走动，还有似乎是啮齿动物发出的沙沙声，我咽下心里突如其来的恐惧，这种隐隐刺痛的感觉已经超出了我的控制。

不，巴耶克，你并不害怕。你必须得这么做。站在舞台底下让我感觉很不安全，我找个位子坐了下来，手悄悄放在那把新刀的刀柄上。我还没找到机会把它磨一磨（用石英砂岩从左往右磨，我父亲就是这样教我的），所以刀刃上还有一些毛刺。但如果有必要的话，它还是很趁手的。

用刀做什么？

我赶跑了这个想法。完全没有理由猜疑是不是发生了什么凶险的事情。

是在那里吗？

在我坐的位置附近，一条入口通道里传出了声音，显然鸟儿们也听见了，因为伴着这声音响起，椽子上突然传来了一阵翅膀的扑打声。信使从暗处现出身来。他好奇地环顾四周，随后便看到我站在这里迎接他，他随即眯起了眼睛。

"你就是要见我的人？"幸运的是，他脸上的表情完全没有任何认出我的迹象。显然旅行彻底改变了我的形象。

"我们之前见过。"我说。

"有吗？"

"哦，是的。"我说道，当我准备继续开口的时候，却听见上方的座位有些动静。我停了下来,抬起头向上望,高处似乎有影子在动,我不知道这是不是光线造成的错觉。"在锡瓦。"我继续说道。

他终于明白过来,脸色也变了。"没错,我记得你。冒失的小子,当然了。好吧,告诉我,你让我到这儿来究竟是想干什么?我听说是有人想找我干活,给我的钱包里增加点外快。不过我很怀疑你这样的小子身上没有什么我想要的。"

"可我还是有的,"我说,"我有很多钱,而且想要我的回报也简单得多。我想知道你带给锡瓦保护人的消息是什么,是谁送的信,内容是什么?"

他眉毛一抬。"你就不能去问你的父亲吗?"

"这很复杂。"

"他当即就离开了,对吗?"

"你并不意外?"

信使摇了摇头。"我一点也不意外。我把消息告诉他的时候他就是这么说的。"

"消息是什么?"

"别得寸进尺,保护人的儿子。让我看看你的钱,然后我们再慢慢谈……也许。"

我伸手从上衣里掏钱,却在这时听到了动静,是凉鞋在石头上刮擦的声音,我转过身来就看见一个人影从通道里冒了出来。在进入舞台前方的区域出现了一个满面风霜的男人,他一脸鬼祟,衣衫褴褛,大腿上绑着一把生锈的短剑。他看上去有些眼熟——可我却又说不出所以然来。一开始我以为他是信使的朋友,但很快我就抛开了这个念头。信使眉头一皱,他反复来回扫视着新来者和我。

"这是什么意思?"他喊道。他双手直接摸到背包上,紧紧攥着他的包。"怎么回事?"他怒视着我,"你搞的陷阱?"

"不,不。"我马上说道,只怕眼前的机会会从我指尖溜走,心里突然觉得非常孤独。

"噢,我可不会这么说,"新来者得意地一笑,"事实上,我认为这是一个完美的陷阱。"

第十三章

带着短剑的男人抬起头朝上层的座位打了个招呼,而他说的话就像是一记耳光甩在我脸上。"图塔,"他喊道,"不出来露个脸吗,小子?"

我的心沉了下去,果然,图塔从上方现出身来,他在上方的暗处突然出现,慢慢从座位之间走了下来。他满脸羞愧,驼着背,不敢面对我的目光,他站在这个显然是他父亲的人身边,一只眼睛下面有些青肿。我感觉心像是被掏空了——就仿佛我因为自己的傲慢和愚蠢而受到了惩罚,可我又觉得这都是我自作自受。我活该如此。

"你做得很好,儿子,"图塔的父亲说,"你说到做到,把他们引到了一块儿。现在,尊敬的先生们,如果你们不介意的话,我们也该收点钱了。"

他威胁着扬起了短剑。

"图塔,为什么?"我脱口而出,"你为什么要这么做?我会付你钱的——你知道我会的。我还以为我们是……"

"朋友？"图塔的父亲自鸣得意地笑道。他身上有股啤酒的臭味。"不，伙计，你们不是朋友。我让做什么他就做什么，我说什么时候可以动手他就什么时候动手，我说谁是他的朋友他就把谁当成朋友。你们根本就不是什么朋友。"他举着利刃示意，剑尖在我和信使之间摇摆不定。"现在，把你们的钱包都交出来。"

"你认识这些人？"信使朝我啐了一口，"这是你的圈套。"

"我没有，"我立即说道，"我发誓这和我没有关系。我只想要你的消息。"我转过头看着图塔，"你觉得这是你母亲想要的吗？自甘堕落到抢劫陌生人？"

"你说这话是什么意思？"他父亲假笑道，"他都跟你说了些什么？"

我转身看着图塔，"那也是谎言，对吗？你说的一切都是在愚弄我。"我说。

图塔咽了一下口水，把脸别了过去，他的下嘴唇在颤抖。

"来啊，说出来听听，"图塔的父亲坚持道，"我很想知道他都跟你说了些什么。"

"他说你的妻子和女儿死于火灾，他说你成天醉生梦死。"

图塔的父亲仰起头放声大笑，"然后你就信了，对吗？那是你自己太傻了，我的朋友。"

我又闻到一股浓烈的啤酒味。"至少其中一部分是真的，"我说，"看看他脸上的瘀青我就知道图塔漏了什么没说。"

"哦，你不是想当英雄吗？"他父亲奚落道，"图塔说过你就是这样，一条小鱼却妄想和大鱼一起游泳。他说你很容易对付。"

我瞥了一眼图塔，他眼中带着愧色。与此同时，他父亲靠了过来，他抬起剑，剑尖抵着我的下颌。他那双阴冷的眼睛直视着我的眼睛，图塔的父亲张开嘴，露出一口烂牙，他身上的臭味让我突然想起了门纳袭击的那天晚上，那个爬进我窗户的人。

千万别沉溺于恐惧，你已经不再是个孩子了。

图塔的父亲伸出另一只手，从我的腰带上取下我的小刀，把它扔在地上，发出沉闷的轻响。我从眼角看到信使在盯着我的刀，我发现自己并不希望他采取什么行动。别冒险，我想冲他喊。我都走到这一步了，千万别冒险。可利刃一直抵着我下颌——这把上面可没有什么毛刺——我感到咽喉上有些东西又热又痒，随即我意识到那是我的血，而袭击者的另一只手已经伸向了我的钱袋。

他办不到。他没法用一只手打开我的袋子。

"图塔，拿走他的钱。"他有些恼火地说。

图塔没有看我，他走过来打开了袋子，掏出钱包交给他父亲。一根羽毛轻轻飘落在地上。

信使朝我的刀移动了几步。

别这么做。

"图塔。"我恳求道，我嘴上的动作把我的血肉进一步压向了短剑，于是一道细细的鲜血顺着我的喉咙流了下来。"至少告诉信使这和我没有关系，告诉他这一点。"

"他和这一切没有关系，先生，"图塔坚定地说，他突然直视着信使的眼睛。"这都是我和我父亲做的坏事。这个人只想找到他的家人，他只是想要答案。他是个好人，我可以担保这一点，如果你愿意发发慈悲的话，就请你告诉他他想知道的事情，让他可以放心。"

"给我闭嘴！"他父亲厉声说道，"我真是听够了！"他说着便揍了男孩一拳，打得图塔瘫坐在地上。

信使看到了机会。他趁着图塔的父亲分心的时机迈出一步，弯下腰，捞起我的刀向父亲冲了过去，刀刃向上一挥。

他命中了目标，图塔的父亲痛得尖叫起来，我的小刀在别人手中饱饮了鲜血。

然而信使的攻击过于慌乱，第一击的要旨在于占取先机，遗憾的是他并没有取得成功，这也使得我无法给予他额外的帮助。他在劫匪的大腿上开了个口子，图塔父亲的外衣被刀割开了口，鲜血顺着他的腿涌了下来。尽管已经受伤，而且还喝醉了酒，但图塔的父亲还是比信使更有经验的战士和更优秀的刀客，他咬牙忍着剧痛，转身与信使缠斗起来，他向前冲去，剑刃闪着寒光。

信使没有机会发动第二击了。短剑眨眼间就捅进了他的肚子，图塔的父亲一边嘟哝着，一边像尼罗河上的洗衣妇摔打床单一样使劲捅着他的剑，一下又一下，信使俯身紧紧捂着他的肚子，剧痛让他大声咳嗽，浑身痉挛。他死定了。又一下——这次只是为了泄愤。

现在图塔的父亲转向了我的方向。他腿上全是他自己的血，剑刃则被信使的血染得暗红。

"你这个愚蠢的小浑蛋！"他尖叫着，我不确定他究竟是在跟我还是跟图塔说话，又或者他指的是我们两个。我只知道自己跌跌撞撞地后退了几步，我的脚踝撞到了图塔瘫倒的地方，于是我也倒在了石头上。

图塔的父亲拖着受伤的腿慢慢走上前来，我的眼睛盯着他的短剑。

就是这样，这就是临死前的感觉。我想起了艾雅、想起了我的母亲，还有我将无缘再见的锡瓦。

"不，父亲，求你了！"图塔尖叫道，他奋力扑在我身前，短剑就在此时劈了下来。

感谢诸神——他父亲及时收住了剑，他咒骂一声，断言事后要严厉惩罚图塔，同时伸手把图塔拉开，又一次把他扔在地上，然后再度向前走来，决心要给我致命一击。不过图塔给我争取了宝贵的时间，我成功地站了起来，心里想着要怎么保护自己。

"嘿，这里是怎么回事？"通道里有人喊道，图塔的父亲猛地转身寻找说话的人，我就在此时扑向了我的刀。那是戏院里的一个工人，他被这里的骚动惊动了。图塔的父亲放弃了杀人的想法，他带着一阵挫败感转身走向遭到重创的信使，抢走了他的钱包。他拿着信使的钱，抓住图塔，把受伤的可怜男孩拽到他脚边，拖着他走向出口，戏院工人就在这时走了进来。

工人凶道："什么……"随后他看到了劫匪的剑，脸色当即沉了下来，工人紧靠着座位区的墙壁，让劫匪和他的小同伙跑了出去。

而在舞台前方，我爬到了信使身边。我跪在他身边，一只手放在他的太阳穴上，我看着他的外衣，他的衣服已经被鲜血整个染红，衣衫被撕裂，揉成了一团。他身上有三处戳伤。

捅，捅，捅。

这都是我的错，我真是个傻瓜。

他咳着血，眼神已经变得呆滞。我把手放在他的心口，他的心脏还在跳动，但也仅此而已。他的心跳很不规则，就像是一只受伤的小鸟。

他就要死了——他就要死了，这都是我的错！但就算这样我也必须要知道，尽管这样做会让我痛恨我自己，我不得不把自己的需要放在他最后的时刻之上，我弯下腰对他说："求求你，告诉我，那个消息是什么？"

他死了，但在他逝去之前，他低声把那条消息告诉了我。

可它对我来说毫无意义。

第十四章

我跪坐在地,感到一阵强烈的愤怒、沮丧与仇恨。对面的戏院工人大喊道:"你就待在这儿,我去叫士兵。"但我并没有这么做。我站起身来,无视了工人的呼喊,跑进座位区,爬上楼梯,一直跑到了椽子上。

我站在房檐上,纵身一跃,双手抓住边缘,然后翻身爬上戏院屋顶蹲了下来,从这个可以俯瞰四周的地方扫视着扎蒂的街道。

现在城市的大部分区域都笼罩在黑暗中,街道也没有那么拥挤了,点灯人刚刚开始执夜勤。尽管如此,我还是在两条街外看到了我的猎物:一个匆匆赶路的老男人和一个小男孩,男人的腿有点瘸。

我站起身来,心里估算着戏院房檐与隔壁的商店或者房子之间的距离。落差相当大,如果我失手没抓住或者跳的距离不够的话,这附近没有遮阳棚和其他柔软的东西来做缓冲。

我做了几个深呼吸,蹲了下来,感受到腿上肌肉群的拉伸——然后跳了下去。

我做到了。我的双脚找到了立足点,紧接着奔跑前进,穿过一座——跳跃——又一座屋顶。屋顶上有些寝具,但万幸的是还没有人睡下休息。我飞奔向前,眼睛一直留意着图塔和他的父亲,他们在相邻的屋顶上跳跃穿梭。

我的心脏怦怦直跳。我也不知道自己追上他们以后该做些什么。不公不义的感觉驱策着我,我感到自己把事情搞砸了,所以我有必要拨乱反正。

我追了上去。现在我们从城里出来了,城外没有城里那么多的房屋。最后我在屋顶之间遇到了一个过于宽阔的缺口,我没办法跳过去,于是我就从屋顶下到了街道上,躲在一辆木车后面观察情况。

我咒骂了一声。他们不见了,可是……

我从马车后面走出来,仔细观察着地面,啊,找到了,地上有一串血迹。我跟着血迹走了一条街,然后血迹就不见了。

他们肯定就是在这儿躲了起来。

我现在就站在一座房前,这屋子看起来和安静的小巷里其他的房子没什么两样。血迹直接指向房门。我大着胆子靠近这座房子,勉强能从窗户里听见有人在说话。

屋子里传出了激烈争执的声音——图塔的父亲在大声咒骂。我听见一记耳光,图塔放声痛哭,我听得咬牙切齿,满心愤怒。

现在该怎么办?图塔的父亲肯定需要上床休息,医治伤口。归根结底,虽然他了受伤,这次抢劫还是成功的。只要他还以为自己没有被人追踪,而且钱还在他们手里。

但我要把钱拿回来。

我蹑手蹑脚地走到黑暗的屋后,所幸附近没有邻居给他们示警。

果然，我在后面的一个房间里听到了像是图塔慢慢扶着他父亲上床的声音，这老家伙还在抱怨，他想要喝啤酒止痛，要蜂蜜处理伤口。

很好，喝吧——喝到你自己睡着最好了。

我走到后院里最黑的地方，摸索着穿过许多零散的黏土砖，在台阶上坐了下来，决定等到安全的时候再动手。

我究竟在那儿坐了多久？我没有观察星辰以弄清楚，虽然我曾经学过。不过等我溜到正门口的时候，屋子里已经是一片寂静。我从腰带上拔出小刀，武器并没有给我带来什么安慰，我从没在愤怒中面对现在这样的状况，但我也知道，有总比没有好。我用颤抖的双手掀开帘幕，走了进去。

第十五章

屋子的前厅几乎是空的。我在锡瓦时家里常见的凳子、靠垫和地毯这里都没有。这屋里没有任何想象中家庭的舒适感。屋里唯一的一张桌子上横躺着一个陶土瓶、一把生锈的短剑、一只闪烁的蜡烛——还有两个钱袋。

图塔也在屋里。他坐在黑暗里,背靠着远处的墙,但我刚一进门他就挣扎着站了起来,惊讶地喊了一声:"嘿!"然后才认出了我。

这声音让我皱了皱眉。那一瞬间我以为他会再喊一声示警,然后带着他父亲逃跑。我终究没有办法确定他心里究竟向着谁。但他并没有这样做。相反,我们一动不动地站在那里,四目相对,竖起耳朵等待着,不知道图塔戛然而止的喊声有没有惊醒他的父亲。图塔脸上伤痕累累,他一直在哭。下午我遇见的那个自大的小子此刻已经消失无踪。只剩下这个担惊受怕、筋疲力尽的小男孩。

后屋里没有传来任何声音。我走到桌前,拿起两个钱袋放进自己的挎包里。也许我还能搞清楚信使是否还有家人,还能把钱送给他们。我想我可以回最初见到他的那条街,也许可以问问他的那些朋友。

但首先,我得离开这座房子。

图塔一直看着我,我把钱拿回去的时候他没有吱声。他的心思都写在脸上,下嘴唇一直在颤抖。他不知道等他父亲醒来之后会作何反应,他不知道自己会遭到怎样的毒打。

"来吧,"我低声说,"跟我走。"

他摇了摇头,退回到安全的墙边。

"你想留下来挨打吗?"我低语道,"等他发现我来过把钱拿走以后,他会打死你的。"

"那就不要拿走,先生。"图塔恳求道。

我摇了摇头。"我很抱歉,图塔,不管你跟不跟我走,这里面有一半的钱本就是我的,而另一半是信使的——至少也是他家人的。跟我走吧,之前你跟我说你住在街上。不管怎么说都比跟着他过好。"

"他会找到我的。"

"那就跟我离开这座城市。"

我还不确定该去哪里,可除此以外我还能怎么办呢?

我们一阵沉默。图塔似乎在考虑。"我要怎么确定这不是个陷阱呢,先生?"他说,一边斜视着我,"为了报复我对你做的事?"

"你救了我的命,这就是我想报答你的原因。"

最后他似乎又重新考虑了一下,便点了点头穿过房间向我走来。

就在这时,他父亲出现了。

他一头乱发,腿上结着干裂的血痂。他倚着他那条好腿咆哮着走向图塔,似乎完全没有注意到我手中的刀。

"你想拿走我的钱,小子!"他号叫道,一边抓着图塔的颈背,像拎着一只调皮的小狗一样把他抓了起来，使劲向后面扔了过去。"你敢！你敢！"

"不，父亲！不要，父亲！"图塔恳求道，但他父亲还是用他的好腿对他一阵乱踢。然后他停了下来，简直就像是突然想起了我还在场一样，更重要的是他想起了钱，他的目光转向桌子，看见钱袋已经不见了，随后他便瞥了我一眼。在我还没反应过来时，他已经穿过房间向我扑过来了。

我试着用刀把他挡开，但并没有成功，他比我厉害多了。他直接撞进我怀里，在占取先机的同时将我撞倒在地，让我狠狠地摔在了地面石板上。我的脑袋与石头硬碰硬，耳边旋即响起一阵刺耳的轰鸣。盛怒之下，他愈发强壮，他把我摁在地上，一只手的五指紧捏着我的脖子，用双腿把我控制住。他的唾沫落在我脸上，我感觉到有血渗进了我的上衣，随即意识到那是他的血，我脑海深处不禁有些怀疑，他会不会就这样流血不止，还没等杀死我就自己先垮掉。

他收紧了手，我奋力呼吸却吸不进气。我扭过头看见图塔一动不动地躺在地上，他闭着眼睛，不知是神志不清还是失去了知觉。我用自己的双手抓住那只长满老茧、掐在我脖子上的大手，想要撬开他的手指。他现在正把另一只手伸向身后，手指在桌上四处摸索，想要找到他的短剑。

随后，我看见他身后有个人影动了一下。那不是图塔，是个新来的人。有一只手卷走了滚落在地的小刀，接着我看到一块黏土砖高高扬起，然后落在图塔父亲的头上被敲得四分五裂，而后者才刚刚意识到他的武器已经被人拿走了。他两眼一翻，手劲一松便朝着一边倒了下去。

烛火依旧，在昏暗的灯光下，我第一次看清了我的救命恩人。

那是艾雅。

第十六章

"诸神在上!"艾雅跪在地上,双手捧着我的脸。我们注视着对方,我看到她身上也有穿越锡瓦与扎蒂之间沙漠的漫漫旅程留下的痕迹。她的发辫蓬乱晦暗,脸上也脏兮兮的。

我们相互亲吻,但现在没有时间团聚,也没有时间解释。图塔的父亲在地板上呻吟,想要用膝盖和双手支撑着站起来。艾雅拉着我站起来,把我拖到门口,但我阻止了他。

"图塔,"我冲他喊道,"快过来,这是你最后的机会了。"

这次他不再需要我的鼓励了,他和我们一起冲出前门沿着街道跑去,我们一路逃跑,脚步声在石路上阵阵回响。

"你是怎么到这儿来的?"我一边跑一边问她。

"跟你一样,骑马。实际上,我们的马现在就在同一座马厩里,有个记得你还认识他的年轻人在照看它们,"她指着图塔说,"我给他手里塞了一点钱,他就告诉我在哪儿能找到他了。"

"那个浑蛋！"图塔惊叫道，然后他就拉长了脸，一副抱歉的表情，艾雅和我都对他怒目而视。

"我也没想到同时会找到你，"她对我说，"不过我也没什么好抱怨的。"

"我也是，"图塔说，"但是我们必须得回马厩去找你们的马，今晚就离开这里。父亲知道你的马拴在哪儿，先生。如果你留下来，他肯定会找到你的。"

我们找回了马，马童和图塔警惕地注视着对方，图塔显然是想好好教训马童一顿，但最后还是决定放弃了。

不管怎样，我们都没闲着。我们骑着马走了一会儿，始终不见图塔的父亲追来的迹象，于是我们纵马出城，把扎蒂远远抛在了身后。

我们走了大约两个小时，图塔和艾雅共乘一骑，他拼命地抱紧了她，差不多到了黎明时分我们才停下来生火，烹制艾雅从尼罗河岸边的渔夫手里买下来或是甜言蜜语哄来的鱼。

图塔生火的时候，艾雅和我走到稍远一些的地方准备谈一谈。我们就像从战场归来的士兵一样，精疲力竭地互相搀扶着对方，然后满怀欣慰地坐倒在沙地上。她的头靠在往常的位置，我们就坐在那里休息。太阳从我们背后升起，我们看着图塔在忙着布置灌木引火，这一刻他手中燧石的刮擦声成了世间唯一的声响。沙漠安静得有些不自然，仿佛我们是这世上仅有的三个人。

"你为什么要走？"她说。

"我要去找我父亲。我要向他证明……"

"不，我是说你为什么要那样做，就这样走了。"

我停顿了一下，满腔的愧疚感也浮上心头。"不那样的话，我不确定自己是否还能离开你，"最后我对她说，"我不知道自己是不是真的能够没有你。"

"别再这样做了,绝对不要再不辞而别。"

"对不起。"我说。

"跟我说说吧,"她说,"告诉我都发生了什么。"

于是我都跟她说了。我把整件事的来龙去脉都告诉了艾雅,从我去拜访拉比亚家开始,到她进来的那一刻结束。

我把一切都告诉她了,没有漏掉任何一点细节。

"所以消息就是这个吗?"我讲完之后她说道,"'立即赶到位置——母亲。我们担心维序者在集结。'"

"就是这个。"

"位置'母亲',"她说,"一个秘密的会面地点。你有什么印象吗?"

"没有。"

"那'维序者'呢?"

我摇摇头。

"你从小到大一直都没有听说过吗?"

"没有。"这一刻我有些无言以对。我很清楚自己付出了这么大的努力,却几乎没有取得什么成果,我有两次差点儿死掉,而信使——他是个清白无辜的人——因为我的笨拙和缺乏经验而死。

"我现在完全不知道该怎么办,"我说,"我不知道该从何开始,要怎么做。"

她让人安心的双臂环抱着我。"你会知道的,"艾雅说,"如果你能留下来听听拉比亚说的那些话就好了。她跟你说过肯萨的事,那她有没有告诉你门纳袭击神殿之后发生了什么?"

"没有。"

"袭击的时候死了一个祭司,对吧?你还记得吗?"

"没错,我有点印象。"

"嗯,他并没有死于那次袭击。"她主动停了下来。"我的意思是说,他死了,但并不是在门纳的袭击中死掉的。那些努比亚人在第二天杀了他,是你父亲请求他们这么做的,因为就是那个祭司在给门纳效力,给他传递消息。"

我想起自己去拜访努比亚人的营地——或者我应该说就是努比亚人露营的地方——却发现那里已经被废弃了。"后来我再也没见过肯萨。这就是她离开锡瓦的原因吗?"

"努比亚人被派出去执行任务了——还是应你父亲的请求。分配给他们的任务是追捕门纳和他的手下,一劳永逸地阻止他们。根据拉比亚的说法,肯萨已经成为这个任务的领导者,尽管她重创了门纳的匪帮,但她的任务还是仍未完成。门纳和他的几位副手依然逍遥法外。"

"拉比亚认为那个消息指的是这个?"我问道。

我看不到她的表情,但我能感觉到艾雅做了个鬼脸。"嗯,她就是这么说的,没错。"

"但你并不是很肯定?"

"是的,不完全肯定。也许拉比亚只是希望我们去她想让我们去的地方。"

"她想让我们坐在沙漠里,在没有线索指明该怎么做的情况下逮住一个掉队的盗墓贼吗?"

"你这么说并不完全正确。我们其实知道该怎么做,因为你连夜出发错过了另一个消息。拉比亚建议我们去底比斯,找到肯萨,请她帮忙。"

"抱歉,我觉得照拉比亚的吩咐去做没有什么吸引力。迄今为止,她的建议对我来说并不是真的很有用。"

"真的吗？"她说。

我考虑了一会儿。"不，"我承认道，"也许不是，说到底，让你跟着我是她的主意。"

"那我们就先吃饭，然后睡一觉，明天就出发去底比斯。"她说。

"至少这算是一个计划，"我说，"可问题是我们对底比斯一无所知。我就是抱着这样的想法来到扎蒂的，看看都发生了什么事吧。"

"我想我可以帮你，先生。"图塔说。我们并没有听见他靠近的声音，但现在他就站在我们面前，他身后火光闪耀，橘红色的火焰映衬着冉冉升起的太阳。

"你了解底比斯？"艾雅说。鉴于我告诉她的那些事，我看得出来她正在重新评估图塔。

"我母亲和妹妹就住在那里。"他说，同时礼貌地向我露出一副困窘的表情。

"所以你真的有个母亲和妹妹，对吗？"我问道。

"我跟你说的有一部分是真的，"图塔说，"我们以前住在底比斯。我人生的前十个夏天都是在那里度过的，我喜欢底比斯，可我父亲惹上了几个强大的对头，我们不得不离开前往扎蒂。他以前经常打我妈妈，也经常打我妹妹和我，下手很重。我想你也能想象得到，对吗，先生，他也总是酗酒。"

"我一点也不意外。"我对他说。

"我们的房子确实被烧了，先生。父亲喝醉的时候打翻了一盏灯，我母亲终于忍无可忍，她带着我妹妹一起返回了底比斯。"

"那你呢？"

图塔的回答是一个悲伤的微笑。"我想是因为忠诚，先生。"他说。

"你可以跟我们一起去底比斯，图塔，"艾雅说，"我们很高兴你能成为我们的旅伴。等我们到了那里你就可以证明自己值得信赖了。"

"我会的，女士。"

我们烤好鱼然后就睡下了，艾雅和我一起蜷缩在沙地上，图塔就睡在不远处，直到太阳的热浪把我们唤醒，尽管我们依然十分疲惫，但还是启程前往底比斯。我脑海里还想着信使的遗言。

他到底是什么意思？维序者又是什么？

第十七章

"维序者应该认为我们已经过时了,被裁撤了,已经不再是威胁,"萨布怒吼道,"到底发生了什么,赫蒙?"

老人抿起了嘴,有些生气。放在以前,他会对着萨布直接吼回去。尽管赫蒙依旧仪表堂堂,但他的肌肉已经变得僵硬,衰老让他变得迟钝,嘶吼争吵对他来说已经没有什么吸引力了。"也许这就是我们要搞清楚的。"老人说道。

"我们的师父感谢你为我们所做的努力。"萨贝斯泰说着把一杯热角豆放在萨布面前,他正在努力克制自己的怒火。

他已经按照赫蒙和萨贝斯泰的要求做了,他启程前往赫贝努,却在那里发现埃姆萨夫的农场已经有了新的主人。农场现在的居住者对他很有戒心,他们的疑心也很有理由:不仅仅是因为他一路风尘仆仆,眼神凶暴,满身疲惫,还因为他刚刚获悉埃姆萨夫的农场在他妻子与儿子被人杀害之后就成了无主之地。

萨布和埃姆萨夫并不是很熟，但埃姆萨夫是他们中的一员，尽管他们现在已经不再联系，但他们的过去却是彼此相连的，他们的未来更是紧密交织在一起。萨布一直坚信有一天他们会并肩而战，以适当的方式让埃及恢复成原来的样子。

真是有趣，坚不可摧的未来就这样被轻易地抹去了。

"他们是怎么死的？"他问道。

"听人说是被捅死的。"当然，新的农场主并没有见过那些尸体。"我们和他们的死没有关系，你明白吗。"

"我明白。"这男人和他的妻子显然都很紧张。萨布毕生都在锡瓦保护像他们这样的人，他为自己变成了让他们惶恐不安的原因而感到鄙夷。他恨自己给他们带来了恐慌。但他的微笑并没有让他们感到轻松。他唯一的选择只有尽快搞清楚他需要了解的一切，然后平静地离开。

"他们没有找到男人的尸体吗？"他问道，心里想着埃姆萨夫。

并没有，他们向他保证。

"他们家里的财产呢？"

大部分都依照传统跟他们一起下葬了。剩下的都搁在一边了，他们说道，不过里面并没有什么有用的东西。不过万一有哪位朋友或是亲戚来了，他们很乐意把东西交给他，让他仔细检查。

所以萨布这么做了。

这里面没有徽章。他委婉地询问并确认了同母亲与孩子一起下葬的物品中并没有徽章。

于是他就离开了，萨布返回了赫蒙在杰尔蒂的家，他几乎马不停蹄，直到城镇遥遥在望才慢下脚步。法老乌瑟卡夫的花岗岩柱在城中高高耸立。不远处是一座鹰头神孟特的神殿，他是战争之神，在愤怒时会化身为一头黑面白牛。

非常适合这里。

他在这里找到了赫蒙。

"你认为他们在猎杀我们?"他说道。

长老点了点头。"这是唯一的解释。"

"那我们就反击。"

"我们反击?"赫蒙把目光转向萨贝斯泰说道。

随后,萨贝斯泰用他白皙空洞的眼睛盯着萨布。"我们的师父有很多疑问。他想知道有哪些战士可以加入我们的行列面对这场斗争。"

萨布翻了个白眼,他就知道肯定会有这么一出。"我已经开始训练巴耶克了,但他还没有准备好。"

"让他做好准备是你的职责。"赫蒙说。

"他会的,可别忘了埃姆萨夫也训练了他的儿子,但并没有得到什么好处。我们的血脉日益枯竭,这让我们变得很脆弱。"

"确实如此,"赫蒙嘲弄道,"这恰恰也是为什么我们需要增加自身的数量,而增加人数的一个办法就是……"

"是的,是的,我知道。巴耶克的训练会完成的。"

"什么时候?"

"我说可以的时候。"

"是不是有点太迟了?"赫蒙说,"等你确定他准备好的时候,维序者已经把我们全部消灭了。"

"把巴耶克交给我。我们现在最紧要的任务是找出想要消灭我们的凶手,在他们得手之前杀死他们。我们要在他们打败我们之前发动反击,你同意吗?"

赫蒙点了点头。"那么你打算怎么做?"

"我已经有些想法了。但——为什么是现在?为什么维序者突然对我们的活动有了这么大的兴趣,甚至想要把我们彻底根除?"

赫蒙点了点头说:"这是个好问题,看来亚历山大那边已经有进展了。"

第二部分

第十八章

数月之前……

一天清晨,一个名叫拉亚的退伍兵来到了亚历山大的大图书馆跟前。这时其实还早,早到图书馆的一位看门人还把自己整个摊在门口的石头上,脑袋懒洋洋地垂在胸口,在梦乡里周游——而一条涎水也从他的嘴角垂下,在渐渐亮起的晨光里闪闪发亮。

拉亚按捺住了把看门人一脚踹醒的欲望,走进了空无一人的前厅。这种时候,不会有人把视线转向他的身上,也不会有人拦住他的去路。他就这么大摇大摆地走进图书馆的前厅里。

不过,图书馆的内部,就是另外一重天地了——或者说,是一片无眠之境要更恰当一些——如果换作别人,踏进这片领域的时候,只怕早就被那些雕花石柱压迫得自觉矮上了几头吧——这些宏伟的巨人在厅堂两边分列而立,一路向着远处伸延而去——在这些廊柱的尽头,便是无数学生的所在——他们要么跟着导师在庭园里徘徊,要么就在圆形剧场的石凳上列席而坐,热切地期待着台上的数学家和天文学家们再开示一点他们腹中的真知。

如果换作别人,早就为了数以百计的书架上堆积如山的无数卷轴而感叹不已了——环顾四周,你会发现自己已然被包围在蜂巢般层层叠叠,置放有序的羊皮卷的海洋里。加上建筑空间中装点各处的种种浮雕和雕像,可以说,匠心独运之处比比皆是。虽然空气中有种阴湿霉烂的感觉,不过,在弥漫的学术气息之下,这些倒也算不了什么了。至少说,你会明白,你面前陈放的是从古至今,也许,是未来的人类智慧的总集。而这些智慧,就在你的眼前,在你伸手可及的地方。

……是的,如果换作别人的话,也许会有这样的感觉吧。

拉亚没有多想,站定身形,取下了自己的行李,厅里的石地面嚓啦作着响,那是四处穿梭的年轻男女学者的凉鞋摩擦的声音——不过倒不是他看人出了神,也不是他对图书馆里的种种珍妙不以为然,只是现在的拉亚是他的另一部分——一个意志如钢,心无杂念,寡不敌众依旧毫无畏惧的战士的部分。他因自己的这个形象,而声名在外。对于这样的一个他而言,这座图书馆不过是徒有其大。

说到这里……

拉亚一直都想着找个在卷轴山积的书架间穿梭的老劳工来问问路,不过不是必须的,西奥提莫斯的干咳像旁人听到的磨牙声或者骨头断裂的声音一样提醒着他。

于是拉亚改换方向,循着咳嗽声继续前进,他把视线转到了左手边,发现有人正从卷轴中间的缝隙里窥视着他。什么人?间谍,或者,只是个好事的学者?于是,拉亚走到了诸多书架的尽头一探究竟,然后才放下心来——一个年轻的男子,不论是他警戒的眼神,缩成一团的双肩,还是那张拉得老长的脸和他转身就走的动作都只说明了一件事——他不过是对拉亚的出现没什么好气罢了。

那刺人的干咳又传进了拉亚的耳中。于是他又再循声而去，找到了在图书馆一隅一张桌子前扎下了营的西奥提莫斯。这张桌子上有好几份平铺开来的文件，而正回到桌前的他，手里拿着更多的——卷轴，除了卷轴还是卷轴。

西奥提莫斯的腰弯得十分夸张，像是拿了两倍重的东西——他拖着一只脚一点一点地挪着，另一只脚还险些绊在了石头上。然而当他抬起头来，和拉亚四目相对的时候，他的眼神蒙上了一层阴影：那眼神里透出了惊惧的神色，就好像做着什么罪恶之事，却被抓了现行一般，然后才是疑惑——显然，就连认出拉亚，都花了他好大的功夫。

拉亚就那么站在那里，俯视着这位风中残烛的老人，这个他曾经的、名义上的、上级。其实，拉亚一开始就觉得不对头，这老头一副半截入土的模样，比起弟子或者跟班什么的，他更需要个保姆。也正因为这样，这个内弟子的差事真被教团派到他头上的时候，他心里也只能暗骂自己倒了八辈子霉。

到现在为止，拉亚已经在这里伺候了西奥提莫斯一年还有余，于是他心里更加笃定，这老家伙肯定不光是因为一时冲动，或者什么所托非处的忠诚心进入教团的行列的；而现在的他在教团里尚有如此分量，这肯定有别的原因。

现在，距离教团草创，已经过去了数百年；这个组织成立的初衷，是为了帮助埃及接受当初亚历山大以孟菲斯为基点推广的全新政体；而教团的理念也随着领导人的更迭，不断地沿承并改良着；要解释这个"理念"的话，简单来说，就是进行教化；或者说，让这个国度彻底从由神明，祭司和法老构成的威权阴影中走出，并达成向自治模式的进步，再简单些，就是达成从"旧秩序"到"新秩序"的转变。

说到西奥提莫斯这个人，过去的他，确实是教团的一员干将，也是组织蓝图最大的本人之一。他以前的工作，大多都是对大众进行煽动：在过去，就在这大图书馆的厅堂里，他发表过诸多伟大的演说，也参与过无数传奇般的辩斗。以前的他，确乎是一位伟大的贤人，而对他的敌人来说，则是噩梦。

　　其实，拉亚很希望自己能早点认识西奥提莫斯——他想要接触的是当年那位身列教团一线的思想家和决策者，而不是眼前这个昏聩不堪的垂暮老人；对于拉亚来说，他的老态仿佛提醒着自己，如果他活得够久，岁月会把他塑成什么模样。而每当他把视线转向旁人，除了潮涌般的蔑侮，他什么都得不到；在西奥提莫斯面前，也是一样——每次他对拉亚例行公事地问好的时候，眼神都十分冰冷，只有在他把自己埋回桌上的书卷的时候，神态才有所缓和。

　　"你好啊，朋友。"

　　老人灰白的头发已经留得老长，胡子也是一副参差不齐、凌乱难睹的模样，看样子也是很久没有打理过。而他那歪曲破损的牙齿，也跟着他的笑容暴露在了光天化日之下，很显然，他在努力做出一副笑脸迎人的样子，希望别人也友善地回应他。

　　然而，拉亚并没有买他的账——他看着这老头不修边幅的可怜样，把自己的冷笑收回了心里——他是没有表态，只不过他蔑视眼前这老东西的理由又多了一条。

　　"西奥提莫斯，"拉亚说道，"你觉得，我为什么会在这种荒唐的时辰出现在这里？"

　　"有工作派给我了呗。"西奥提莫斯的视线转回了面前的卷轴上，手指在羊皮卷上舞动着。

　　于拉亚来说，有工作"派给"这老东西，倒也不是什么奇怪的事情：事实上，教团里有个地位远在他俩之上的家伙，这人没别的不对头，就是喜欢给西奥提莫斯安排些无理取闹的累人活计；这还不算，光靠西奥提莫斯的过人学识还不够，拉亚也得使出自己经年不用的策士才能，两边合力，才能应付得了这些差事。

"是什么工作呢，西奥提莫斯？"拉亚一面问着，心里又长吁短叹起来。

"按你的话讲，是进行一项评估，"西奥提莫斯答道。他把身子凑近了些，眯起了眼睛，用自己的手比着卷轴，仔细地读了起来。

"啊哈！"

"怎么了？"

西奥提莫斯把拉亚叫了过来，问："看见这个没有？"

拉亚懒洋洋地踱了过来，朝桌上看去：这些羊皮卷只有一部分是用他看得懂的希腊文写成，而他看到的部分，讲的就是一些关于底比斯地区的事情。而其他的卷轴就不一样了——上面的文字他根本就认不出。

拉亚说完了自己的想法，却只听得西奥提莫斯喷了几声——看样子是想调笑他。"这是 Sekh shat，"他指着卷轴说道，"也就是古埃及的通俗体文字，唉，反正我没指望像你这种毛孩子能知道。"

"你到底想表达什么？或者说，我这么问是不是太多余？"

西奥提莫斯哧哧地笑了起来。

看来，你是打算入土之前，一直拿我寻开心啊，拉亚想着。怕不是，我在你眼里就这点儿用处？

"看看这里的这个词，"西奥提莫斯接着说道，"你知道它是什么意思么？"

"我哪儿知道。要是你这么想让我羞到自寻短见，不告诉我也罢。"

西奥提莫斯眯起眼睛,视线向上移去,这些古老的秘密映在他的眼底,让他双瞳闪亮,然后,这种秘密的光彩突然变成了令人不安的通透感。老人悠悠地笑了起来,拉亚也吃了一惊,差点儿往后退了一步。

"这个词的意思,是'守护者'。"

第十九章

　　自从西奥提莫斯说出了那个惊人的发现之后，时间已经过去了数个星期；而此时的拉亚，却在亚历山大城里的一间妓院里晕头转向地醒了过来；诸多念想都在脑中胡乱地翻腾着。他付过了账，从妓院离开，回到家里继续制定他的计划——一个庞杂繁复，精妙周密的计划；重点是，这个计划一旦达成，他就能从此一帆风顺，在教团中平步青云，这种事情作为如此周折的报偿，可以说是再好不过。

　　话说了那么多，要启动这个计划，他自己一个人是办不到的——得找个翻译才行。

　　这么说也不尽然。在这之前，还有些事情要做，这件事儿如果做成了，他也能志得意满上好一阵。

　　现在，计划的铺垫已经打好了，于是他点起行装，和自己的妻子和两个女儿道过别，然后安排船只，顺着碧波荡漾的尼罗河一路南下，往法尤姆去了。

船快到目的地的时候，他却上了岸买来一匹马，从陆路取道去往他要寻找的人——也就是旁人口中的杀手比翁的家里。

他一面在路上奔驰，一面想着，他的老战友是不是还描着眼影。

而这双眼睛又是不是也和从前一样毫无生气呢？

比翁的家就在黑沙漠的边上，离法尤姆不算太远的地方——那里零星建着几幢房子，勉强凑成了个小小的聚落。经年的热风挟着黄沙，无休无止地向这里扑来，沙砾被卷到墙上，又堆积在墙脚，久而久之，所有的房子便都被沙子包围了。乍看之下，这里的一切就像正在沙漠里缓缓下沉一般——然而，就算是如此艰险难居的环境，也有牧羊人在这里扎下了根。而这群人，看来早已找到了消磨时光的办法。他们这副情态，倒是很讨比翁的喜欢。

他出门取水回来，却发现自己的家门外拴着一匹马——在这样的地方，这可不是什么稀松平常的事情。不过，还有更不平常的呢——这匹马的后身上，缀的是禁卫兵，或者说，马其顿剑兵的纹章。

比翁停下了脚步。

看来，比翁想着，他来到这里了，拉亚来算旧账了。也没错——除了他，也没人找得到这里。

为防不测，比翁一面拔刀在手，把皮带缠到手腕上，一面走进屋去。

比翁一推开自家那扇破烂的小门，低下头进到屋里，就发现有人一直站在那里等他回来：那人双臂环抱，脸上带笑，静静地在那里看着——来人正是拉亚。杀手走到他面前，两人面面相觑，沉默良久之后，还是对方先打破了沉默：

"久违了，比翁，真是好久不见。"

"长官好。"比翁板着脸回道。事实上，他没必要琢磨怎么和拉亚套近乎——事实上他也根本不想。要说的话，拉亚的态度看不出冷热的时候，比翁还觉得舒服一些；于是他走出门廊，把自己藏在了阴影里，在那里继续板着脸，看着拉亚移转重心的模样——这副姿态看着就像是在准备进攻，却又不想叫人不快——"有何贵干？"

拉亚换上了一副老练世故的笑容，然后指了指比翁手里的利刃——这也是他从军生涯的纪念品。"我说，你是不是已经放下警惕了？如果是的话，能不能请你把手里那劳什子插回皮带里去？我又不是什么妖魔鬼怪，遇上像我们比翁大人这样的杀人鬼拔刀在手，心里怎么也会有几分畏惧的嘛。"

"长官过誉了。"比翁这种回答更像是出自习惯而非敬意，不过，拉亚的问题貌似也一个样。

"你还在画黑眼影啊。""防晒而已。"比翁觉得，拉亚的注意力并不在这里，反而在他的伤疤上，比翁也心知屋里的阴影只会让他的疤痕更加惹眼，于是也一动未动。

"怎么弄的？"

"一点儿争执。"比翁的声音透着一股"不要再问了"的气息。

"如果是争执的话……那就有趣了。"拉亚用手指在他的脸颊上画了个十字，就好像在模仿给比翁留下如此伤痕的剑击一样。

比翁看在眼里，却只耸了耸肩，不打算多提半个字：这疤痕是在一次出了变数的行动中留下的——当时他的判断出了差错，只得先行逃离，再回头完成自己的任务——而这种错误，他觉得自己是不会再犯了。

"我明白了。"拉亚深吸了一口气，把这个话题扔去了一边。"我们也是很久没见过面了，那么多年，你都在做什么呢？我想想，到现在已经至少过去了十个夏天了吧……"

比翁指了指自己檐头低小，四壁内收的屋子。里面是空荡荡一片，那么，它的主人正孤苦伶仃在这沙漠边过着孤苦伶仃的日子，也是显而易见的事情。"长官您呢？"他回问道。

拉亚一听这话，两眼立刻放出了光彩，一副等他这么问好久了的模样。比翁也肯定会这么问，毕竟他也看得到，拉亚的袍子用的是最高档的亚麻布，就连那条旧兮兮的皮带也是使用昂贵的上等皮革做出来的。现在的他，通体上下都在说明一件事：这人过的实在是非常滋润，除了皮带上插的那把刀——这把刀和比翁的一样，都是从他们作为禁卫兵时代一直跟过来的纪念品，也是身份的证明。

"我在亚历山大混得还挺好的。"拉亚肯定了比翁的说法。"好到我已经成了描绘埃及明天的先驱了。你听说过'上古维序者'么？听说过我们的功业么？"

比翁摇了摇头，于是拉亚接着说了下去。

"我们维序者手中的权与力都在与日俱增。我们的目标引领社会，让它从原有的既成规则中迈开脚步，前进到一个更新，更加近代化的形态中去。"

比翁静静地听着，等着他继续往下说。然而，对于"他听腻了"这件事，比翁也没什么掩饰——事实上，打比翁懂事起，他就对政治和信条之类的问题避之不及。而他也清楚，自己现在的营生和坐在当政者位子上的人和当下的政治情态没半毛钱的关系——话也不能这么说，如果任务是保护他们，或者取他们的人头，到头来也还是有点儿关系的。而且，这些任务，尤其是后面那种工作，他做起来可是得心应手，甚至说，他以此为傲——毕竟，在抹脖子的行当里，他是力压群雄的存在，他这么想也是很自然的事情。

那么，拉亚为什么会大老远跑来见他，也已经很清晰了：肯定不是来……找他聊天的。

"比翁啊，教团已经把亚历山大城纳入了自己的控制之下，以后只会有更多的地方落入我们的掌握。你在这种地方安下家来过的这些日子里，我可是一直在跟他们一起做事——当然，不是因为我个人的野心，你懂的……"

比翁听着他口若悬河，一边努力地板着自己那张扑克脸——这拉亚在政治游戏里沉迷得太久了，久到忘掉了比翁是什么人，和他做着什么样的营生。

"……话又说回来，我是为了埃及更美好的明天效力的——或者说，我想要的，是一个更加繁荣昌盛，独立自治的埃及。不过还好，最近教团的长老们终于开始发现，我是在为组织无私地奉献自己的力量了。所以说，我也不说大话，现在，我的名字应该也已经出现在某些圈子的话题里，甚至是，下一批升格的名单里了。"

拉亚捋了捋自己的袍子，一副志得意满的模样。他就那么站在那里，扬扬得意地等着这间屋子的主人做出他的回答。

比翁捺下了自己掏出刀子再磨上几下的冲动——这么做就太幼稚了，而且也毫无意义。于是他只是换了个姿势，气定神闲地把目光死死地锁在了对面人的身上——他觉得自己闲得发慌，闲到开始琢磨拉亚什么时候变得这么能说会道——他以前也是个行动派来着，不过，那真已经是以前的事情了。

拉亚这边一直口若悬河，而比翁却一个字儿都没回过——于是他也磕绊了几句，然后才缓过来，接着翻弄自己的嘴皮。

"当然了，我也清楚，这种事情也不是我说了算。现在我得不到的东西，大多也犯不上我去操心就是。我现下最关心的，是怎么推进教团的计划，同时巩固之前打下的良好基础。现在罗马人盯上了埃及，这实在是叫人如芒在背啊。如果教团还想维持自己手中的权力，或者至少说，从政治演替里活下来就必须采取行动。你要是想把这种事情叫作先发制人，我觉得倒也可以。嗯……比翁？我说的这些你听明白了么？或者说，我说得够明白么？"

比翁点了点头，现在他已经明白了——眼前的老长官虽然换了一副面貌，内里还是过去的模样——他还是那个对自己扬长避短，终日自得于肚子里那点儿阴谋诡计的小丑，没有任何改变。

"很好，很好，"拉亚接着说道，"我就知道你能明白，这也是很重要的事情：我想，你看到我这副模样出现在你面前的时候，就应该知道，我不是来找老战友叙旧的。有句话说得好啊，'无事不登三宝殿'。"

那你就是有事喽，比翁想着。毕竟要解释的话，这也是一种答案。

拉亚的话头还是没停下。"我之前被派去给教团的一位长老——一位名叫西奥提莫斯的学者打下手。不久前他找到了一份卷轴，上面写的是有关一个名叫'守护者'的组织的事情。这些记录指出，守护者们并没有完全消弭，世间还有他们的余党。"拉亚顿了顿，"比翁啊，你应该知道有关这些守护者的掌故吧？"

比翁点了点头。他确实知道有关守护者的事情——以前他出于好奇，对这方面的事情做过研究——就是到了最后不知道该把这些掌故归到哪一类中去。这些人是旧土朝的保护人，被称为"古埃及"一切的守护者，负责过保卫陵墓神庙和重要人物的职责，在这之上，他们也扮演过维和者的角色。在守护者还行走世间的年代，他们作为令人畏怖的战士驰名四野。原因很简单，他们的战技无比精妙，而智谋比起武艺也不差毫分。

然而，数百年前——至少那会儿的埃及人也见证了这件事——那时正是改弦更张的年头，埃及迎来了一个崭新的时代，还有随之而来的新保护人和新的守卫者，很自然地，这些新秩序和新时代的代言人肯定不会容忍旧有的存在，而抛头露面的守护者立刻就成了这种自新时代而来的蔑视和随之而来的憎恶的箭靶。他们也因为这种时代的改变，从过去风光显耀的保护者变成了几近名存实亡的可悲存在。不过，现在也有诸多留言在坊间流传。在埃及国境的某些地方他们被视为无足轻重的异类，而在其他风声紧的地方，一旦有守护者出现，定是格杀勿论——这种清洗最终造成了他们在大众认知中的消亡。

之所以说是认知中的消亡，是因为这些人很有可能在某处还保留着一支历史悠久却落后于时代的有生力量，而这种存在在当下也只有一点点淡出人们记忆的份儿。然而，事情却有了奇妙的发展——虽然守护者们物理上的人数正在锐减，然而他们在学术圈却突然声名鹊起，影响力也莫名迅速膨胀了起来。虽然他们现在已经没在实际性地保护任何东西，然而守护者这个名字却成了一种传承的象征，一种高贵的思想，一种对"旧有"行为方式的保护——虽然没有明说，但是很明显地，被拿来和当下堕落繁复的生活方式做了比较，而且还是站在高地上的一方。

比翁和拉亚曾经身在马其顿剑兵的行列，这也意味着当初清扫法老统治的古旧残骸——当然也包括守护者之道——的过程中，他们也出了自己的一份力。他自己从没见过一个守护者，不过"自己着了守护者的魔"之类的话他那会倒是听了不少。比翁又想了一想，把来龙去脉串了起来，发现拉亚加入教团这件事儿基本上没有任何不对头的地方：毕竟他总是想要追逐时代的潮头，去接触一些"先进"的东西。而且他对旧有的事物从来都是一副批判的态度。那么，这样一个人把守护者当自己的天敌，可以说是再正常不过的事情了。

不过呢，比翁倒是对这些事情提不起太大的兴趣，他唯一和这些有交集的情感应该就是一种不冷不热的好奇心了。毕竟别人给他钱是要他抹别人的脖子，或者防止别人被抹脖子，至于滥用自己脖子上面的东西这种事情——可没人为这种事情给钱。

"守护者们还没被消灭干净？"比翁还是想不通，自己和这种事情有什么干系，"也就是说，你的老板西奥提莫斯是这么想的？"

"也不全是我的老板，"拉亚接过了话柄，"不过，你说得没错，简而言之，他确信这一点。"

"那你又作何想法？"

这次拉亚总算是快说到重点了。

"我不懂那些神秘兮兮的古文字，所以用那种劳什子写的卷轴我自然也看不懂，"拉亚趾高气扬地说道，"我就是个当兵的，又不是啃羊皮卷的，不然我们还要西奥提莫斯那种钻故纸堆的干吗？想要知道这些卷轴说什么，找他们问不就完了。"

"那他告诉你了么？"

比翁很多时候还是很耐心的，然而现下的情态，却叫他有些不耐烦。

拉亚扯了下嘴角，那副怪相就好像疼痛难忍一般——他察觉到了比翁的怒气，然后接着说了下去："西奥提莫斯啊……他在翻译工作还没什么进展的时候就病倒了。"

"好吧。"

比翁对士兵也好毒药也好之类的事情没做什么评论——毕竟，他也说不准，就算他猜中了，拉亚也不会告诉他实情。

"我倒希望他能赶紧好起来，然后继续做他的工作。"拉亚连忙补了一句，以防比翁继续追问，"不过，他卧病在床的时候倒是告诉过我，守护者们确实还没有被消灭干净。或者，按我的说法的话，就是他们不肯承认自己的失败，他们只是改头换面，藏去别处，谋求着有朝一日东山再起，回到争夺埃及权力的舞台上罢了。而这种事情肯定会直接触及教团的利益，然后带来直接的冲突。"拉亚又顿了顿。"比翁啊，你也可以这么想：我们就是要把这种未来扼杀在襁褓里。"他一只手紧紧握成了拳头，好像比翁马上就要打断他一般，虽说比翁还是一动未动。"你也许会问，守护者要到什么时候才能走得到这一步，这点我们不知道。我们知道的是，他们做下了长远的计划，其中一项就是为他们自己在下几代人里培养战斗力。所以还是那句话，我们必须把这种事情扼杀在襁褓里。"

"我们？"

"说的是教团。"

"说的是你和西奥提莫斯吧？"

拉亚的脸上闪过了一丝不悦，然而这种愠色也很快就消失了。"你管是谁呢？你只要知道，只要我们能在守护者重聚力量的计划得逞之前阻止他们，就是做了对教团有益的事就行，而我，也会乐于看到事态如此发展。"

说白了，就是为了给你创造升格的机会吧。比翁心里这么想着，嘴上却是另外一套："也就是说，哪怕算上你那教团，这事儿也还是天知地知你知我知？"

"这也是计策啊，我的兵哥哥。知道我们计划的人越少，守护者能采取应对措施的机会就越渺茫。还有，事儿还得做得雷厉风行，而且不能留下痕迹。"

"就为了这？"

拉亚的眉毛拧成了一团："那你说还该有什么？那群人个个都不是省油的灯，总得要能和他们匹敌的人来做这件事儿，才不算对他们失敬。"

所以说，这就是你的目的了。

"所以说，这就是我来的目的了。我没找错人吧？"

"也就是说，你要我替你去杀守护者。"

拉亚轻笑了几声。"话倒挺直白，不过一点儿没错，这确实就是我需要你替我去做的工作啊，比翁。你要干掉所有还在世的守护者，啊，还得把他们的血脉连根拔起，他们的亲眷家族也一样，男女老少，一个不留……"

说到这，拉亚又顿住了，看样子是在观察比翁是不是已经怂了。然而他根本没有，这些年来，不论男女老少，在他剑下，全都是一视同仁，杀之后快。

原因很简单，他根本不在乎那么多——杀人是什么？不过就是杀人罢了。

"我要你把他们斩草除根。如果你做到了这一点，就拿他们的守护者徽章作为证明，把它们送回亚历山大来，送回我的手上，然后你就算证明自己完成了任务。"

"报酬呢？"

拉亚又摆出了那副扬扬自得的模样。"我说过了，教团里肯定内定了一个领导人的位置给我。当然啦，别人帮我爬上了这个位置，那我也肯定不会忘了他。谁要是给我出了这把力，到时候我肯定举教团上下之力，叫他飞黄腾达。"

"长官，你说的是我么？"

比翁翻了翻眼睛。"别想多啊比翁，我说的是'帮了我的人'，仅此而已。"

"那我要是不想回到城里也不想过城里人的日子，或者回归旧态呢？"

拉亚抱起双臂,端详起自己的战友来。有件事儿是肯定的——没人会乐意待在这种鬼地方,比翁也一样。

"你真是这么想的?"他故意问道。见比翁没答上来,他就接着说了下去:"还要我再告诉你……"

第二十章

比翁他们以前来过瑙克拉提斯——这点他记得真切。这里就和亚历山大一样，可以算得上是全埃及最为现代化的城市，或者说，最希腊化的城市之一。然而，虽然这里换了一副面貌，许多旧有的问题，却仍然深植在这片土地之中，举个例子——其实就是拉亚和比翁那天刚发现的问题——本地的地主和农民，或者说佃农之间经年难化的矛盾。

比翁他们还在军中的时候，曾经在这里负责过保护效忠法老的下级文职人员家小的工作——那孩子名叫坎那，说他是一个小王子，还恰当一些。

他们的到来让孩子的母亲喜不自胜，毕竟这象征着一种对传统的认同。其实大家都觉得这孩子也碰不上多大的危险，然而这两位都是专业人士，他们在任的时候，可是从来都没想着放松自己的警惕。

有一天，他们带着这孩子去到了一处被倾颓石柱环绕的广场上。这里其实比起平日要热闹一倍还有余，不过，他们俩在亚历山人待惯了，所以并没觉得有什么古怪。他们只觉得，眼前这广场还挺热闹的。而广场的中间有一处稍高的石台，上面有几个人正站在那慷慨陈词，对大众进行演讲。

其中一个演讲者的人气明显要高上不少。"我们为什么还要忍下去？"他身体前倾，声嘶力竭地呼喊着，一只手伸向听众，好像是在乞求他们的注意。他穿着一件脏兮兮的袍子，然而这袍子正好和他的主张相得益彰。"我们为什么要袖手旁观，坐看自己被如此对待！"

一行人看着上面的演说者继续批判某个名叫瓦卡勒的地主做下的"伤天害理"的行径。没过多久，比翁私下里对这个地主进行了调查，然后他才发现，演讲里说的大体没错：这个人确实非常缺德，而且确实在剥削自己的雇农。群众的反应，现在看来，也毫无失当之处。

然而现在……

"我们必须进行反抗！"演讲人大声说着，比翁发现，自己的小主子受了惊吓：他被这些言辞的力量和激情给镇住了。于是比翁想着，既然如此，他们还是离开得好。毕竟这里的人已经被调动起了情绪，而在这种情况下，事态很快就会滑出控制。

不过，比翁又想，也许让这孩子见识见识人间百态也不错。

"我们必须夺回我们辛勤耕种的土地——凭什么我们付出血汗，最后钱却进了四体不勤的人的腰包？我们的辛劳可曾有过报偿？"

演讲人把手伸进了袍子——他身上肯定是有一个小袋子还是别的什么的——然后掏出了一把土，紧紧地握在手里，那些土从他的指缝里崩落而下，台下的群众应着他的动作，高声咆哮了起来。

事情终于还是闹大了。

也许瓦卡勒注意到了，有人正煽动群众攻击他。不过，更有可能的是，他早就听到了风声，做好了万全准备来对付愤怒的民众。不管怎样，台上的演讲者刚弄得台下群情激愤，四下山雨欲来的时候，就有三个人从广场的左手边现出了身形，从亢奋的群众中间硬生生挤出了一条路，走到了演讲者跟前。

其中一个人拔出了剑，然后挥了几挥，把群众轰去了一边，剩下的两个直奔演讲者而去，把他打倒在地，饱以老拳。一旁的群众怒吼着想要冲上前去，却被前面那人手里挥动的长剑给吓退了，于是他们只能眼睁睁地看着台上新上演的单方面殴打大戏，却又因为演讲者挂了彩而不敢出声。

比翁的脑子里立刻只想起了一件事：任务，保护自己的小主人。拉亚也是一样。

"跟紧我们，别乱跑。"拉亚拿出了一副更加居高临下的严厉口吻。以他的地位，还没几个人敢跟他这么说话，尤其是他雇来的人。然而孩子毕竟还是孩子，小王子虽然整天趾高气扬，但是他终究还没蠢到没救的程度。更何况，他也受过自己父亲的教导，这位先生可是循循善诱，一直在教自己的孩子要好好听保镖的话，而现在他也这么做了：他直接藏到了比翁身后，然后静观自己的保镖对现下的形势会做出什么样的判断。

没过多久，一声咆哮又撕破了沉默。这次又一拨人从广场的另一面跑了过来，他们手里拿着各式各样的武器——长刀短刃，乌七八糟，甚至连草叉都用上了——这群人怒气腾腾，就好像一道黑压压的地平线一般，舞着刀枪冲了过来。

拉亚把自己的长袍撩到背后，然后伸手去摸腰带上的长剑。比翁却没有动作，他打算看看局势的发展，于是伸出手去想要拦下拉亚，然而已经太迟了：这群新来的凶徒双目圆睁，怒气冲天，要么就是啤酒喝上了头，要么就是杀人成性，要么就是因为种种不公而愤怒满腔，不过已经不是想那么多的时候了，他们看见了冲上前的禁卫兵，于是也朝他们扑了过去。他们哪里知道，眼前的这两个人其实是保镖一样的存在——他们剑术精熟，冷酷无情，除了战斗之外心无旁骛——或者，更准确地说，他们随时都做着为了皇室成员抛头颅洒热血的准备。这些人根本就没去管，也管不到这些。他们眼里所见的，只是三个有钱人——或者小家子气点儿来说，他们的痛苦之源。虽然比翁和拉亚没有穿近卫兵的制服，身上也只有和现在保卫皇室要员的任务相配的服饰，但是就这些也足够让人把他们归在有钱人，或者说他们的敌人的那一类里面。于是比翁也明白了事情的走向，终于也拔出剑来。

"禁卫兵！"比翁喊道，"我们是禁卫兵！"这些人实在是傻得可以，比翁心想，他们难道就没想过自己要掉个脑袋是多容易的事么？

"我们无意动武。"拉亚跟着喊道。比翁就那么站在那里，满心盼着这烂摊子能早点收场。不过，要说的话，要不是有可能危及自己的主人，这帮一样穷的混账的死活他根本就不在乎。正因为这样，第一个暴民向他冲过来的时候，他直接从那个抗议人的身上跨了过去——那人已经血流满地，袍子染得鲜红，在倒地之前就已经死透了。

这副场面让那群暴民的怒火又旺了几分，旁观大众见势不妙，开始四散奔逃，战斗愈演愈烈。两位禁卫兵背对着石台和暴民打了起来，而他们的小主子倒是被好好地保护着。

拉亚抓了个空档，给比翁打了个信号，打算着走为上计。围观的人里还有不少胆大的，他们出于好奇留了下来，围成了一圈看他们打架。问题来了：拉亚计划的逃跑路线，就在他们凑成的人堆里。不过还好，现在这人墙里打开了一个缺口，于是拉亚摇了摇手指，然后冲着那个缺口指了过去。比翁会了意，一把把他们的小主子抓将起来，然后突进了人墙里，一面用剑柄乱撞开路，一面往外跑去。

拉亚这时已经跑出了人堆，他冲到了抗议者们的外面，示意比翁跟上。然而，他们想甩掉的人们满心仇恨，愤慨难当，人群里有人伸出了一条腿，把比翁绊了个正着。

比翁一下子就栽到了地上，他用身体护着自己的小主人，脑子里突然闪过一个可怕的事：他的剑，他用着如臂使指一般的剑，从他的手里溜到了不知何处。这下，比翁可以说是手无寸铁了。

比翁一面用身体保护着自己的小主人，一面努力向前爬行。就在这时，那群雇农里有一个握着双手镰刀，突进了人堆里，那镰刀就悬在他的头上。比翁眼里全是那雇农的烂牙和他脖颈上暴起的肌肉，还有他身上散发的憎恶和杀气，比翁也没什么可做的，只好伸出一条胳膊，挡在身前，无助地等着那镰刀从半空中朝他挥过来……

然而那索命的锋刃终究还是没有碰到自己的目标分毫：拉亚停下了脚步，持剑作枪，一把戳了过去。剑锋正好迎着来人过去，一下戳进了他的胸膛。那人中了剑，一下子向后跌去，离比翁他们总算是远了几分。拉亚接着弯下腰去，一把抄起比翁的剑，然后放倒了第二个人。接着把剑从尸体里拔出来，又把比翁的剑扔给了它还伏在地上的主人。

三个人自此终于可以全身而退——最后也做到了。他们从广场跑了出来，把剩下的几个锥柄甩在了瑙克拉提斯的街巷里。

比翁想起了最后他们终于回到宫中的时候——他们的小主人的眼里透着感激的神色。比翁其实也是谢了拉亚的救命之恩的，就是谢的时候没带什么好气。至于原因嘛，很简单：他早就把拉亚的底给摸了个透：他也许是个优秀的战士，然而懒惰两个字也是刻在他骨子的东西。再加上那股趾高气扬，机关算尽又贪心不足的劲儿。比翁心知总有一天，拉亚会把这档子事儿再提起来，然后让自己还他的人情。

话讲过之后，拉亚便起身回程了。比翁感觉自己就像一块被窝成一团的毯子，需要好好地自我开解一下，他知道拉亚说的不全是实话，也知道这活计现在算是落到他的头上了，虽然他打心底不想和这种德行的人扯上关系，但是他也不是会欠着人情不还的人。这事儿其实挺烦人的：比翁日子虽然过得清苦，但是他自己觉得还是可以苦中作乐，他也不想从自己这一方斗室里一走就是好几个月，甚至好几年——说到底，他是不想再杀人了。

然而现在……又是为什么呢？为什么他的心里反而充斥着兴奋与期待呢？难道说，他这么容易就想起了自己久久浸淫的血腥气味，还有肉体在锋刃下撕裂的感觉了么？

话是这么说，这时的比翁已经打点好了行装，他打算先去赫本欧，然后处理第一个目标埃姆萨夫——然而在旅途上，有一个问题一直盘桓在比翁的脑海里：我真的怀念起杀人这件事情了么？

第二十一章

艾雅在一块岩石前没完没了地大步踱着，一副泄了气的模样。这里是我们过去两天的居所。

"他居然摆了我们一道，真是难以置信。"艾雅说着，"就那么一只过街的小老鼠，居然能把我们耍得团团转。他在扎蒂城见过你刚来时的那副嫩茬模样，要我说他现在肯定还是把你当那种货色来待，我跟你讲……"

"你根本就不明白啊。"我从刚才盘腿坐下的地方站起来，眯缝眼睛看着她，"图塔和我可一起摸爬滚打了好久呢。"

"患难兄弟是吧？"艾雅没好气地回了一句，然后在我身边坐下，靠上了我的肩头。"你真觉得梁上君子也有荣誉可言么？"

我是不是有点焦虑了呢？

我也说不清。

我们俩的旅程一直就不轻松：先是穿过了一片乱石嶙峋，马蹄难稳的岩岗，然后又要自己安营扎寨，出门打猎果腹。不过还好，蒙父亲和肯萨的教导，我已经掌握了诸多求生的技巧。而转过头来，我趁着在锡瓦探险的工夫，把这些东西教给了艾雅，然后现在，我们又要把这些教给图塔——说实话，这么做挺有乐的。至少说，我们活了下来，这就让我们很自傲。这可是片难留人的不毛地，在这种地方能有一条命在就够难了，这还不算，我们还得保证图塔的状态良好——这可就难比登天了。阳光无情地布洒着热量，把太阳下的我们烤得焦渴不堪，加上那种家山万里的恐惧感——对于我们这些苦苦漂泊的人，原本能让我们安心的东西，几乎都成了索命的陷阱。

夜幕降临之后，我就躺在那里，无法入睡，满心想着我们的计划——也就是找到肯萨——到底靠不靠谱，不过，有一件事儿还是叫我比较欣慰的：我们至少在采取行动。如果有一天，我终于还是把事情搞砸了，不得不回到锡瓦，即便如此，那时的我，也至少应该有所成长，变得更加适合日后要承担的保护人的工作了吧。

如果事情真的成了这样，至少我心里也有数：不管怎样，我是尽力了，我并没有因为眼前的任务难比登天而畏缩不前，对我来说，这是一场试炼，不管我通过与否，我都因它得到了成长。

不多时，我们的视野中的地平线上，出现了新的景色：那里有许多残破的柱子，看着活像坏掉的牙齿，我倒是立刻认出了这些柱子：就是底比斯石柱；然后是多柱大厅；再接着，一座神庙就好似从沙漠里化出了自己的形状一般，幕地出现在我们的眼前。我们每靠近一些，这仿佛沙漠幻影般的建筑便多添几分厚重感，一条河流弯弯曲曲地流向这里，从砂岩建的建筑中间流过，更远处便是底比斯了，那片死者的领域沿着河岸一路延展，填满了我们目力所及的地方。

我们本已经累得在马上蜷起了身子，然而远处城市的壮观景象让我们都直起了身来——这就是底比斯。于我来说，锡瓦和亚历山大一样，都是天方秘境一样的存在，然而这两座城市和我眼前的一切，依旧是大不相同：底比斯，埃及昔日荣光昭彰的都城。后来却饱经叛乱的摧残，从此黯淡了自己的光彩，不论如何的修葺，依旧难比当年。

而现在，这座城市残留的部分就像一张破烂的毯子一般，从神庙的左边延伸而出，那些看着摇摇欲坠的房屋就好像被乱扔在沙漠上不管，甚至放任它们烂掉的骰子一样。

远远看去，这座城市根本就像是一团支离破碎，毫无生气的废墟，只有离近了看，你才能发现几点遮阳棚和绳上晾晒的衣物提供的亮色。那些巨柱看似直入天穹，像笔刷一般在天空的画布上涂画着云彩，而如今，这些曾经伟岸的造物，却只留下一副衰颓模样，好像不知什么时候，就会塌下来，让自己的残骸七零八乱地卧在脚下的沙地上：正和这城市本身一样，这些石柱本是叫人生发敬畏之感的器官，然而现在却已经被岁月侵蚀，变得残破不堪——现在的它，也已经年久失修，成了人力终会败在岁月手下的象征了。

在城市的边缘地带，我们找到了一片树荫，这里还有岩石，于是我们打定主意，在这片背风的地方安营扎寨。"你们先在这里等着。"图塔是这么跟我们说的。他想自己到他故乡的城市里转转，为的是找到母亲，还有他的妹妹琪娅。他还带走了马匹，打算拿它们换吃的。艾雅对此满腹狐疑，不过我和图塔把她的疑虑打压了回去，于是他便上路了。

今天是我们在底比斯树荫下的第一天，我和艾雅谈起了故乡，这是我们旅途上常有的话题，我们经常会把当年出门扎营探险的事情翻出来，再讲上一讲。然而第二天，我们的对话直接转到了图塔的去向上，艾雅的疑心又生发了出来。但是我们也是知根知底的：这小子不仅曾经住在底比斯,而且还被迫在街头辗转流浪。如果要去找到他自己的家人,还有肯萨,这件事舍他其谁呢?

如果要往好处想,就是这样。

不过……图塔虽然在底比斯住过,但是他的家人也是在那个时候从底比斯消失的。搬走了还是有了什么三长两短,都是未知的事情。

至于肯萨……天晓得她到底在哪里。说实话,到现在我都还不觉得,去找肯萨这件事情是明智之举。

不过这都是次要的。图塔带走了我们的马,而他以前当过盗贼。

是,我于他,他于我,都有救命之恩。但是江山易改……嗯……

转眼就到了第三天。好吧,也是我坐看艾雅在那里一脸担忧的第三天,我心里也打起了鼓,一边觉得她的担心毫无根据,一边却和她想到了一块……

但是第四天,图塔回来了。

第二十二章

比翁的剑好久没沾过血了。他沿河而下，一路走到了亚历山大。他得回去给自己的雇主复命，虽说打心眼里不想去——他打心眼里不想再踏进那个龙潭虎穴一步，因为他对政治之类的事情，实在是深恶痛绝。

然而，这次回去，还是有理由的，他想看看他的老长官那副写满不快的老脸。拉亚之前和他说过，要他通过信使联系，"别找上我的门来"。

"你跑到这儿来干什么？"拉亚厉声问道。

比翁回头看了看，拉亚这屋子也真是够大的，远处的墙上爬满了常春藤，桌上是各种吃食，火盆把屋里照得四下通明。一个女人，可能是拉亚的老婆，端着一个装着面包和水果的银质托盘，侍立一旁；还有两个小女孩，她们坐在椅子上，晃着两腿，朝比翁这里看了过来。他想着，自己这样的人出现在他们的家里，肯定叫他们心里不安吧？

毕竟谁看见一个满身疤痕，画着黑眼影，满身尘土的不速之客还能镇定如初呢？更遑论拉亚也没有介绍来人到底是谁，也难怪他们会害怕。或者……只是他盯他们盯得太久了。

比翁整理了一下情绪，冷静了下来，于是拉亚也把他请进了屋，叫他在桌子旁边坐下，给他弄来了面包。而比翁也带来了东西给他——一块徽章，他把从埃姆萨夫那里得到的战利品从手里放开，让它直接落在了桌面。拉亚见状，眼里闪过了一丝光芒，大步流星地迈上前来，拿起了那块金属制成的物事，在手里翻来倒去的，那副仔细的情状，就好像在找上面是不是有血迹一般。他看过之后，眉头立刻又晴转多云。

"就一个？"他问着，一边又由着徽章摔倒了桌面上，瞟了比翁一眼，意思很明显，光凭一份战利品就想交差了事，肯定是没戏的。

"现在为止。"

"然后你就跑这儿来了？"拉亚接着说道，"计划不是要从埃姆萨夫的家眷那里套出我们需要的情报么？这才是我叫你去的目的。这种事情对你来说简直轻松不过了，或者说，应该是轻松不过了。"

"有人走漏了风声，他早有准备。"

"要么就是你太久没动过手。"

比翁看着拉亚，神色里没有一丝不耐烦。"这些人也是非常危险的存在，他们和我们当年对付的人可不一样啊，长官。拿想要改善待遇的雇工仆人，从地主那里讨到更好政策的贫农来和他们相比，那就太小看他们了。"有些人会觉得，杀守护者也不是什么大不了的任务，然而比翁可是费了好大一番功夫，追了埃姆萨夫一路，用尽了浑身解数才靠近了他，取走了他的性命。总之，他的猎物可绝不是什么泛泛之辈。

拉亚耸了耸肩。"也对，他们是一班犯罪分子，你以前也没对付过这种人。"

"说他们是犯罪分子，倒也无所谓。但就算顶着这个名头，他们也是受过严格的训练，而且掌握着非常尖端的攻伐的犯罪分子。可以推断，我们这里有的，他们也有，"比翁敲了敲自己的太阳穴，"而这里的东西，没准比我们更丰富。"他又敲了敲自己的胸口。

拉亚笑了笑："你这是越描越黑啊，伙计。"他说着，又伸出手去，玩闹一般给比翁肩头来了一拳，全然没有注意到比翁因此紧张了起来，"这事儿除你之外，也没别人能做了。"

"要不要再加一个人跟我一起去？或者三个人一起？这样怎么都会稳妥些吧。"

拉亚最后还是摇了摇头，脸上也跟着晴转多云了起来。"绝对不行。"

想也是。拉亚知道，比翁藏得住话，但是别人就不一定了，至少，他无法确定别人的口风能和他一样紧。这件事只能天知地知你知我知。

"但是，如果这些人对教团的威胁真和你估计的一样大的话……"

比翁将了拉亚一军，等着看他会作何反应。

"他们对教团也许是很危险。"拉亚回道，"但是，对于你我这样的人来说……"他说着，又摆了摆手，把他们俩都带进了他构想的世界里，"然而，现在的他们，只是旧有意识形态在人身上的具现罢了。老友啊，你说得对，我们绝不能低估了自己的敌人，但是我们也不能太高看了他们，不然这就成了作茧自缚。我深信这件事光靠你我二人就能做成。而且，我也还记得你天生喜欢独行的事情呢。所以说，我们回正题吧，要把这些害虫连根拔起，我们都得做点儿什么。"

比翁看了他一眼，这不是明摆的事儿么？"你们中间肯定有给守护者通风报信的细作，把他挖出来，剩下的就好说了。"

"你确定？"拉亚的眼神立刻犀利了起来，他曾经几次三番地跟比翁交代，绝对要保守秘密，这点他们两个心里都非常清楚。那么现在，如果真的有人走漏了风声——比翁的口风还是很严的——那么，就只可能是他这边出了问题。

"你之前说过，西奥提莫斯没法再进行翻译工作了。那么现在谁接了他的班？"

"我从图书馆又找了个学生来替我翻译。"

蠢透了。比翁的手指在自己的刀柄上徘徊了起来。

"那么，有必要找他谈谈啊。"

第二十三章

比翁趁着夜色摸进了拉希迪的家里,然后一路走上房顶。铺着的毯子已经乱作一团,星空之下,学者夫妇正熟睡在那里。

比翁在那里看了他们一会儿,考虑着自己该如何行动:像往常一样硬来,效果应该就不错。这些人不过是平民罢了。肯定会吓得缩成一团,乖乖听话。于是他把自己的披巾撩过肩头,拔出一柄匕首抵上拉希迪的咽喉,另一只手捂在学者的嘴上,然后把他晃得醒了过来。

过了一会,他们两人回到了屋里,比翁强令拉希迪坐到了一堆垫子上,然后自己也跟着坐了下来。灯光弄得屋中明暗斑驳,把比翁本就凶神恶煞的模样衬得更加吓人——这都是影子的功劳,他这副尊容,加上影子的衬托,让人觉得他举手投足间,都像是要取人性命一般。

拉希迪此时自然是吓得全身僵成了一团,他口中发干,大脑也一片空白。现在他能做的,就是紧盯着比翁手里的刀。不过,最后他还是挤出了一句话。

"你想要什么?"

"告诉我有关守护者的事情。"

"好吧……你说的所谓守护者,其实并不存在。"拉希迪不假思索地回答道,"准确地说,是已经不复存在了。他们现在不存在,几百年前也不存在,那会儿他们就销声匿迹了,现在是那班侍卫兵在做他们原本的工作。"

"不过这么说的话,你对守护者还是挺了解的嘛。"比翁不冷不热地问道,"毕竟你的专长就是对守护者的研究嘛,也就是那些……"比翁耸了耸肩,"古王国的保护人,尖兵,还有还有战士们。是还是不是?"

"是的。"

"你最近看了什么有关他们的文献吗?"

拉希迪听到这里眨了眨眼,又吞了一下口水。屋里一时寂静无声,直到蜡烛的火焰忽然闪了一下,这沉默的场面才终于被打破。

"我研究的时候一直在参看文献啊。"

比翁俯下身来。

"我想要问什么,你肯定知道:你最近有没有看过那些书卷?有没有什么有趣的新发现?我跟你说,我昨晚和一个翻译聊过几句,他说自己在有些东西上碰了瓶颈,于是来征求了你的意见,有这回事儿吧?"

"没有。"拉希迪答道。

不消说,这肯定是谎言。比翁心知,这次走漏出去了什么消息,这翻译肯定是一清二楚的。然而,他只是换了个问法,现下还没有做别的事情。"按理说,守护者应该已经灭绝了好几百年了。"他说道,"然而这话就是扯淡,对不对?"

"现在倒是还有效忠于守护者的人存在。"

比翁举起一只手,示意他收声。"我说的不是他们的党羽,我说的是守护者这个群体本身。你前不久还捎过信给他们呢。"

拉希迪缩成了一团,一副像是缩起来就能消失在某个安全角落的模样,比翁把他抓起来,一把推到墙上,将匕首握在掌心,然后猛地朝拉希迪的左眼捅了下去。这一击直接戳进了他的大脑,学者立时丧命当场,全身的力道散去,整个人滑到了地上。

比翁拿拉希迪的头发擦净了匕首上的血,然后看了一下旁边的粪坑,准备抛尸,然而那坑太小了,并不足用。于是他绕到房后,找到了一处四面围墙的庭院。这里是厨房,陈放着装着橄榄油的长形瓶。比翁觉得,这里还不错。

接着他又回到屋顶上,在那里的星空下,拉希迪的妻子正沉睡着。比翁的承诺一开始就是一场空,不过拉希迪听到他会留自己妻子一命的话时候,还抱着侥幸,以为比翁也会放她一马。如果人们觉得自己的所爱能够保全性命,那么他们就很容易傻乎乎地轻信其他的一切,比翁对此非常清楚。

比翁俯下身,那女人立刻就被吓得醒了过来,又被捂在自己嘴上的手激起了警惕,杀手接着把匕首刺进了女人的胸膛,她双目圆睁,目光震颤,就这么一点一点地死去了。

比翁把她的尸体拖到了屋顶的边上,然后直接从那里扔到了下面的院子中。他从屋里的台阶下到了地面上,然后又把两人的尸体从厨房里扔到了橄榄油仓库,再点了一把火,烧着了周遭的一切。杀手等了一阵,看到所有的东西都被烧了个透之后,才潜进阴影,摸回了自己住所。

比翁一回到自己的房间就开始打点行装,把自己的东西收拾干净,准备明天破晓就离开这里。

接着他上到屋顶，俯瞰这座城市的全貌。黑烟正从远处升腾而起，喧闹声和火警的钟声也从各屋中传来，他心知自己的下一个目的地在何处，便没有多想，就着这地狱般的和声，安稳地进入了梦乡。

第二十四章

　　我回想起图塔回来时的种种，还是有种负罪感。他刚回来说"我找到她了"的时候我还以为他找到了肯萨。

　　然而并没有。不过他给我们找到了一处居所，那里住着他的母亲和妹妹，这一家人总算是团聚了。

　　于是我们走进城镇，从市集里穿过，行走在城市之中的我，只感觉自己又一次被人间琳琅喧腾的一切给撞了个满怀。太阳在我们的头上照耀着。不管下面是一片繁荣景象的扎蒂，还是被战火留下了好似永世不消创痕的底比斯，都被他赐予了同样的恩泽。然而，不知道是不是我的错觉，这里的人比起扎蒂的民众，看上去好像更加的邋遢和颓唐。这先不说，有一件事是肯定的，我们三个在旁人看来，肯定更加不堪。毕竟我们一路风尘，现在已经成了一副衣衫褴褛，满身脏污的样子了。

　　接着我们进到了贫民区，这里到处都是连幢的房子，经年恶臭弥漫。也许这味道来自河中,但是更有可能要归罪于街上横流的污水。

"他们就是我说的人了,母亲。"我们刚到了图塔家,他就和自己的母亲这样说道。

这房子从外面乍看之下和贫民窟里其他房屋没什么不同,里面却是一间陈饰简朴,充满温馨之气的居室,这股慈爱的氛围只要你一跨进门槛,就会被包围其中。这种感觉,就好像阳光一样,照亮了整间屋子。

图塔的母亲看起来是个很有压迫感的人,她的块头不小,但总是笑吟吟的,眼中也流转着和图塔一样狡黠的光芒。而她身旁站着的小女孩,我猜大概有五岁,已经长得没法再躲进妈妈的裙子里了。要说原因的话,肯定是因为在她父亲还在的时候,她受到了惊吓。现在她看我们的眼神还是好奇里带着警惕,不过倒是没有什么恐惧。

图塔走过去,和他们站在了一起。要说他们和当时扎蒂城里那个酒气熏天的混账有什么关系,还真是叫人难以置信——毕竟刨去那个浑蛋,这一家人看着真的是平常不过了。仔细观察以后,我发现他们确实都抛开了自己黑暗的过去,迎来了新的日子。

"我叫巴耶克,锡瓦的萨布的儿子。"图塔没作声,却给我使了个眼色,于是我开了腔。

"我叫艾雅,来自亚历山大和锡瓦。"

图塔的母亲郑重地回应了我们,然后才介绍了自己:她叫作伊密,而旁边的小女儿是她的女儿琪娅。"你救了我儿子的命,把他从那个浑账的爪子底下救了出来,真的非常感谢你。"她接着说道。

我冲着艾雅笑了笑,然后把事情说明:救出图塔这件事可不是我一人之功。我接着讲了下去,故事说到艾雅给图塔的父亲,那个叫作帕涅布的浑账断罪的地方时,伊密的目光转到了艾雅身上,开始打量起来。我不知道她这么做到底是什么意思?

过了一会儿,我说道:"蒙扎蒂的守护神乌普奥特引导,我们今日才能在此相聚,我希望护佑底比斯的神明们也垂下同样的恩典,帮助我们完成使命。"

"我听说,你在找一位锡瓦出身的旧友。记得她是个努比亚人,跟她的部落一起住在底比斯,对吧?"

"没错。"我们异口同声地做出了回答,她也痛快地点了点头。

"那么在找到她之前,就在我家住下吧。要说找人这种事情,就交给图塔吧。他和城里的混混们还挺熟络的,如果是这种事情,这班人肯定派得上大用场。"

伊密的视线转向了图塔,投去了嬉笑中带着责备的目光,图塔见状,做了个不知是笑是羞的鬼脸,作为回应。

"不过,"伊密接着说道,"你们也应该去卡纳克神庙,去找一下那里的女祭司。她肯定也能帮上你的忙,这我可以打包票。不过,前提是你能和她说上话。"

听完这话,我扬了扬眉毛,伊密也深吸了一口气,正过神色,然后碰了我一下,以示关心。"估计你从这城市的模样也已经看出来了,底比斯现在只能说是萧条不堪,那群希腊人从来就没给过我们好脸色看,他们现在也一直在这么做,弄得本地人满腹怨气,妒意横生。如果要行走街面,这件事你千万要挂在心头。"

第二天图塔和我们告了别,不消说,他肯定是去底比斯城不见天日的那些街头去了,不过他临走之前,倒是给我们指出了神庙的方向。"这女祭司很聪明,不过也有点神神道道的,至少别人是这么跟我说的。要我说,如果谁能请她出山帮忙,那肯定就是你了。"

他冲我们咧嘴笑了笑,然后就离开了,我和艾雅也一道出发,开始探索这座昔日的宏伟都市。

我们不紧不慢地走着，满心想着要感受这座陌生的废都和她的居民散发出的气氛。然而，我们刚走近没几步，便被眼前这些被岁月侵蚀的一切震惊不已：很明显，底比斯曾是一座以诸多富有生机的色彩而自傲的城市，城中诸多带有漆迹的各色石柱还有围墙都是最好的证明。然而，时光也好，太阳也好，对修缮的怠慢也好，都让这些建筑物失去了昔日的光彩，现在我们所见到的，只有石柱基座和塑像上剥落的漆皮罢了。呵，要用这样的东西来回忆一段繁荣远胜今日的过去，该是多么叫人感伤！

"你看到了什么没有？"我们正在街上走着的时候，艾雅突然问道。

"比如？"

"伊密说得没错，"她压低了嗓门，"这里的气氛确实有些紧张。"

"你是说这里的局势么？"我指了指刚才经过的地方，那里的墙上有些用拉丁文和希腊文写成的涂鸦，全是一些怨气腾腾的脏话，这种东西没起到别的作用，只让这里邋遢的程度又重了几分。

"还有呢，不过……"她把手指绕在一起，揉了揉，拿出一副验证药草品相的架势，"还有一种感觉，不仅是这里，整个城市的情势都非常紧张。"

话是没错，我们一路上见过带着埃及用人的希腊人，也见过带着成群埃及保镖出行的希腊贵族，他们就像是忘了——或者是压根儿不在意群众的冷眼一样，在埃及人的城市里如此恣睢着。

不过，我们终于还是顶着大太阳，从卡纳克神庙前夹道而立的硕大黑猫塑像中间穿过，来到了斯芬克斯巷。我们在迷宫一样错综复杂的神殿回廊之前站了一会儿，然后才走了进去。神庙确实占地广大，然而和这座城市其他的部分一样，它的里里外外也已经被岁月侵蚀，不复当年的光彩了。然而，即便如此，这里的圆柱也还是比底比斯其他地方的都要高上一倍，上面的雕花也更加华丽纷繁。能够得见这样的建筑，实在是大饱眼福。

我们拾阶而上，进到了神庙的内部，向里面的工作人员打听女祭司的位置。那人一直在用温和而好奇的眼光看着我们，最后还和我们挥手了道别，一路目送着我们走进了远处通往内部圣所的回廊。

从高耸的石柱和斑驳的大理石密布的回廊走出之后，我们遇见了一位工作人员，他的行头比起其他人要体面许多。

"如果条件允许，能否让我们和女祭司见上一面？"艾雅用一副可人的声音发了问。

我站在她的旁边，别过头去。那种饱含愿对神献身般虔诚的目光，我是真不想去面对。在神庙里一路走下来，这种感觉已经快把我塞满了。

那人上下打量了我们一遍，下巴抬到了一个刚好能用鼻孔对着我们的角度。我们到了底比斯以后，好歹也算洗净了一路上的风尘，但看样子这人还是认为我们没有觐见女祭司的资格。不过，他刚要开口回绝，另一个声音便打断了他。

"且慢。"话音还未落，声音的主人便从圣堂远端的阴影里现出了身形。

第二十五章

　　映在我眼里的是一个丝绸、黄金与动人容貌的组合，我被震得一时几乎说不出话来。一时间，我都以为来人身上真的在放射光芒。远远看去，她遍身珠光宝饰，色彩缤纷，直到她走近之后，我才发现，她的袍子边已经磨破，头上的钗子还有高冠上的金片也剥落了。随着她走过来，我发觉这女祭司很大意义上就是这年久衰颓的神庙，甚至是同样年久衰颓的底比斯的具现。我心里也犯着嘀咕：她在这座城市里，到底能有多大的影响力呢？毕竟，看人不能光看行头，祭司的行头虽然有点欠奉，但这丝毫没有影响到她的存在感。就连出场的方式，也没有任何失当之处。她走来的步伐虽慢，却没有半分示弱的模样。把视线移到我们身上的时候，举止也是非常得体。而且，这声叫停很明显不单单是说给她的仆人听的——我们也算在内。

　　"我是尼托克丽丝，侍奉阿蒙的最高女祭司，底比斯的高阶女祭司兼卡纳克神庙的守护者。说吧，来此有何贵干？"

听她问罢，我低下头来行了礼数。"我是锡瓦的巴耶克，"我说道，"这位是我的同伴，亚历山大的艾雅。"

我和艾雅对视了一下，艾雅点了点头，我感觉时机刚好，心里也是喜不自胜：艾雅毕竟在亚历山大的神庙里待过，那么在这种场合下，让她来出面讲话，应该靠得住。"我们从锡瓦一路跋涉，专程往底比斯而来。"艾雅说着，然后在恰到好处的地方停顿了一下，女祭司也点了点头，一副了然的模样。

"我们为寻找锡瓦的保护人，一位名叫萨布的男性而来。"艾雅接着提起了我，"这位是巴耶克，萨布的儿子。在下名叫艾雅，随他一路从锡瓦而来。萨布现下不一定在底比斯，但是我们到此处，还有一个人要找寻：这个人名叫肯萨，是一个努比亚人，她现在可能正和自己的部落一同居住。而这位肯萨，有可能就知道萨布的下落。"

"有道理。"尼托克丽丝答着，领着我们到一面墙边的长凳上坐下，屏退了旁边的下人，这才开了腔。

"那么，你就是那保护人的儿子了。"女祭司口中喃喃着，语气十分肯定。

我没有作声，只是点了点头，默认了她的说法。

"那么，你日后打算担负起这个职责么？"

还没等我回答，她就撇了撇嘴唇，又做出那副了然的表情。看来我把心里的东西都写在脸上了。

"是的，"我说道，"家父正对我进行训练，以便日后的我能有这个资格。"

"日后会成为锡瓦的保护人。他只告诉了你这一件事？"

这个问题没有任何的倾向性，没有夹杂半点主观判断或者是讽刺的意味。然而我听到这个问题，心里却禁不住犯起了嘀咕。

"您还需要知道些什么吗？"

尼托克丽丝用笑容回应了我，然而她的目光依旧严肃而专注。"有啊，"她说道，"要问你的事情还很多。"虽然这种回答可以说随处可见，问一些有关生活之类的问题什么的，但是我很清楚，她意有所指。我眼前的女祭司并没有矫揉作态，也没在故弄玄虚，自我夸大。"你的朋友肯萨，也许就能给你想要的答案。如果她真的能够给你线索的话，再回来找我，到时我们会有更多的事情要谈。"

那么……我们的觐见是不是就这么结束了？我突然发现，自己还想跟尼托克丽丝多待一会儿，心里想着这位冷静的女智者是不是应该还有别的东西要开示给我。就在这时，她就像是读到了我心中所想一般，把视线转到了我的身上。"我是阿蒙的最高女祭司。"

我心中的疑问本没有什么玩笑的意思，她这一答，气氛瞬间就沉重了起来。

"我希望能看到底比斯重新崛起的那一天，我希望能看到它重拾往日的威能。"

"也就是说你还坚守着旧道，或者说法老之道？"艾雅是真的很好奇，每当有知道更多东西的机会，她就肯定会发问。

"我坚守的是诸神之道，是为人民谋福祉之道。"尼托克丽丝平静地做出了回答，"我坚守的是阿蒙之道。治人者应当倾听穷苦百姓的声音，而不是对他们敲骨榨髓。阿蒙并不会强要人民服侍于他，相反地，他会去服务自己的人民。"

"但是现在世间已经不吃这一套了。"艾雅答道。我能看得出，虽然艾雅本人更喜欢钻研哲学家的逻辑，但是女祭司现在讲的这些政教合一的理论明显勾起了她的兴趣。"亚历山大那边传出了一些流言，说托勒密十二世正打算把埃及拱手让给罗马，好让自己能稳坐王位。"

听完这些话，尼托克丽丝低声笑了起来，笑声中透着满满的自信："啊，话虽如此，埃及之前也遭受过外敌的入侵对吧？波斯人、努比亚人、希腊人。然而到现在为止，这些侵略者都终究在我们的国土上被同化了。我们的人民是坚韧不拔的，所以，只要假以时日，我们定能把罗马人像亚历山大一样同化掉。至于我们——我们只要看着埃及强盛的日子再次来临就好了。"

"我们？"

"啊，是的，保护人的儿子。"她又一次平抚了自己的心神，一只手在最合适的时机轻轻搭在了我的肩头。"你本来的使命，是保护锡瓦的神庙，不过总有一天，会有更多的东西需要你的庇护。"

尼托克丽丝从长椅上站起身来，这次觐见就这么结束了。我们从神庙离开的时候，我心里就开始期待下一次可能造访这里的时刻了。届时，她也应该会为我脑中尚未生发的诸多问题，一一给出答案吧。这时的艾雅，也是一副若有所思的模样。我们两个都出了神，思绪在自己的世界里游荡着。

这时的图塔也没闲着，他正继续寻找着肯萨的行踪。

算下来，我和艾雅在底比斯已经待了好几个星期，现在的我们对底比斯这座城市已经有了相对深入的了解，毕竟每天做的事情不是和图塔一起四处招募线人外带打听消息，就是出门到城郊去，用自己削成的木剑来练习剑术。

到了晚上，我们就会回到图塔的家中，在火堆旁团团围坐。如果天气暖和，我们也会坐到外面痛饮牛奶，啤酒或者葡萄酒。图塔的小妹妹琪娅也和艾雅熟络了起来，伊密对此倒是毫不介意，反而非常乐于让她和客人坐在一起，小丫头就那么盘着腿坐在艾雅旁边，小脑袋也赖在她的袍子上。

图塔、琪娅和伊密现在终于作为家人团圆了，我和艾雅虽然是外乡人，却也被他们像王族一样热情地款待着。有一点我是清楚的：艾雅肯定和我一样，对这里生发了同等的喜爱之情。

　　我十分高兴，心里干劲十足，想着要找到肯萨和自己的父亲，然后再去听女祭司要说的事情。话虽如此，这种朴素却从不缺乏欢乐的日子让我恋恋不舍。每天图塔回到家里来，告诉我们没有找到肯萨的时候，他总会这样说："哦，不过，先生，我会找到她的，您别担心，我肯定会找到她的。如果她人在底比斯，或者到过底比斯，那我肯定就能找得到。"

　　其实，我一直在想，图塔到底把我们相遇时的情形和自己的家人讲了多少？直到一天晚上，我们带着一堆酒罐，在院子里闲坐。贫民窟里的种种声音在空气中回荡着，我们也就着声音边喝边聊，正侃得起劲儿，我却突然发现，伊密正用一种犹豫的眼神看着艾雅。于是我们生生截住了话头。这种眼神，我在我们刚到图塔家的时候也见过。

　　琪娅正用自己惯常的姿势赖在艾雅的身上，小脑袋靠在那里，嘴里含着自己的拇指。然而就连她也发觉这突然的安静有些不对头，然后直挺挺地坐了起来，纳闷到底发生了什么。

　　沉默并没有持续多久。伊密就解开了我们的困惑，她直接向艾雅发了问："你确定给我丈夫头上结结实实地来了一下，对吧？"

　　艾雅换了个姿势，伊密这么盯着，她肯定会浑身不得劲儿。"是……那是……呃，我是说，我们打了起来……"

　　"我跟你说过了啊，妈妈。"图塔接过话柄，却只见伊密把手指放到了嘴唇上，于是他收起话头，继续听自己的母亲说话。

　　"是，你是跟我说过，我亲爱的小图塔，但是现在我就要听艾雅自己来说这件事，仅此而已。"

艾雅一时间不知该如何反应，只得朝我投来一个尴尬的眼神。

"你没准把他杀了。"伊密接着说道。

艾雅听了这话，吞了一下口水，不知道该做何回答。我看得出，她并没有什么好后悔的，但是她不想要别人悲伤。"我只是想救下巴耶克罢了，"她辩解道，"而巴耶克也只是想救下图塔。"

伊密被这话给逗乐了，她的笑声清晰嘹亮，整个人前仰后合，手都碰到了自己的膝盖。"不，我想说的是，你就该杀了他。"

"总之第二天早晨他的头肯定会疼得要死。"艾雅咧嘴笑了笑，心头的担子算是放下了，而且好像还有点小骄傲。

"这样还不够吧？那畜生脑袋上挨过不少下，估计他也习惯了。不过，如果你这一下够狠，没准真能把他打醒了。虽说要我看，还是够呛。"

图塔摇了摇头，一副哀伤的模样。"那个人不会悔改的，妈妈。"

"我也不指望他能，像他那样的太保，还上哪儿去浪子回头呢。"

"那个人现在可不止是太保了，"图塔接着说，"现在的他比太保还可怕。"

伊密看着自己的儿子，眼神里满是宽容。"管他呢，他不在这里，对吧？反正现在，他是没法拿我们怎么样了。"

我和艾雅继续进行着自己的训练，直到有一天，图塔又出现在我们面前，不过这次，他说了不一样的话。

"我找到她了。"

第二十六章

　　肯萨被找到了，于是我突然要面对一个事实：我马上就要和自己的童年好友再见了。我不禁问起自己：到底该做何感想呢？

　　说实话我也不清楚。上次见到肯萨的时候，她还跟自己的族人一起住在那些木架支撑，带着华丽穹顶的帐篷里。这种设计既适宜长居，也方便随时进行迁移，可谓是这群踏遍埃及的游牧民的标志性的物事。有一天，我去到他们原来的营地，却发现努比亚人们已经打点行装，离开了这里。我满心伤悲，毕竟一个朋友就这么从自己的眼前消失了。不过说实话，这于我倒也不是什么多意外的事情，毕竟他们是永世漂泊的人儿，不会把自己拴在一乡一镇的水土之上，所以，这种离别是必然的。

　　当然了，我一直都很想念肯萨。毕竟，我这些有关求生的本事都是她教给我的。我们的关系……好吧，也不能说非同寻常，但是也绝不普通。毕竟，哪个游牧民部落里的孩子，能不单和小镇里的孩子成了朋友，还特意教给他求生的本事呢？现在想来，我之所以成了现在的模样，各种意义上和肯萨都有莫大的关系，在父亲打定主意，开始对我进行训练之前，她就已经在对我产生影响了。

"我之前也和你说过，我自己都开始觉得这班努比亚人只存在于流言里了。"图塔领着我们走出了底比斯城，向河边走去，"好像不少人都听说过'底比斯有一群努比亚人'之类的八卦，不过，没几个人肯承认自己真的见过他们。所以我觉得，他们八成在这里待过，但是这不是重点，问题是，他们现在还在这儿么，这就没人知道了。好了，说了这么一大套，你就当这是我拖了这么久才找到人的借口好啦。"

"好样的，图塔。"这次艾雅的声音倒是非常温柔。

"好吧，这是真在夸我，居然是真的。"图塔也是笑逐颜开，毕竟他也知道，艾雅不会随便表扬别人，而这次，我们的功臣不仅得了表扬，还被报以一个微笑。

我和艾雅跟着图塔一路前进，期待着眼前会出现努比亚人的营地。然而现在，图塔已经把我们带出了底比斯的边境，又穿过了河边的芦苇荡，来到了一个艄公的码头前。

从他和图塔问候的方式来看，他们应该是非常熟络了。

不多时，我们就坐到了船上，由着艄公用一根长篙把我们撑到了河对岸。我们刚上了岸，就径直走进了一片坟场，或者说，亡魂们去往杜亚特旅途的起点。

图塔做了个鬼脸：他也不熟悉这片地方，于是我们只能在坟场里四处摸索，直到找到了一处陷进地面的坟墓。

按照图塔的话说，这里就是我们的目的地了，他咬着自己的下嘴唇，站在了一边，那副架势就好像在等我和艾雅跳下去一样。

我们不可置信地看着他，"在这里面？"我问道。

他点了点头。

"不可……能吧。"

"就在这里。"图塔坚持道。

"你怎么知道的?"艾雅又问。

我们四下瞧了一圈,确实,这里的坟墓看起来和其他坟场并无二致,只有我们眼前的这个方形入口像有人类在这里活动。

不对,我看到了别的东西。图塔给我们指出了其他证据,我们往身后远处的地面看过去,发现了一些风门一样的孔洞。他带我们走到近处,我发现里面飘出了袅袅烟雾。

"按照我打听到的情报,"图塔悄声说道,"努比亚人,不,是努比亚人们绝对就在这里。"

我的脑子里还是一团乱。"他们怎么做到的?他们怎么能把这里当作自己的栖身之所?这可是犯忌讳的事情。"

"话是没错,但是……事实就是这样。"图塔同意了我的话,回答里带着几分无奈。

"行了,别瞎扯了。"艾雅说道,"图塔,这是谁的墓?"

"我只能说我不知道,"图塔鼓起勇气来,试着去回答她的问题。"没准……"

"这里根本就不是一处墓葬,对吧?谁会在别人的墓里栖身呢,你说是不是?"

我把视线投向四周,使劲寻找墙上可能出现的印记,然而这里什么都没有。但是这个事实也并没有让我好受多少。

"就算这样,"我喘着粗气,"住在这种地方也实在……"

艾雅截断了我的话头,面带微笑地查探了一下四周。到现在为止,她都比我平静得多了——这是必然的,她接受起这种事情,比我可是容易多了。

"什么？犯忌讳？得了吧，要我说，这么做可是绝对明智的。毕竟，如果你住在这种地方，就不会有任何人来找寻你们的踪迹。除了图塔。"

艾雅说罢，就没再提起这个话题。看来，我必须得自己想办法说服自己。

图塔呢？只要艾雅说了一点儿疑似夸他的话就乐不可支，我们回到入口之后，他还在那里红着脸咧嘴傻笑。

"那么，现在该怎么办？"我问道。我们要找的人真的在里面么？甚至说，我的父亲是不是也在里面？

"不知道。"图塔诚恳地答道。

"他们可能都不会放我们进去。"我接过话柄。

"就算事情真的会变成这样，你们连进去都不进去，怎么知道他们会把我们截在当场呢？"这是艾雅的说法。

图塔一脸焦虑，他明显就没考虑过这个问题。"等等，我记得，有人跟我说过，巴耶克之前和那个努比亚人非常亲近的，对吧？"

我只好告诉他，这个"没多久"要算也有至少十年了。而且时过境迁，就算我和努比亚人还很熟络，我们也不能就这么大摇大摆地私自闯进人家地下的藏身处，他们肯定不想这里被发现，这么做简直是昏了头。

但是话又说回来，我们还有别的选择么？

我们站在入口跟前开始商量下一步的对策，但马上就做出了决定。一个人从拐角处出现：来人是一位带着长矛的女性，她从漆黑的地下空洞里仰头看着我们。

"别来无恙啊，巴耶克。"她说道。

那双眼睛里闪烁着狡黠的光芒，我凭着这目光立刻认出了她的主人。

我的脸一下子红了个透，然后慢慢举起手来，怯生生地打了招呼。肯萨教了我不知多少次：关于低声说话的问题，还有声音在封闭空间里传播的效果等。

第二十七章

　　肯萨从下面爬到了地面上来和我们打招呼，乍一看，她还是我当年记忆中的模样，头发里夹杂的五颜六色的辫子，羽毛，部落特有的疤痕，这些都和当年一样，还有那双黑里带灰的眼睛里的目光。

　　不过她长大了，不单说年龄，是别的地方。我记忆里的那个小女孩脖子上总带着一条骨质的项链，其他狩猎的战利品也常挂在她的头上，现在呢？

　　"你好啊，肯萨。"我回答着，一边看着她脖子上的狮牙项链，还有头上戴的河马常压。"你长高了，看起来很英武。"

　　她点了点头，以示肯定。她身上散发出一股冷漠夹着忧虑的气息，而这种气息在我对她的回忆里是不存在的，而现在的她就好像把整个世界都担在了肩上，整个人一副忧心忡忡的模样。

　　虽然肯萨的眼神里并没有什么笑意，她还是热情地问候了我，声音也非常响亮。"我的朋友，我的兄弟啊。"然后也反过来夸了我一通，

"你也长大了，"她是这么说的，说我的肌肉也比以前发达了不少，然后伸出手指，在上面戳了一阵，接着又戳起了我的皮带，脸上满是一副印象深刻的表情——我们上次见面的时候，还都只是孩子，而现在的我已经长大成人，成了一名战士。

我向她介绍了图塔和艾雅。两个女生互相打量了一番。说肯萨和艾雅是截然不同的两种人还是有失偏颇的——她们的共同点太多了。不过，单论外貌的话，倒也确实是非常不一样。

"你从他那里听到过什么吗？"互相介绍的环节刚结束，我就立刻发了问，急着想要知道一些信息。

肯萨看了看我。"从谁？"

"我父亲。"

她听到这里，看着像是吃了一惊："没有……我怎么有可能会……等等，也就是说，你是因为这个才找到这里来的？"

我努力压住了自己心里潮涌的失落感，没有让它涌到我的脸上。"你确定？"我傻兮兮地问了下去，"他什么都没和你说？他不在这里？"

肯萨被我弄得一脸疑惑，她摇了摇头。"巴耶克，如果他真的来过这里，我怎么也会知道的。而且我也不会忘掉这样的事情。如果我不要他来，他是不会来的，而我也没有召唤他。我也没允许过任何人给他捎信。看来是出了什么事情，请告诉我来龙去脉。"她站到一旁，指了指通往墓室内部的开口。"请进，"她说道，"讲话之前，咱们先来喝几杯。"

"你们真住在这里面啊？"我问道。

肯萨点了点头，嘴角开始上扬，我知道，她看我这幅表情肯定是在偷着乐。但是我还是止不住自己的求知欲，硬着头皮问到了底。

"但是这里是墓室啊,是神圣的领域。"

肯萨摇了摇头,把一只手扶在墙上,走了起来。

"这座墓已经被洗劫一空了。"她解释道,"这里已经被亵渎了,没人会再对这里浪费自己的敬意了,好了,跟我来吧。"

我们把太阳抛在背后,踏进了地下的墓室。我本以为下面肯定是一片漆黑,阴湿狭窄的地界,但是事实和我的想象差了十万八千里:虽说这里的天棚是有点儿低,但是还没低到逼着你躬身走路的程度,而且,上面还用篷布吊了顶,这种装饰让我想起了锡瓦,这种念头生发得如此突然,惹得一阵乡愁涌入我的脑海。墓室里的温度非常宜人,远端升着一堆火,给这里增添了一股,呃,"家"的感觉。那火堆也不是这里唯一的光源,两边还挂着许多灯笼。说实话,看着这些陈饰,谁还能想起自己其实在一座坟墓里呢?

一眼看过去我就发现努比亚人的人口比起以前少了许多。我们先遇上了一位坐在那里咳嗽着的老人,他把自己裹在了披巾里,饱经沧桑的脸上满是伤疤。他抬起头来,懒懒地看向了我们。还有一个稍年轻些的男人,当然,比起肯萨还是年长一些,他坐在一位和他差不多大的孕妇身边。洞穴的另一头是一位年长的妇女,正在那里忙上忙下。

没有别人了么?

"是啊。"肯萨见我拉下了脸,便回答了我心里的问题。她解释说,那个在那边咳嗽的男人是她的祖父,也是部落的长老。另一位妇女是她的母亲。那个年轻的男人叫作塞缇,是一位战士,而那孕妇正是他的妻子。部落里也有出门侦察的人,那人叫作涅卡,但是不管怎么说,部落里也只剩这些人了。

我一直努力地压抑着自己的感情,免得把自己受到打击的心情表现出来。不过从结果看来,好像还是失败了。说实话,从前部落里的人，除了肯萨我一个都不认识，每次去看她的时候，我一般都会在他们的营地边上转悠，然后等她出来找我。然而就算这样，我也还认得了至少十二个人。那时他们的营地真是生机勃勃。不过，还是有那个时候的东西留到了现在——就是我们头上那华丽的穹顶。但是说实话，这样一顶鲜丽的物件儿现在却挂在这样一群人的头上，实在是叫人觉得煞风景。

"大家都哪去了？"我一边四下张望，一边问着，沮丧的心情随着口中的字句决堤而出。

"他们都走了，要么去了别处，要么去了阴间。"肯萨也没有兜圈子。

"怎么搞的？"

肯萨露出了一副憔悴的模样。"原因很简单——我们被卷入了战争，一场不知何时才能结束的战争。别说了，我们先坐下来喝一杯，讲讲陈年旧事。来来，说说吧，你大老远跑到底比斯来，到底有何贵干？还有，为什么你又问起萨布的事情了？"

一壶茶，一堆火，外加坐在火边的两个人，故事会就这么开张了。我先起了头，先讲了一通肯萨，我信誓旦旦地跟她讲，她跟着部落离开锡瓦之后，在我眼里也没多大的改变。

"你父亲开始训练你了么？"肯萨问道。

"嗯。"我又接着说了下去，"就是进展有点儿慢，要我说，他好像根本就不想我学成出师一样，他也总是在说'你离出师还早呢'之类的话。按拉比亚的说法，自从门纳上锡瓦来的那晚起，他就开始犹豫到底该不该训练我了。他生怕把我也带上他走过的老路。"

我接着讲了下去，讲了我父亲离乡的事情，还有他走后城镇里的种种乱象。拉比亚对他离开的理由闪烁其词，于是我打定主意，想着离开锡瓦，追查他的下落。我倒也不是为了别的，我只是在追寻一条能让锡瓦置于保护之下的道路而已。

"那照这么说,以后你还是想当锡瓦的保护人吗?"肯萨也直接发问了。

"嗯!"我的声音因为决意而颤抖着。不管怎样,这件事是我终究要到达的事实,而在这期间,不会有任何的疑问能够动摇我的决心。"我觉得,我已经变了。之前我也许只把这件事当儿戏,但是现在我明白了,想成为锡瓦的保护人,继承我父亲衣钵的人,不是别人,就是我自己。"

"那么说,你觉得这就是你的天命?"肯萨问道。说实话,我搞不清她这是在肯定我的说法,还是提出了疑问,现在我只觉得,我的想法都被摊出来,晾在了旁人密切的关注之下,不过,即便如此,我的决意也不会因此褪色。

"我知道自己要走什么路。"我直直对上肯萨的目光,然后做出了回答。"我要做的,就是作为我父亲的学徒进行训练,然后作为锡瓦的保护人奉献自己的力量。仅此而已。"

只有这些,和艾雅而已。

"你知道有关守护者的事情吗?"肯萨突然问道。

这个问题问得我措手不及,我就那么盯着她,脑子里乱作一团。幸好艾雅替我做出了回答,对此我是感激不尽,但是这也更加出乎我的意料。"为什么提这个?"

肯萨缓缓地点了点头,谢过了艾雅及时打的圆场,但是她的视线,却还锁在我的身上。"那么问题就来了,巴耶克,如果你对守护者的事情一无所知,那么你就对自己想要坚守的人生道路同样一无所知。你现在所笃信的一切,我不能说都是一片虚假,这样说就过了;但是说这些东西并没有揭露出真相的全貌,是绝对没有错的。"

我压抑着自己快要爆发的不爽。"好啊,那你为什么不说个明白?"

然后她真的这么做了。

然后我也真的明白了。

第二十八章

"你父亲就是一位守护者。"

我吞了吞口水,我连守护者是什么都不知道。但"这不可能"这样的话却从我的心里冒了出来,和我现在真切听到的东西搅在了一处。

"没得讲,巴耶克,他确实就是一位守护者。"肯萨又说了一遍。

"但是守护者已经不存在了啊,"艾雅立刻答道,"他们已经消失了不知多少年了。"

看来,艾雅至少还是知道一些掌故的。不管怎么说,这件事儿是既定的事实,是我可以拿来平抚自己的真理。我这边还在调整自己的情绪的时候,肯萨就说了下去。

"不,这世间还是有残存的守护者的。"

"等等!"我说道,在这些对话从我的念想里穿出去之前,有些事情我必须搞清楚。"守护者到底是什么东西?军队里的一个职位。还是另一种保护人?"

肯萨点了点头。"没错，用保护人这个词来定义他们是可以的。举个例子吧，他们是，或者说曾经是人们还对坟墓心存敬畏的缘由。守护者就是这类事物的保护人，而你父亲作为一名保护人，也曾经立下誓言，他要保护的不仅是诸多村落城镇，还有锡瓦境内的神庙。作为守护者，他要做的就是让这些东西从诸多威胁它们存在，或者，与守护者的目标相抵触的东西的手中，得以保全。

"不过，有一件事你必须搞清楚，作为守护者的责任，可远不止我说的这些事情。成为守护者之后，他就不仅是一名卫士了，还是一名守人。他要维护的不仅是锡瓦这片地方，还有一套成体系的生活方式，或者说，他要保护的是整个埃及。"

艾雅一脸不解地问："什么样的生活方式？"

"那些我们的敌人认为已经'过时'的方式。他们认为，历史积淀下来的东西就必定落后于时代，就必定是洪水猛兽。"

火焰的影子在墙上舞动着，好像无声地述说着一个我无法看懂的故事。我看着艾雅，一言未发，由着她问她自己的问题。从过去开始，我俩一直都是这副模样。

"那好吧，也许他们说得没错，我说也许。"艾雅截住了自己的话头。这话倒没有多少抬杠的意味，但是依旧很直白。

肯萨摇了摇头，情态没有半分起伏。"旧有也好，新生也好，只要是体系，就会有瑕疵。"她做出了这样的回答。

肯萨有许多过人之处，而知人识性，不过是其中之一。她接下来的话就明显底气十足了。"旧有体制肯定需要应时而变，这没有问题。有些思想确实必须随着历史的发展重新进行考量，但是……"说到这里，她竖起了一根手指，"但是，这些东西已经作为一种教义流传了数千年，要我们这些生在大地上的人，不单单要努力为自己积累财富与声望,更要将力量结在一处,用以敬奉神明。不过,我也知道你心里在想什么,"她把注意力转向了艾雅,"你把自己当成进步人士,所以说,你因为这件事把神明抛在了脑后,也是有可能的。"

"不,我依旧信仰神明。"艾雅立刻做出了回答,不过我们都听得出来,她这话半真半假,有口无心。就连图塔都因此疑惑地看了她一眼。

肯萨见状,倒只是笑了笑。"也好,心中疑问常满,并不是什么坏事。我明白,你想用这个问题来标榜自己的智慧和进步性,但是,这也是让我有些无法理解的地方。"

我冲肯萨扬了扬眉毛,这些话让我想起了当初的自己。那时的我还在她的手下接受求生训练,然而,我总是问一些烦人的问题,也总会因此招来她的一顿痛批。这时的她冲我翻了个白眼,熟练地捡起一块石头,冲我扔了过来,这石头打到了我的脚上,弹进了火堆里。

"打住吧你。"这句带着玩笑的话我当年可没少听过,于是我也没顾着什么羞耻,咧开嘴笑了起来,感觉回到了当初。

"我们的族人也会对事物怀有疑问。谁不会呢?改变才是成长的源头,而改变也是存续的唯一法门。但是,改变,不代表要抛却过去的一切。"她注视着火焰,眼神却冷了下来,"我们奉祀神明,一是为了礼制,二是为了传统,维护好了这些东西,从中而来的恩典便能让我的人民保持活力。所以说,信仰是我们的生命线。然而,如果传统成了我们脖颈上的轭子,让我们受了它的奴役,这样的事情,我们是绝对承受不来的。"她勾起了自己的手指,做出一副驾车人用缰绳要牛停下的姿势。"然而在城市里,某些意义上说,这些东西确实已经是一成不变的了。而这种僵局成了许多东西的温床:自私,贪欲,堕落。城市确实是美丽的东西,"她冲艾雅歪嘴笑了笑,眼神里满是单纯的艳羡之情,"但是,这里也是诸多恶物的温床。毕竟城市的围墙之内太容易被权与钱侵染，如果事情到了这个份儿上，说整个城市都是它本身虚荣的纪念碑，都不为过。"

"那么说，不是神辜负了我们。"艾雅放低了声音，开始叹起气来。虽然艾雅从来没和我说过这种想法，但是看样子，她也早就开始这么想了。"而是我们凡人，辜负了自己。"

肯萨同情地看了她一眼，又把注意力放到了我这边。"明白了吧巴耶克，这就是你父亲，名为萨布的守护者相信的事情，也是我们的部族相信的事情。这世间还有许多人信奉着守护者之道。另外，我们的探子，涅卡，告诉了我一件事。他说自己在象岛找到了一个自称效忠守护者的囚徒。像我们这样的小股反抗势力其实很多，巴耶克。但是，被守护者之道吸引的人，都需要有人来引导他们，不管他们知不知道，他们都需要根正苗红的守护者血脉来引导他们。他们需要的是指导者，巴耶克，而这个指导者，以后也许就是你。"

我想起了女祭司之前说的话：也许，你很快就会发现，还有锡瓦的神庙以外的东西需要你的保护。想着这些，一股使命感突然涌上了我的脑海。

"但是，我还没有学成出师啊。"

"最优秀的领导人是学而不倦的。"肯萨抬起头仔细地打量着我，"不过确实，想要成为合格的领导人的话，你还有很多东西要学。"

肯萨坐回了火边，火光在那里舞动着，而我从她脸上的神情看出，她相信我现在定下的人生道路和坚守它的决定，是正确的。那种神情表达着一种比我们日常努力克服的情感，作为凡人来说家常便饭般的欲望、痛楚和怨气都更为深邃、更为古老的东西。我从她脸上看到的是理解。虽然只感觉到了一点点，但是我的感官确实捕捉到了这些。虽然我心里其实还是有些没底，但是，我生发了欲求，我想要对守护者有更进一步的了解。我想要帮助他人——全埃及的人。这种觉悟与决心交杂的感觉叫我通体舒泰。我找到自己的人生道路这件事带来了排山倒海般的动力。现在要做的，就是继续学习，继续丰富自己。

"你也是守护者吗？"我问道。

肯萨摇了摇头，嬉笑般哼了一声。"当然不是了。我的部族，都只是我们自己。不过，许多年前，我们发现自己的信念和守护者之道，确实有许多共通之处。而我们的意识形态，是完全相同的。"

"那我父亲呢？"

"他是我们的盟友。"

"看来，我终于理解自己一直以来的处境了。"艾雅突然说道，"不就和你们说的一样吗？于萨布来说，我就是所谓新观念，也就是摧毁了守护者的思想的那些。难道说这就是他不肯把巴耶克教完的原因吗……"

"不。"肯萨打断了她，"虽说我也是花了很久，才明白这件事的缘由。"她冲我眨了眨眼，做出一副神秘兮兮的表情，然后耸了耸肩。"成为守护者，可不单单是你与我的问题。这还意味着要放眼大局，意味着要目光长远，你要把自己的目光从今天延伸出去，延伸到明天，下星期，甚至下个月，你要关心的是十年内甚至半世纪内发生的事情。守护者是一种生活方式的具现，是一种存在方式的具现，一种对一个我不再支持的社会强加给我的价值观表达反对的方式。这种方式更适合让自己融入世界，融入大众。这种方式代表着在有所需的时候，奉献甚至牺牲自己的一切。"她顿了顿，然后有耸了耸肩。"要我说，这才是萨布一直不肯训练你的原因。"

艾雅一直专心地听着这些话，我也能从她眼中看到理解。虽说，肯萨不仅长于狩猎，我也有幸在这方面得到她的教导，而且她识人的功力也一直令我佩服。然而，我现在还是没明白，她到底想告诉我些什么。但是，我不敢再让她给我解释下去了，就我这颗榆木脑袋，再问下去非弄得她发了癫不可。

"那他为什么要离开呢？"可这时我的嘴却自己张开了，"那么父亲为什么要离开锡瓦呢？"

"我也不知道原因。不过，看来是拉比亚让你到这儿来的，但是，至于你父亲抛下锡瓦不管的原因，我也真的不清楚。那么你还是去找他吧，找到他本人，你自然也就得到答案了。而且，如果你找到了他，那你的训练没准也可以继续进行了呢。"

"你觉得，我会成为守护者么？"我问的时候也许有些上气不接下气，但是我个人重视肯萨的想法，她毕竟也是我的导师，是平生第一位愿意专心授艺于我的人。

听我这么问，肯萨哈哈大笑起来。我也得承认，我这是自找的。"虽然你父亲忧心忡忡，但是他还是在用守护者的方式来训练你，这我是了解的。不过，你想啊，这种所谓的训练可不只是学习武艺，或者计略还有监视的技巧那么简单的。也不单单是像我在锡瓦教过你的那一套技能一样的东西。成为守护者，意味着让自己进入一种新的生活方式，也就是说，改换你的思维。守护者不是什么像吃鱼或者面包一样明白选择的东西。守护者便是你本身。"说完，她在自己的胸口猛捶了一下，那声音就像在山洞里擂鼓一样响亮。"守护者是什么，这个答案只能由你自己给出。巴耶克，你喜欢也好，不喜欢也罢，你终究是萨布的儿子。这件事，还有随之而来的一切，你都没得可选。不过，成为守护者嘛……好吧。先不管萨布是怎么想的，这件事的决定权已经完全在你的手上了。你说是不是？"

第二十九章

眼前是一条终点是"成为守护者"的道路，而踏上了这条道路的我，现在又做何感想呢？

说实话，比起成为锡瓦的保护人，这好像也不过是多跨出了一步。然而，现实就很讽刺了：现在的我，连作为守护者的训练都还没有完成。而父亲的种种疑虑和担忧也确实在理：就算他教会了我保护锡瓦所需的一切，那我又要再花多久才能理解，甚至保护，如果必要的话，守护者的思想呢？

不过话又说回来，如果我拒绝接受守护者之道，放着埃及现在的模样不管，那又会怎么样呢？

照肯萨的说法，守护者的传承就流淌在我的血脉之中，但是说实话，我没可能一夜之间就变成他们理想中的模样，除非有魔法。

要我说，信仰这种东西，可不是能用血脉来承载的。

当然了，信念是一个人意志和思维的组成部分。这点我是非常确信的。我也相信艾雅会同意我的这个观点，毕竟我对当代哲学家和诗人的认知，就是她给我启的蒙。不过说到底，我要学的东西还多得是。

"你现在有什么打算？"肯萨问道。

我耸了耸肩。"做事得有始有终，我会继续探寻父亲的下落，同时接着训练自己。学无止境嘛。"

我这边说着，感觉到了艾雅赞赏的微笑，然后我朝她瞥了一眼，果不其然。

那么，说起这位身在象岛的守护者，他能帮得上我们么？"

肯萨一脸疑色。"嗯……据说那个囚徒好像不是一位正式的守护者。那他肯定就是个冒牌货了，世间有这种打着别人旗号，满口别人的道义，却对历史一无所知的人的，而且还不少。再说……你要怎么去到他身边？"

"你来帮我们好了。"

她点了点头，开始了思考。我本以为自己的想法已经够大胆了，不过看来，还在她的意料之中。

"我们本以为萨布的出走和你在这里有关系呢。"艾雅提起了这件事。

"抱歉，让你们失望了。"

"不过，你们是因为我父亲才到这里来的，对吧？"我试探着问了一下，"你们是打算追赶门纳么？"

肯萨点了点头。

"那门纳的下落呢？死了，还是就在附近？在哪儿？"

"他确实就在附近。"肯萨肯定了我的说法，"他已经在现在的位置待了六年了，不过我们相信，他现在正在进行移动。我的探子涅卡正在调查。"

"那么，可不能把他跟丢了啊。"我不假思索地结束了话题，但我意识到我说的太尖锐了点，话音刚落，我就缩了回去。我哪有权利这样对肯萨指手画脚呢？

还好，肯萨做了个鬼脸，很明显是接受了我的悔意。"你知道么？你还在大太阳底下纳闷自己的父亲为什么不教你舞刀弄剑的把式的时候，我眼睁睁地看着自己的家人死在了门纳的走狗手里。我们一直在和他们打消耗战啊，巴耶克。我可从没想过要放他走，如果你觉得自己跑到这里来是为了对我的事情指手画脚的话……"

"抱歉。"我诚恳地说道。毕竟，这也是我心头多年来挥之不去的阴影，更别提门纳打上锡瓦那晚，从我家窗户爬进来的那个歪眼人了……不过，对于这些事情的结果，肯萨的体验应该更直接一些。

"这个人是存在的吧？"我终于开了口。

"你说门纳？"

"我的意思是，这个名字指的不是一个团体，或者什么生编出来吓唬小孩睡觉的空谈吧？"

"行了吧，他怎么可能是那种东西。"肯萨答过之后，便闭起了嘴，拿起一根棍子，拨了几下火堆，火光骤然明亮起来。

她眨了眨眼，最后还是开了腔："你能在这里活下去吗？"然后又转向了图塔问："你能找到马匹和马车么？"

图塔兴冲冲地点了点头。

两天之后，这两样东西都摆在了我们眼前。

第三十章

临走之前,我和艾雅又到尼托克丽丝那里去了一趟。我们一路跋涉,走进了卡纳克神庙,然后卫兵和神庙的工作人员领着我们进了她的内部居室,她跟我们打了招呼,就好像早知道我们会来一样,就连赐的座位都在之前相同的位置。

"于是,"她沉静地笑着,目光在我和艾雅身上扫了个来回,"你们回来了。"

"之前你说过,还有更多的东西……"女祭司用了然的目光看着我,笑容里带着几分哀伤。于是我的声音也渐渐低了下去。"现在我明白你的意思了。我知道了有关守护者的事情,而我的人生道路上的目标,也远不止成为锡瓦的保护人。"

"于是呢,你皈依了这条道路么?"

"我真该早些知道的。"我答道。神殿里的影子实在是叫人舒心,风在走廊里轻轻地拂过,带走了我们肌肤上的热度。我本因为这些事情被一直隐瞒而心怀愤恨,然而这里的一切随时间一点点地平抚了我的情绪,现在的我,正需要集中心神。

"既然踏上了守护者的道路,你就要明白,你肩上的责任非同小可,"尼托克丽丝说道,"守护者绝非卫兵或者保护人那样的凡俗存在。你应该已经知道,守护者维护着一种古老的意识形态,然而你的责任比起这件事,甚至都重要许多。作为守护者的你不仅要守护旧有的事物,也要为世间带来公正与均衡。作为一名守护者,你将向阿蒙奉上敬意,你将成为玛特在人间的权现,成为对真理和和谐的古老信仰的化身。"

到这里我才发现,听这番话的时候,我一直都屏着自己的呼吸。于是我逼着自己开始猛吐了几口气,然后才开始调整呼吸。终于来了,我想要的东西,尼托克丽丝终于告诉了我一些直接明快,实际可靠的信息。

"从前的时候,每个埃及人都会皈依在玛特的教义之下,并将自己的人生奉献于遵循这教义的过程之中,然而,这种信仰也在埃及急速的现代化进程里跟着其他的东西一起遗失了。

"巴耶克,萨布的儿子哟,那些都是能赋予我们良好品格的东西,而作为守护者的你,已经不只是这些教义的传承人和布道者了,你就是这些教义本身。明白了吗?"

我点了点头,这才是我可以坚信的东西:我能够消化理解,然后进行归纳的信息,也是我渴求的东西。有了这些,我才终于能完全地规划我的一生:循行良善,扶助无辜,铲奸除恶,我要努力过好眼前的每一日,同时也要把目光伸向未来。这才是我的天命,我命定的生途。

"我知道,你肯定是明白了。"女祭司的字句里带着十二分的肯定,听着她这般口气,我想起了肯萨,也想起了她那总能找到驱策旁人法门的过人之才。尼托克丽丝微微抬了抬头，然后站了起来，这次觐见算是结束了。"你知道玛特的象征物是什么吗？"她问道。

我摇了摇头。

"是鸵鸟的羽毛。"

女祭司离开之后，我把手伸进自己的袋子，然后拽出了我旅途上一直收集的东西。

现在，我手中满是羽毛，白色的羽毛。

肯萨领着我们上路已经好几天了，还有一个名叫塞缇的人跟着我们。探子涅卡还没有回来，于是换他跟我们去。我们的模样肯定非常古怪，马车离开了底比斯，向西面进发，车上载着各种给养，还有五个把自己硬塞在货物夹缝里的人。

我们其实绕了个远：西边倒是有一条近路，但是肯萨和塞缇说那里实在太过危险，接着，我们终于到了一处低矮的浅山的跟前之后，我们便走了一条原路，从山底下远远绕了过去，然后从东面接近。

我们把马车停在了一个丘陵上，然后一路步行向上，直到找到了一处有利地形。从这处高地往东望去，我们可以看到远处波光粼粼的海面，还有一处开口，里面是一处好像从下面的山腹直穿而过的空洞。

我们凑起来，弯下腰来围成了一个圈，打算听听我们的向导有什么主意。肯萨在我们爬山的时候一直警告我们要保持安静，等我们到了这里，她又把一根手指放在了嘴唇上，强调了一遍这件事情。她很擅长进行无声观察，知道在图塔身上多加几分小心。毕竟在旅途中大家都知道他非常容易受刺激，而这明显对肯萨的想法不利。

肯萨要我们趴下，于是我们都伏在了这处台地的边沿上，往下观察，下面半是空洞，半是峡谷。顺着往下面的盆地直下的山势，形成了几乎成了圆形的裂口。而在峡谷的地步,被崖壁遮掩的地方,有一处往东去的小路,顺着那小路看过去,便能看到一堆建筑物。虽然造得有些粗糙,但是还是有房子模样的,而经久耐用这四个字,就好像写在了它们上面。

我们都趴在那里,而肯萨却转过头来,面向了她和艾雅中间的我。"那么,就是那里……"她压低了声音,生怕哪句话传到远处,暴露我们的方位。"就是门纳一直藏身的地方了……"

她想了一想,五个夏天过去了。"已经五个夏天了,过了这么久,他还是没有放松警惕,喏,你看……"

我顺着她指的方向看过去,那里有一处突出的岩石,上面站着一个背着弓的哨兵,他没有放松警惕,沿着那块岩石不断地巡逻着。不过,我们看到他停了下来,把脸转到了下面的聚落那边,环起自己的手,然后发出了一种嘹亮的怪声。那声音虽然像是鹰啸一般,但是可以听出是人发的声。

然后下面传来了另一声怪啸,作为回应。

"那是山另一边的哨兵的声音,"肯萨解释道,"晚上的时候他们就会这么做,以便互相让对方保持清醒,如果是白天的话,这就是在确认互相的存在。"她又指了指那些建筑物,"那个小一点儿的好像是某种仓库一类的地方。"她的声音依旧压得很低。艾雅和图塔都要竖起耳朵才能听得到。塞缇还在那里,寻找着其他可能的路径。"旁边,那个大些的建筑物,就是门纳的打手们住的地方,算上哨兵的话,他们一共有六个人,放哨的人一个会往东边去,一个就站在我们下面的地方。还有第三个建筑物,那里就是门纳自己的老巢了。他和自己的副官住在一起,我们确信那个人的名字叫作麦克斯塔。这些人我几乎都不认识,但是麦克斯塔那天晚上在,他的一只眼睛是歪的,你也许也

149

见过他。"

我一时被那段排山倒海一般的记忆魇住,整个人动弹不得,就好像被一个巨人握在了掌心里。他就是锡瓦被袭当晚爬进我家的人?看来是错不了了。

肯萨把我们从山崖边带开,然后,我们围成一团,低声交谈起来。"那门纳呢?"我问道,"他就是各种吓人流言的发源喽?你在近处看见过他的样子么?"

我们这时正蹲在山腰上的一处岩盘上,于是肯萨干笑了几声:"难道你信过那些关于长着尖牙的人的故事?"

我摇了摇头,但是红透的脸直接戳破了我的谎言。不消多看,我就能想象出艾雅绷不住咧嘴而笑的模样。然后我就感觉到,她正用手指嘲弄地戳着我,我飞快地看了她一眼,她也笑着回应了我,一股羞臊的暖流因此涌遍了我的全身。

"好吧,对不起,"肯萨接着说道,"虽说戳破童年时的谬见叫我自己也很伤心,但还是得说——门纳的牙齿和常人没什么两样。他本人虽然依旧强悍,但是他的势力已经不复当年——十年前的夏天那会儿,他手下可以直接支使的人就有现在的三倍之多,更不用说那些遍布各地的喽啰了——今年夏天?他会死在我们手里,马上就会。"

肯萨屏了好一会儿的气,然后才小心地把气缓缓吐了出来。她自告奋勇来参加这次任务,已经是做出了很大的牺牲,但是她还是不屈不挠,带着决意一直撑了下来。

"也许许多锡瓦人对门纳还是记忆犹新,不过,在这里,在现实世界中,他的实力已经被耗尽了——这是我们的族人的成就,但是为此我们也付出了巨大的代价。然而门纳现在还活着,但也只是因为我们在互相消耗实力,而他的损失没有我们那么大罢了。我们一直在监视着他，等待着出手的时机，还有，涅卡告诉我们，门纳和他的手下，好像要从这里离开了……"

肯萨突然紧张了起来，她竖起耳朵，仔细听着四周的声音。下面传来了渐渐清晰的战车声，后面还有一阵挣扎的声音，以及一声好像朝山上的我们耳朵里钻来的喊声。肯萨紧接着就爬到了崖边，想要看清营地里发生的事情，我们也跟了过来，伏在她后面不远的地方。

我们往下看去，只见有两个人把另外一个人——还是个努比亚人，从战车上拽了下来，拖进了那三座建筑物里小些的那一座。那人的头垂在自己的肩胛骨之间。就算我们离他如此之远，也能看出他现在状况十分糟糕。

"涅卡？！"肯萨用气声说道，"诸神呐，他们抓住了涅卡。"她一只手握成了拳，抵在自己的大腿上。不多时，她就冷静了下来，但是我也看见，她的身子还在因为愤怒和挫败感不断地打着颤。"他们在拷问他。"肯萨的声音里带着怒气，而这股怒意又被挫败感和无能为力的感情加强了几分。

就在这时，塞缇回到了我们中间。他从山里找了另一条路，以求确定门纳的哨兵的位置。肯萨挪到了一边，给他让出了位置。塞缇倒是一眼看出事有蹊跷，微微抬起头来，谨慎地看着她。

"怎么了，肯萨？发生了什么？"

肯萨没有多费辞令，也没有想着让事实更容易入耳一些："他们把涅卡关在里其中一座建筑物里。他已经被拷问过了，而那些人估计还会继续拷问。"

塞缇的反应有点激烈：他激动得仿佛马上要丢了魂似的，然后紧接着，他就起身准备从山腰爬下去。

"走吧！"他一面前进，一面说着，"我们去救他。"

"现在还不行。"肯萨斩钉截铁地说道。她年龄并没有塞缇大,我突然想到,我们这一行人里,只有图塔比她小,但是她的话带着权威,这种权威足以让塞缇冷静下来,至少现在是这样的。

塞缇收了声,于是肯萨把我们叫到了一起。"好了,我们先下山去讨论一下在把那些人的注意力吸引到我们身上之前该做些什么,还有你,"她示意了一下塞缇,"你给我悠着点儿,不然大家就都没命了。"

他不情愿地同意了。于是我们四个人便掉头回到了山脚下。

第三十一章

山脚下，艾雅、图塔，还有我在一边，两个努比亚人冲着另一边，他们俩僵持着，没人肯先让半步。

"我要到那里面去。"塞缇把刚才下山时被憋回去的气一股脑补了回来。"涅卡是我的兄弟，不仅是我部族里的兄弟，他还和我是血亲！你们还记不记得自己在火堆边说了什么？还记得你们说的那些'血缘有多重要'还有'亲情不容断绝'之类的话么？如果还记得，那就别拦着我。"

肯萨听完，握住了塞缇因为怒意抖个不停的双臂。"我们不能就那么大摇大摆地冲进去，入口那里有个放哨的，你头顶还有一个。再加上营地里住着的那些打手，就算你进去了，也只是白白送死而已。啊，是！你是我这辈子见过的人里箭法最好的一个，要是诸神怜见你，没准你还能拉几个垫背的，但是你到头来也还是一个人。不论怎样，你最后还是会死，你就想想你那到时还没出世就失了怙的孩子，还有你根本救不下来的涅卡吧——而且，最后门纳还会东山再起。你要是真那么做，到头来就是一场空。"

塞缇听完，便从肯萨的手里挣了出来。"那你说怎么办？把他扔这儿不管，还是先回底比斯，把你那病恹恹的老祖父还有我挺着大肚子的老婆都叫来凑数？亏你还记得我不是孑然一身——你自己呢？你这些打底比斯来的朋友呢？"

肯萨把自己的矛柄插进地里，然后转将过来，看着我们——那副模样就好像是第一次和我们见面一般。我张开嘴打算说点什么，好让她觉得我们还能派上用场。但是艾雅抢先一步接了话头："我们能做到的，你就瞧好吧。"

肯萨摇了摇头，伸出一根手指，指着我说："天底下已经没几个守护者了，你没准还是他们的独苗——万一你到头来真死在我手里，我该怎么交代呢？要我让你们去，门儿都没有。"

"你想哪去啦，到头来你非但不会害了巴耶克的性命，反能让他早点儿成为真正的守护者呢。"艾雅把话头顶了回去。说实话，她会说出这些话，实在是出乎我的意料，我也听得受用，心里暖流涌动——我一直以为，她就不会相信守护者的这套论调。没准是我自己表现的欲求满了她的意，这也是说不定的事情。

"这是找死啊。我们五个人里，只有两个人……"

"什么？"艾雅试探地问道。

肯萨深吸了一口气，调整了一下心情，死死地盯着我们："嗯……你杀过人么？巴耶克呢？"

艾雅摇了摇头，她也深吸了一口气——这个情态我是知道的：她正准备着一场辩斗，还是对面不服死不休的那种。

"呵，照你这么说，成为守护者的意义，就只有杀人喽？这就是你所谓的'资格'么？"

艾雅的话非常尖锐，但是没有半分怒气。这只是一个不遮不掩，毫无他意的问题罢了。

"当然不是，"肯萨立刻顶了回来，虽然我能看出她确实在听艾雅说话，"但是，如果事情到了除见血之外，别无他法的程度，那么，作为一名守护者，就必须在清楚这一切的前提下，无所顾忌，毫不退缩地下手。那么，巴耶克，你做得到么？"她走到我的跟前，把她的手放在我的胸口。"你能从这里生发这样的动机么？"

我想起了那个歪了一只眼的男人——麦克斯塔，现在我知道了他的名字。我想起了门纳，想起了我的父亲，还有自己成为守护者的念愿。我想起了图塔的父亲，想起了他多年以来给自己的家人带来的恐惧。这个家庭，在我不久之前的见闻里，可是一派欢乐安泰的模样啊。

我微微挺了挺身，我知道自己会做出怎样的回答。而肯萨也不愧是肯萨，在我开口之前，她就知道了我要说些什么。她看了我一眼，目光里满是肯定，还有一丝宽慰，她刚要接着讲下去，那边浑身发抖的塞缇不再压抑着自己的情绪，插话把肯萨憋了回去。"你知道那些人会做些什么的，对吧？你是不是知道那些人会对他做什么，是不是？"

"是，"肯萨悄声答道，"不过，我们的兄弟不会松口的，至少，在涅卡供出我们的住处之前，他应该就会没命。"

"没命？！"塞缇终于炸了毛，"我可不会由着事情变成这样，你也没理由坐视不管。"

肯萨把两手紧紧扣在了自己的矛柄上，然后把额头靠在了上面，头上的部族羽饰像棕榈叶一样垂了下来，护腕上的皮带也在微风中舞动着——她正苦思冥想，却突然醒转过来，大步流星地向我们的马车走去，然后把我的弓从上面摘了下来，扔给了塞缇。我正要抗议一番，却被她对塞缇说的话噎了回去。"看一看,"她恶狠狠地说道,"试试看这张弓的劲道。"

我就这么红着脸看着努比亚人仔细地看着我的弓。

"还不错。"塞缇虽然这么说,但是看不出这弓给他留下了什么深刻的印象。他把弓递了回来。"我的姐妹啊,于我来说,这弓的劲道还是略欠,要说的就这么多,重点是……你相信他们么?"

她点了点头。

"那就放手让他们去做好了。"

肯萨正要回答,却被山中传来的一声噪鸣给打断了。

这响声让我们一时无言。

这响声让我们把之前的以前争端都抛到了脑后。

那是一声惨叫。

第三十二章

　　我们等到了夜幕降临的时候。今晚是满月之夜,肯萨和塞缇稍微消失了一会儿,等他们回来的时候,他们都在脸上用白垩画上了纹案,我看得一脸疑惑。"这是为了敬奉我们的神明,"她解释着,然后又露齿而笑,"还有,威慑我们的敌人。"

　　然后我们就开始分头行动:塞缇向上移动,以便干掉那块突出岩石上的哨兵;而我们从山脚下迂回到东边,去干掉那里的另一个哨兵。

　　接着,就剩下保持安静,然后等到门纳的打手们吃饱喝足、丑态百出的时候,我们就可以出手送他们下阴间了。

　　我们四个绕着山脚一路爬了过去,停在了一处能把进出营地的路尽收眼底的地方。等到我们凑得更近的时候,肯萨挪到了前面,让我们排成一列,好让所有人都紧贴在石头上,和地貌尽量融为一体,再慢慢悄声地接近入口。她眨了眨眼,我看得出,这是在心里默数着什么。

　　我们已经尽可能地接近了。现在的位置,距离那个哨兵也不过五十尺远,他背上背着弓,靠在一处突出的岩石上,现在正背对着我们。我们往入口移动的时候,曾经听到过鹰啸声,不过我想,上一次他们这样联络之后已经过了好久,那边的哨兵应该睡着了。

然而并没有。

啸声还是来了。那声音就好像从天空中坠下一般,在远处广袤漆黑的沙漠中回响着。这声音带着十足的孤寂感,直到我们不远处的哨兵从倚靠的岩石上站起身来用同样的声音做了回应,这种感觉才显得不那么浓烈。

我把目光转到了肯萨身上,她双目半闭,正集中着精神,看样子还是在计数。不过,刚才的声音好像就是她在等的东西,于是她吞了吞口水,一副蓄势待发的模样,然后视线转向了我们,果断地点了点头,做出了无声的指令——做好准备,在这别动。

紧接着,她提起自己的长矛,在坚硬的地面上无声地跑了起来,我们只见她幽灵一样从夜幕中掠过,一面跑着,执矛的手也微微后收,做好了在跑动中进行投掷的准备。

那个哨兵不可能听得到她的声音的,如果能听到就实在是太过荒唐了。但也许是什么感觉在作怪吧,那哨兵竟鬼使神差地站了起来,转向了这边。于是,他借着月光,把疾跑而来的肯萨看了个一清二楚。哨兵见状,刚要开口——要么是要呼喊示警,要么是要吓唬肯萨。不过管他呢!不管他怎么做,也不会有人来救他的命。

于是,下一刻,那哨兵喉咙里咯咯嘎嘎的声音打破了这夜幕下的宁静,那是他马上就要死去的证明。肯萨的矛尖现在已经刺入了他的脖颈,于是他从上面落了下来,两腿胡乱蹬着,正赶上肯萨迈到他的跟前,然后跪了下来。她的身子挡住了我的视线,然而一柄短刀还是映入了我的眼帘,接着,那哨兵就再也没发出任何声音来。

我们所有人都在那里静静听了一会儿,想着塞缇到底有没有完成干掉另一个哨兵的任务。我们的心都悬了起来,生怕再听见另一声鹰啸,还好,四下依旧一片寂静。肯萨看样子也是十分满意,于是她把哨兵的弓箭给了艾雅,两人之间一副达成了共识的模样。

这时的月光照在我们身上,影子沿着小路被拉得老长。我们一声不发,飞快地朝着路口奔去,这里是道路分开的地方,而我们下午在高地上看见的建筑已经近在眼前。我们的敌人在里面熟睡着。没准他们已经睡得够死,连摸进来的我们都没有察觉到呢。

马厩就在我们左手边的远端,营地里的战车,马匹,还有种种相关的物事都放在那边。肯萨低声打了个呼哨,图塔和艾雅应声凑了过来,猫到了安着马槽的墙脚下,然后冲着马厩的方向迂回了过去。

肯萨碰了碰我的胳膊。"你肯来这里真是太好了,巴耶克。"她轻声说道。

我想起了她之前的主张。"你真这么想?"

"是的。"

我们朝上面看去,只见塞缇一手弓一手箭,在对面的岩架上就了位,我顿时觉得有了信心,我拒绝的肯萨也一样,因为这时候他就开始对我下了指示,然后我们就一路往本地中心的建筑群摸了过去。

我们接着向前移动,现在我们已经暴露在一片开阔地之下,要我们自己说的话,就是"浑身上下都是破绽"。我往左边看去,发现图塔和艾雅已经行动了起来,牵来一匹马套到了其中一台战车上。这一步也是进行过考量的:涅卡已经受了伤,那么我们就需要能运走他的交通工具。顺带一提,现在的计划是先放着门纳和他的打手不管,也不打算回底比斯去。

我们摸到了仓库旁边,绷紧身子停在那里,面面相觑,心里都有些期待里面能传出一声叫唤。然而，直到我们松下气来，里面还是静悄悄的，于是我们探上前去，开始查看仓库的大门。这门被闩住了——一根尖木桩被打进了门上的结实的木环里。于是我们也没多话，开始动手撬闩，尽量轻地把它移出原本的位置，这样它就没办法再像之前那样严实地扣在门上了。过了一会儿，这门闩终于被移了下来，门也跟着打开了，在那里吱嘎作响——这声音于我们简直就是营地里的一声炸雷，惊得我们心惊肉跳，脸上拧作一团。

不过，门还是开了，而今晚我们还是头一次因为月光而欣喜。光从门口涌入，照亮了我们正踏入的屋内，又指出了涅卡的所在。

如果不论那只被打得肿到睁不开的眼睛还有他脸颊和额头上的擦伤的话，这位涅卡确实和他的亲兄弟塞缇十分相像。他胸口留着不少刀伤，看得出，每一刀都是"煞费苦心"，每一刀都是痛入骨髓，换个说法，简直就是凌迟。

还好，涅卡看来是发觉了我们的存在，于是他使劲地睁着自己没有受伤的那只眼睛，用干瘪的嘴唇挤出了一个微笑，虽然手脚都被捆住，他却还是设法坐了起来，说实话，此情此景，实在是叫人快慰。

"塞缇呢？"他低声问道。

"他在上面的岩架上掩护我们呢。"肯萨跪下来，一面回答，一面拔刀在手，一下子挑开了他的桎梏。

于是涅卡揉了揉他的手，摸了一下自己的肿眼，痛得缩了一下。

"伤得重么？"肯萨问着，手指迟疑地伸向他胸前的伤口，涅卡却半路把她的手抓住，然后就停在那里。

"不轻。"他说着，那只好眼里蒙上了一层阴影。"他们是伤了我，但是这还只是个开始。明天，他们说，明天才是好戏开场的时候。"

他接着指了指旁边的我问："这是哪位？"

"这位是锡瓦的巴耶克,萨布的儿子,"肯萨飞快地说着,一边又扶他站了起来,"他和他的朋友来给我们助阵了。来吧,我们该把你救出去了。"

"啊,我是不想再待在这里了。"涅卡愤愤地说着,整个人阴沉了下来,"不过,要走之前,我要把门纳的脑袋砍下来,插在你的矛头上。"

肯萨飞快又坚决地摇了摇头。"不成,"她斩钉截铁地说道,"我们现在人缺力寡,你又受了伤。这次摸进来是为了把你安全地带出去,不是为了别的。"

"好啊,你觉得我的兄弟会怎么说?"

肯萨抿了抿嘴唇,如果塞缇现在在这里的话,他会说些什么,我们都心知肚明。

"我们一直在等待干掉他的时机……"涅卡开始施压。

"现在不是最好的时机……"她压下了声音,我明白她其实是开始了思考。虽然她的部族已经没剩下几个人,她依旧在严肃地思考这件事情。

"都到了这一步了,肯萨,门纳已经落进了我们的手掌心,是时候干掉他了,这样对大家都好。更何况,你还带来了帮手。"他的头猛地转向我这边,看样子,他自信能说服她。"我们已经在这聚落的内部,而且哨兵也都死了,对吧?"

"嗯。"

"那就只剩七个人了。五个在那边的房子里,门纳和他的副官在另一座。高地有人掩护,我们身边也有战力。现在正是出其不意的良机。好了肯萨,是时候了,我们来跟他们做个了断吧。"

肯萨听罢,扬起了下巴,看来我们是不需要再多煽动她了。"也就是说，你现在就想跟门纳算总账，对吧？"她一面问，手指一面沿着涅卡胸前的伤口划动着。

涅卡疼得缩了一下。"是的，我的姐妹，我正是这么想的。"

肯萨听完，就么看着他好一会儿，目光沉静又尖刻，然后开始没完没了地摇起了头。

"不成。门纳这条命我要定了，不管你认不认，他是我的猎物。"

然后她笑了起来，涅卡点了点头，往后微微仰了仰身。这是信任的表现，他支持了肯萨的决定："你这是自讨苦吃啊，不过我同意你的想法，把你的弓给我，然后我们就出发。"

肯萨照办了。于是，等到涅卡渐渐稳住了自己的步伐，我们就从仓库里摸了出去。

第三十三章

然而很快，我们的如意算盘就被一泡尿给毁了——有个打手晚上喝了太多啤酒，把自己憋的起了夜。于是，之前肯萨和涅卡脑袋里酝酿的种种可能奏效的计划，这下都成了一场空。

之前，我们摸出了仓库，用爬的，然后又偷偷地跑到了马厩对面的盆地里。这时图塔和艾雅还蹲在马厩里，他们冲我们挥了挥手。不过，我们花了好一会儿才看清他们在干什么。我朝着夜色中定睛看去，有点不大敢相信自己的眼睛。然而，他们确实就是在挥手；我只得眯起眼来，打算看清楚他们想表达些什么。

挥手，而且指向了……

我顺着他们动作的方向，往营地里的其他建筑看去，那里有两座小屋，在那座大些的屋子旁边，有个门纳的打手正对着墙小解。那边岩架上，塞缇站了起来，张弓搭箭，准备进行射击。但是这会儿，这人所在的那一面不在塞缇的射程之内。更糟的是，如果他往右看，就会看见图塔和艾雅，往左看，就会看见我，还有肯萨和图塔。

真是活见鬼！

肯萨见状，只得发狂一般地指挥我们回到仓库里面。于是这盆地里一时万籁俱寂，只剩下一阵潺潺之音。哪来的就不必说了。

回头他估计要倒霉了，我的大脑疯狂地运转着，没准他们还真有什么规矩，比如不能随便越界什么的。不过看他这样子，估计也是累得懒得管那么多了。

水汽蒸腾，他停了下来。

然后又开始了。

然后又停了下了，这次他终于放下了袍子，接着深一脚浅一脚，要么因为醉意要么因为困意，走掉了。

我们生怕自己的动作引起警觉，但是更怕把自己暴露在没遮没掩的地方。于是我们，连肯萨，都僵在了那里，她也干脆放弃了让我们退回仓库的想法，干脆就在那里压低了身形，一动不动。对面的图塔和艾雅也是一样。说实话，我也不敢转头去看塞缇，谁知道会发生什么呢？

我们都像是石化在那里一般，生怕被人看见，心里祈祷着这打手能赶快扭回他们的屋子里去。

然而他没有。

他停下脚步，竖起耳朵，然后把手放在口边，发出了之前的那种鹰啸声。虽然他已经醉得没法发出完全一样的声音，不过听着也还是那么回事儿。

我们只得屏住呼吸，紧盯着他。那打手又竖起了一只耳朵，听起了四周的声音，等着听到回应的啸鸣，然而什么都没有，这弄得他有些光火。于是他开始四下查探，那副下巴高扬，胸脯高挺的模样，活像一个喝高了之后在自己领地里乱转的皇帝。他的视线从马厩那边扫过，没有停留，艾雅和图塔还藏在阴影里，但是，当他把目光转向仓库门外——也就是我们三个待伏的地方的时候，我突然感觉自己已经彻底暴露了，我想着。是的，巴耶克。月光温柔地洒在这里，为旁人指示出了我们的方位——他们就在那里。

不用说，我们肯定是被发现了。

肯萨也是这么想的，于是她给塞缇打了个手势。两人武器上手，一同缓步动作了起来。

然而该来的还是来了，那打手终于打定了主意，于是喊了一嗓子打算警告自己的同伴。肯萨遁入了阴影中，塞缇却站了出来，那人见状，飞快地跑走了，接着又喊了第二声，这一次更加响亮也更加急切。他连忙奔到自己住的屋子门口，然后用自己的双手大力地拍着门。

然而于他来说，这些都太迟了。他正好跑进了塞缇的射程范围，于是他一箭过去射穿了他的脸颊，那人吃痛，拍门的手停了下来，喊声也戛然而止，那只箭也穿透了他的食道。

但里面的人还是被惊醒了。不多时，打手营的门就被摔开。"嘿！"里面的人喊了一声。这声音的主人本来满是睡意，然而，当他看到门口瘫倒在地的尸体的时候，睡意立刻变成了惊愕。

于是这个人也没多想，立刻冲了出来，接着就被肯萨的矛递了个正着。她从阴影里一头刺过去，干净利落地把那打手放倒了。我紧盯着事态发展，持刀在手，处处警惕留神。感到自己身边有人在移动，于是我转过视线，发现艾雅和图塔也到了这里，他们猫在附近的地方冲我笑着。

营地的另一面，塞缇趁着战斗的间歇从岩架上跳了下来。于是这些努比亚人又聚在一处。然而，一个疑惑涌上了我们的心头：我们突然失去了目标，或者说，接下来该做些什么？我们心知那处主建筑里面还有四个，或者五个人。至于另外那边……

就是门纳了。

我们好像同时反应了过来：是的，事情还没完。肯萨打着手势，对涅卡下了指令：到那边去看住门口。艾雅也架起哨兵的弓，搭上了箭，做好了射击的准备。

"塞缇，"肯萨的声音虽低，口气却依旧严厉，"看好后面，别放过任何可能的退路。"

努比亚人倒是已经自顾自订好了计划，然而我们却还是无所适从。毕竟我们的准备一开始就不充分，还在毫无警惕的情况下被出来起夜的人给逮了个正着：现在我们只能想办法跟上这班身经百战的猎人，这基本是没什么希望的。

马厩那边传来了声音，门纳和他的副官已经登上了一架战车，这下不用说也知道，更多的麻烦事已经在路上了。

"不！"我只听得自己这样喊着，虽说那战车以迅雷之势奔出了马厩，但是我还是找到了机会，把门纳副官的模样看了个真切。

是的，就是他，他就是多年以前爬进我卧房，把我吓得动弹不得的人。我看见了那只歪掉的眼睛，他的嘴唇扭成了一个可怕的弧度，虽然现在情况对他十分不利，他却还能自得其乐。

门纳就在旁边，比起他那奇形怪状的副官，他本人看起来就没那么扎眼了：他身材瘦小，一副饱经风沙的模样，肤色也是黝黑的，如果不细看的话，甚至看不出环在他胸前的皮带。

涅卡搭起弓来，调整了一下姿态，然后一头蹿了出去，冲向一个更好的位置，他一边跑着，一边放出了箭，只可惜，他那只被打坏的眼睛成了掣肘，那只箭没有射中，只是掼到了战车的一侧，然后刺进了车厢，没有伤到任何人，那战车接着调转方向，又开始向营地外的引道冲去。

我整个人都绷了起来，满心期盼，不，应该是祈祷着塞缇自己能做出应对。然而，从建筑的另一面传出了痛苦的哀号。他也被拖住了，现在再期待他人的支援，已经是来不及。

诸神呐！这帮畜生！

肯萨把她的弓和箭袋一把从涅卡那里抢了过来。"待在那儿别动，"她冲艾雅喊道，"拖住他们。"

然后她就冲着马厩跑了过去，"巴耶克，跟我来！"她对我下了指令，我马上紧跟着她朝着战车冲了过去。我往后看了一眼，只见艾雅正张弓搭箭，朝着那边的小屋瞄了过去。塞缇也绕过后墙，一路奔了过来，一边手上搭起一支箭，瞄准了门纳的战车。那战车远离了视线，于是他又原路奔了回去，在后面的入口就了位。大家现在都各有自己的任务要做，这阵容可实在是豪华。真想拿我们怎么样，没那么容易：首先是两个饱经战阵的努比亚人；然后是虽然还没投入过实战但是聪慧自信的艾雅；然后是图塔——要是说他没藏着几手，那我可不信。

"你会驾驶战车么？"肯萨喊着，一面跳进了车厢。我没多话，挽起缰绳，抖了一抖，把我们带出了马厩。身后的沙地上印出了两道车辙，画出了一道通往引道的弧度。父亲也许对我藏掖着很多东西，不过，至少在教我驾车的技巧这件事上，他还是没什么保留的。

我们已经追到了门纳后面，不过不仅如此，我们还有一个重大的优势。

肯萨就在我们的车上。

我们的马打了个响鼻，鬃毛在风中飞舞着。我紧紧拽着缰绳，想起了一件要命的事情，我上一次驾车，都是在锡瓦的时候了，而且好像是在好多年前，这还不算，现在天还黑着。

月亮还在天上，不过现在的它于我们，已经从敌人变成了盟友，至少说，前面的门纳和麦克斯塔已经完全暴露在了月光之下。麦克斯塔正在驾车，还时不时地回过头来张望，而门纳就那么缩在车厢里，两只胳膊扒在了边上。

我一抖缰绳，又给马加了一鞭：我们到底有没有在缩短距离呢？管他呢，此时此刻这根本就没什么所谓。风在我的头发间奔流而过，也麻痹了我暴露在外的牙齿。然而我通体上下都被兴奋占据了。总之，管他呢，现在没赶上一会也能的。我从骨子里清楚这一点，而且，不论如何……

肯萨这时就在我的旁边，她和门纳一样，缩在车厢里，在我们一路狂奔的时候努力地试图保持平衡，每次车过不平处的时候，颠簸得好像要把我们从车厢的一边扔到另一边。车轮被颠得弯掉，木制的辐条也断了。这些老古董拿来慢悠悠地赶集，或者说，走从那营地到底比斯之间的往返路程还差不多。如果要拿来在夜晚的沙漠里相互追赶，可不行。

我们前方传来了马鞭的脆响，麦克斯塔又给他的马加了鞭，于是我也做了同样的事情。肯萨之前一直像门纳缩在我的身边，努力地维持着自己的平衡，不过，她现在倒是站了起来，两脚叉开，一条腿向后别在了我的腿上，我们的大腿也因此扣在了一起。她的前臂上肌肉紧收，弓也举起在手，右手搭上一支箭，然后把弓拉开，骑在了战车的底板上，又努力地在我和车厢之间死撑着，拼尽全力来保证自己能稳住射击的准心。

不过这还不太够。

第一只箭从前面的两个人中间穿了过去，我和肯萨对视了一下，没有尖叫,没有怒吼,也没有咒骂,我们一声未发,却都肯定了同一件事,那就是不论如何,我们会完成自己的任务。

"再来一箭。"肯萨的声音盖过了车轮的轰鸣,她又搭起一支箭来,收紧手臂上的肌肉,拉开了弓弦。

她鼓足气势,大喊了一声,射出了第二支箭,然后胳臂才因为长时间发力而抖了起来。不过还好,这一箭击中了目标,麦克斯塔被这一箭扎得在车厢里打了个旋,而那只箭本身已经深深地钉进了他的左肩里。

歪眼人就这么从车上掉了下来,他猛地一拽缰绳,那马跟着高抬两蹄,停了下来,而那战车却被惯性驱使飞了出去,它的轮子在半空中飞转,然后翻转过来,连人带车扣在了地上。

我们把车停在了那堆东西的旁边,肯萨搭上了另一只箭,我也把匕首握在手里,两个人就这么从车上下来,然后凑上前去,打算看个真切。

门纳他们的战车摔了个四脚朝天。一只轮子摔碎了,另一只轮子还在那里晃晃悠悠地转着。车里的两个人都被扣在了下面。他们正努力地试图站起来,拉车的马也痛苦地嘶鸣着。

肯萨依旧拉着弓,于是我走上前去,把挽在马身上的皮带解开,还它的自由。然后才走到战车跟前,蹲下身子,打算看看底下的情况,却见证了一幅瘆人的图景。

车下现在鲜血横流。我本以为这两个人还活着——他们并没有闭眼,像对我一副横眉冷对的模样。门纳的面容倒是吸引了我的注意——他盯我的样子好像有些不对。然后我才发现,他的眼睛连眨都没眨,脑袋也和自己的身子构成了一个非同寻常的角度——就好像陷进了车厢的侧面一般。

门纳的嘴大张着,于是我朝他那血糊糊的嘴里看过去,然后才明白过来之前涅卡射出的箭因为这一翻车,又刺进了滚到这边的门纳脸上。他是被这支箭插死的,还是脖子先被折断的呢?管他呢,总之,门纳已经死了。

至于旁边的麦克斯塔,他倒是居然还活着。而且还用我之前见过的那种眼神死死地盯着我。

"你到底是谁?"恶意从这声音里一点一滴地挤了出来,但是它的主人也只能把这渐渐微弱的声音从喉咙里挤出来。他的口中流出了血来,染红了他的胡子。

"这与你无关。"我没有起身,接着向他说道,"你已经被打败了,败在一个守护者的儿子手里。"

我眼见那歪眼人的眼神在惊惧与知觉中涣散开来,紧接着,他终于咽了气,口边冒出了一堆血泡,然后鲜血才迸射而出。这下他是死透了。

第三十四章

比翁在离开亚历山大之前，又找时间和拉亚碰了一次面，这次他倒是挑了个让拉亚能舒心一点儿的地方：一个因虫害而被荒弃的无花果园。这里除了打蔫的植物，还有他们正坐着的石凳之外空无一物，在这里讲话不用担心隔墙有耳，或者让拉亚担心他的存在给自己的生活带来影响了。

比翁嗅了嗅空气中弥漫的无花果的甜香气，一面看着树上忙碌的虫子，一面把自己和拉希迪见面的事情和拉亚交待过，又和他说了自己得到的新情报，这次查到的是一对身在杰尔蒂的主仆，一人名叫萨贝斯泰，是个盲童，另一个叫赫蒙，是他的主人。

"是个遗老啊，对不对？"拉亚轻蔑地哼了一声，比翁此时很高兴他们现在是并肩而坐。他对拉亚的厌恶现在全写在了脸上。说实话，他觉得很奇怪，他的老长官当年可是一副意气风发的样子，而且时不时地就会把他那股放错地方的信念给表现出来。但是他不傻，也不是一个对事物欠加考虑,且不加疑问地接受的人。然而坐在他对面的这个男人在待在自己亚历山大的家附近的时候,就总会时不时地闭上眼睛,然后把脸转向夕阳去——这种与过去迥异的模样,要说是人,可是不大恰当的。

"那么你要往杰尔蒂去了,对吧,"拉亚说道,"你是准备继续我们的任务吧?"

这任务的那一部分才是"我们的任务"呢?比翁想着,一面做出了回答。"天亮我就走。"然后,他就把自己的念想都扔到了之前就应承的工作上去。

"很好,很好。那我就等着那个遗老还有他那瞎了眼的帮手死在你手里的好消息了。"

"了解。"比翁不咸不淡地做了答,心里还在思考着。是的,这些人很快就会死去,这个事实就如太阳升起一般,已是注定的事情了。这之后,他心里清楚,拉亚就会给他另外一个任务,天晓得这种事情会不会一直循环下去。

比翁想来想去,觉得这个想法,还是让自己十分不悦。

这些事情,是他的"遗产",或者说,他赠与世界的物事,便是死亡。战争过去,一切总会重生。那么,如果他稍稍加速一下这个过程,又有何妨呢?人嘛,终究难逃一死,区别不过迟早。他觉得,自己其实给猎物带去了安宁——那么,从这一世中解脱,提前去往来生,这种事情有那么可怕吗?

"你是不是也觉得,事情太过顺利了点儿?"拉亚接起了自己的话头,于是比翁把自己当着旁人面酝酿的想法暂且扔到了一边,集中起注意力来听他的话。"这任务还没进行多少,我们就直接找到了敌人的魁首,有点像砍树之前就刨出了树根呢,你说是不是?"拉亚回到了之前的姿势里，扬起自己的面孔迎向了太阳，一副对自己的发言心满意足的模样。

比翁的伤疤痒了起来，他在这里已经呆够了，"是的。"他的语气中毫无兴味可言。

于是对话一时停顿了下来，尴尬的气氛趁着沉默弥漫的当儿，摸到了两人中间，大喇喇地在那里游荡。

"我说，我们的杀人鬼比翁大人啊，你该不是就这么丧了气了吧？你也知道，这件事儿对我有多重要——同理，如果这件事做成了，我会多感激为我出力的人。"

"你现在拿到了一块徽章。"比翁嘴上说着，心里却想，如果拉亚知道他几乎不在乎最后的报偿，会有多纳闷？于自己来说，夺去别人的生命本身，就已经能够让他满足了，"那么接下来，还会有更多的徽章给你。"

"别让我失望啊，比翁。"拉亚摆出一副坚毅的眼神，煞有介事地说着。比翁面上虽然风平浪静，心里却已经在暗暗发笑。

"不会的，长官。"

拉亚龇了龇牙，权充一副笑模样，接着又给自己的脸上换上了一副"我过得很好，我也想要事情继续下去"的神情，"很好，很好。"

于是他们就那么并肩坐了一会儿，然后拉亚才开了腔："我说比翁啊，还记得瑙克拉提斯么？"

你就是打算着，接下来要我去法尤姆吧？比翁心想，却没说出来，只是点了点头。

"还记得那个叫瓦卡勒的地主么？"

"嗯。"

"那次的事儿之后不久，他就在家里被人杀了。你知道吗？"

比翁一言不发，毕竟已经过去了这么久，这件事又与他何干呢？

拉亚站起身来，看着还坐在石凳上的比翁。"我想啊，"他说道，"如果我再查得细点儿，那么就应该能发现一件事：那个瓦卡勒，应该是被一把短刀刺穿了眼窝，然后直接伤到了大脑才对。"

"我想"，比翁自忖着，依旧没说半句话，他就那么坐在那里，看着拉亚走出了他的视野，脚步声也渐行渐远，最后，沙漠中只剩下一片寂静。

是夜，比翁没有立刻回到自己的住所，而是先在城里转了一圈。他满心惊奇，这座城市一副新派，或者说一派希腊面貌。是的，这座城市现在的模样让他想起了当年在瑙克拉提斯的时光，这里也弥漫着和那里一样，旁若无人的尊大气息。这还不算，在这座城里很难找到那些农民、贱民、穷人，还有奴隶的身影。这些人脏兮兮的面孔在亚历山大的围墙之内反而是凤毛麟角一般的存在。在这里走街串巷的人至少也是小康民，或者自认为有所价值，在重重护卫下过着他们认为幸福安康的生活。确实，他们生活优裕，处境和那些没法指望天命垂慈的贱民形同霄壤。比翁也曾经为这种人的意愿夺去过他人的生命，虽说他一心觉得自己已经远离了那种生活，然而事实上，他现在在重操旧业。

于是他打定主意，走到一户陈设考究的房子门前，这房子和他曾经照护的那些富人的住家一样。他敲了敲门，一位仆人出来迎客，于是他打算见一见房子的主人。如果男主人不在的话，女主人也可以。

比翁正在和门仆沟通，却发现仆人突然诚惶诚恐地退到了一旁——一位衣着华丽的老妇人从屋里出来，用谨慎的眼光打量着他问："有何贵干？"

"请问我能不能和您的丈夫——也就是西奥提莫斯讲几句话？"

这位老妇人看来也是老练世故：比翁这副模样可是够吓人的了，但是她说话的时候，脸上依旧风平浪静，总之，谁也看不出她到底有没有被吓到。回答之前，她的目光顺着鼻梁锁在了比翁身上。"我的丈夫死了。"她的语气异常平静，几乎没有一丝感情。

"好吧。"比翁说着，才反应过来：她正等着自己致哀，于是接上了话头，"听到这个消息，我很是遗憾。"

然后比翁做出一副打算离开的样子，然后停在了那里，两肩垂下，然后转过身来，面向门廊里那老学者的遗孀。"他是怎么死的？"比翁问道。

"死在了一群强盗手里，"

"那他们，就是这些强盗，抢走了什么？"

"没拿什么，"老寡妇哀伤地摇着头，"拿了一些卷轴。"

第三十五章

其实拉希迪被杀死之前，还是畏死成招了，他告诉比翁说：赫蒙和萨贝斯泰就在杰尔蒂城，于是他便离开亚历山大，朝那里而去。

到了杰尔蒂之后，他又从当地的情报贩子那里弄来了一些信息，然后他总结了一下手里的情报：赫蒙和他的孩子并没有和城里的其他人住在一起，而且，那老头还有些奇怪的名声，说他一天到晚神神道道的。还有，在萨贝斯泰很小的时候，就被赫蒙收养了——这个盲童之前在街上乞讨过，靠一套翻弄杯子的把戏挣几个赏钱度日。有一天赫蒙从他面前经过，看见他耍的把戏，心里同情不已，当他知道这孩子还是个盲童的时候，他的这种情感就愈加泛滥了。

于是这两个人就这么凑到了一块，赫蒙把萨贝斯泰带离了街头生活，把他领去城东跟自己一起住。这孩子现在已是二十出头，虽然目不能视，但是并没有造成过任何的不便。不过奇怪的是，他从来都没有想过离开家门，到大城市见见世面，或者是到外面的广阔天地里探险过。作为一个年轻人，这实在是有点古怪。

有意思，比翁想着，但是，到底是什么成了他们的羁绊呢？

他没再多想，去城里的市集上买了一条皮带、一个小笼子、一个篮子还有一个双耳的铜碗。比翁把带子系在了碗耳上，然后给笼子里下了饵逮来一只老鼠，装进了之前买来的篮子里。

入夜之后，他就从骑上马，出了聚落，在黑夜里静静等着，直到他确信房子里的两个人都睡着了才开始动手。

他拿出之前准备的各种东西，然后摸到了前门，把它们都放在了地上，拔刀在手，静静听着屋内的动静。夜已深了，四下一片寂静，只剩下远处食腐鸟的叫声。至于屋内，就更是如此，里面满溢着沉默，没有传出半点声响。

于是杀手偷偷摸进了屋，像一阵烟一样从门口钻了进去，他站在那里，听着屋里的动静，一边朝漆黑一片的屋里看过去，估测起了情况，然后调整姿势，准备下一步动作。

然而一把刀架到了他的脖子上。

"我可是个盲人啊，入侵者。"比翁身后传来了一个年轻人的声音，"我眼前的世界和你的一样，都是漆黑一片，不过，我的刀现在就在你的喉咙上架着，而且，你也不熟悉这间房子的内部，但是我就不一样了。现在是我占上风，所以给我老实点儿。"

比翁顿时僵在了那里。他很清楚，只要背后的年轻人想，他脖子上架着的那把刀随时都可能挥下来。不过，他如果真的被缴了械，那基本就等于……比翁在人间散播死亡也已经这么久了，他可不愿，也不会让自己的大业在这种阴沟里翻船。

毕竟是比翁，用拉亚的话来说，是"杀人鬼比翁"。

比翁感觉到，另一个人——应该是一位老人站到了他的身前，接着,黑暗中突然传出了一个空灵的声音:"萨贝斯泰,把他的刀拿走。"

别乱动!比翁的脖子上传来了尖锐的痛感,陷进皮肉的刀锋把这句话直接戳进了他的脑海里,萨贝斯泰一边紧紧逼着比翁,另一只手又游到他的身前,摸索着杀手手里的凶器。

"嗯,放老实点,这刀我就拿走了。"萨贝斯泰的声音从他的耳边灌了进去。

比翁的眼睛已经适应了黑暗:他发现赫蒙正站在一张桌子的旁边,桌子好像是刚放在那里的,看来是用作屏障。很明显,这一老一少根本就不是他想象的那种普通的隐居者,他们一早就知道他要找上门来,预先得到了风声。这可是大大的失策。不过比翁发现,那老人的手里还提着一盏灯笼,看样子,只要他一被缴了械,这盏灯笼就会被点亮。

不过,比翁不会让事情这样展开的。

他由着那盲童拿走了自己的刀,也由着连在刀柄上的皮带从自己的手腕上被解下,慢慢举起了双手,做出一副表示合作的样子。

接下来,就是他采取行动的时间了。

比翁手上微微一抖,让手里的皮带绞上了萨贝斯泰的手腕,接着用力旋动,那带子应劲在他的胳臂上勒得绷紧。于是杀手顺势往前一拉,他就连人带着本已刺入比翁脖颈的匕首一起,被拖到了一边,接着又被拽到了跟前,至此,这两人之前所建立的优势,就此画成了泡影。

赫蒙见状,也大声呼喊了起来。萨贝斯泰这时一只手被绷了个严实,另一只持刀的手却还狂乱地挥舞着。然而比翁已经控制住了局面,用这两人之前布置的桌子反过来封住了他的动作,又趁隙拖着身后的人向前一冲,跟着打了个滚翻,钻到了萨贝斯泰的身前,一把抓住了那只持刀乱挥的手,然后再一拽,把这盲童猛地拽向了桌子的边沿。

于是，又是一声惨叫。

萨贝斯泰被直接带了过来，脊梁骨跟桌面撞了个正着，这盲童吃痛，立时发出一声不甘的怒吼。而那边的老人也行动了起来，抽出一柄光泽暗哑的曲剑，朝着比翁挥来。这时比翁已经把萨贝斯泰一把按到了桌上，他持刀的那只手也被杀手的力道所挟，一下一下地被掼在桌面上，手上的刀跟着掉在了地上，发出了刺耳的声响，于是比翁把注意力放到了另一只手上，他自己剑上的皮带还死死地勒在那里。

萨贝斯泰这时身上疼痛难忍，脑中又晕头转向，根本没有反抗之力。比翁却毫不留情，直接把盲童的胳臂一剪生生扳到了他的胸口，接着用刀刺穿了他的肩膀，把他整个人都钉在了桌面上。

老人这时才从桌边绕过来，却发现自己已经没了攻击的机会，于是调整姿势，换了一个架势。

赫蒙的动作十分迅捷，是的，很迅捷，迅捷到比翁这样的人见了都要暗暗赞叹。然而，老人毕竟还是老人，虽说以他的岁数来讲，他确实有着超人一般的速度，但是和依旧年富力强的比翁比起来，还是要逊色不少。老人疾步上前，抬剑便刺，比翁低下身形，轻描淡写地躲过了这一击，他感觉到那柄曲剑正在他的头上呼啸而过，没有多想，直接抓住了老人的双腿，跟着猛地一撩，把赫蒙直接掼在石头上，摔了个倒栽葱。老人的脑袋立时重重地磕在了地面上，倒在那里，不省人事。

这一场乱战，就这么收场了。

比翁发现，自己的脖子上流了血，那里有一个小小的刀口，不过，还没到需要管顾的程度。一旁传来了呻吟声，是萨贝斯泰，方才他被刀钉在了桌面上，他的上半身虽然也贴在那里，下半身却依旧不老实，两脚依旧在石头上无力地扑腾了好一会儿，这才失去了意识。

好了。

比翁跪到了老人跟前，探了探他的脉搏。好极，他还活着。事实上，比翁的计划需要他们两个活着，才能够进行下去。他看了一眼旁边的盲童，确定他还是被牢牢地钉在桌上之后，便从这两人旁边离开了一会，把门口那个装着老鼠的篮子拿了回来，接着又走进屋子，点起灯笼，然后关紧了门。

接下来才是正题。

第三十六章

"你应该知道我是谁了,对吧?"比翁问道,

四下里是一片漆黑,只有灯笼和不远处的一座独件火盆里还有几点明灭的火焰。屋里只有两把椅子,赫蒙就被绑在其中一把上面,他两手被绑在背后,头上的伤口血流不止,糊得满脸都是,就连那蓬白胡子,也被黏成了一坨红色的团块。

"我知道你是什么。"赫蒙的声音含糊不清,然而他依旧做出了回答,然后拽了拽把他绑在椅子上的绳子,用一种空洞的眼神注视着他。"你是夺命者,你来此的目的,不过是为了从世上带走我们的一切罢了。"

是的,我便是死亡。比翁想着,自己的目标居然明白自己为何而来,倒也是件不错的事情,不过,他还是没说出来,只是冲着赫蒙点了点头,"没错,不过,不止于此。"

"他什么都不会告诉你的。"赫蒙说着,把自己的头歪到了桌子那边。萨贝斯泰整个人依旧被摊在桌面上,看着活像一份祭牲。比翁

把刀从他身上拔了出来，然后绑住了盲童的两腿，割开他身上的袍子，暴露出了胸腹，接着又把老鼠用铜碗倒扣在他的胸前，用带子绑了起来。

老鼠立时在乱窜起来，想要找到出去的路，那扎挣的响动清晰可闻。

萨贝斯泰不时地抬起自己的头，想要表现的勇敢一些，然而屋里还是时不时地传出星点声音。很明显，他还是非常紧张，毕竟自己的肌肤上爬着一只无路可逃的老鼠，比翁想干什么，他也许已经猜到了。

"我知道他不会松口，"比翁回答道，"而且，我要松的，本就不是他的口，而是你的。"

"没门。"老人摇了摇头。

"真的吗？"比翁接着说了下去，"好了，老实交代，你们的同党在哪儿啊？对，就是世上仅存的那些。"

赫蒙痛苦地摇了摇头，心知他们这一老一少是难逃一死。"你眼前的就是'我们'的全部了，再没有别的人。等你干掉我们，从这里离开，就大可以准备庆祝守护者的灭绝了。"

"这可说不好。"比翁不冷不热地回答道，"要我说，埃及之大，肯定还有很多秉承着你们理念，自称'守护者'的人存在。"他走到火盆旁边，向着上面滚烫的木炭吹了一口气，那炭块立刻就红了起来。

"你说的那些不是守护者本身，不过是冒牌货、空想家，还有那些栖身社会边缘，喜欢把自己摆到主流价值观的对立面上的人。"

赫蒙一脸蔑视地听着他的话，朝旁边啐了一口。"你要说有这种人的存在，我是不会否定的，但是，这些人都不是真正追随我们信条的人。"

"你是说,他们并不在守护者的家系里,对吧?"

赫蒙点了点头。"守护者的家系早就都已断却了传承。断在了我这里,断在了我死去的妻子还有出生便夭折的孩子手上。杀了我吧,我们已不过是风中残烛,扑灭我们这点儿残光,你的使命就完成了。"

比翁叹了一口气,其实,他对这老人的勇气确实是十分敬佩的,更何况,在情况不利至此的时候,他还能严把口风,坚持自己编好的说辞,这也实在叫人叹服。然而,说了这么多,他还是要问出真相再罢休,而且……

"你说得没错,守护者在这世上存在的时日不多了,"他说道,"不过,我的雇主在亚历山大的图书馆里找到了一些卷宗,那里面说,你们的人正集结力量,打算东山再起,而且新一代的守护者也已经做好了接班的准备。你说你是最后一个正统守护者,不过,之前我已经拿到了一块徽章——好了,请你老实交代吧,不然,我就只能做一些更出格的事情了:回答我,你们的残部身在何处?"

赫蒙摇了摇头,那么,比翁做下的准备马上就要起作用了。

"嗯,那么,我们都知道接下了会有什么戏码了,"比翁说道,"我会把烧红的木炭放到铜碗上,碗被烧得滚烫之后,里面的老鼠便会拼命求生,开始在碗上啃咬。不过,如果它发现这样并不会奏效的话,肯定会另找一个地方打洞逃出。那么,赫蒙啊,你说这老鼠能不能逃出来呢?"

萨贝斯泰呻吟了起来。赫蒙也摇起了头,这实在是太血腥了。

"很疼的,赫蒙,"比翁不紧不慢地说了下去,"非常非常疼。至于要疼多久,那就要看这老鼠要从哪儿打洞了。时间也许会非常之长,我之前见过,不,是亲手这么做过。说实话,我也不想让任何人以这种方式,在我手里丢掉性命。"

比翁顿了顿，他觉得自己其实根本也不在乎这些，不过，杀了这么多年的人，他也学到了一件事情——假慈假悲比起别的情态，不知为何更能叫自己的猎物泄气。

"好了，说吧，"比翁说着，一边猜想着赫蒙此时脑中最深处那些最为秘匿的想法，"你们的残部在哪儿？"

老人又摇了摇自己的头。不过，这次的动作有几分动摇。"你大可不必做这种野蛮的事情。我已告诉你了，我们已经真的没有什么残部了，如果你要找最后的守护者，那他就在你的面前。"

比翁拿起火钳，把一块通红的木炭放到了铜碗的上面。里面的老鼠立刻被热度所激，在里面乱转起来，原本传出的喘气声也急促了几分。萨贝斯泰也跟着抽泣了起来，比翁不为所动，一块又一块地添着木炭。"也是该你倒霉啊。"他不冷不热地说道，"你肯定是在撒谎。"

碗里的喘气声越发地狂乱了起来，那铜碗也因为热度发出了光芒，萨贝斯泰被烫得呻吟了起来，然而，这样的苦痛，也不过是开始而已。比翁见过挖穿皮肉拼死逃生的老鼠，也听过那些备受折磨之人的呼号，甚至有一次，他看见一只老鼠咬穿肋骨间的肌体，从骨头的缝隙中探出了鼻子。

老人的额头上此时汗珠直冒。"你要杀的是我啊。"赫蒙无力地抗议着，却只看见比翁在那里摇着头；他接着朝铜碗伏下身去，向着上面的木炭吹起了气。屋中灯光明灭，铜碗上红焰升腾，随着他的气息，这火焰又亮了几分。

此时，碗里的老鼠正痛苦地号叫着，看样子，它很快就该担心起自己这副皮囊来了。接着，它就会开始啃啮自己脚下的皮肉。萨贝斯泰鼓起了十二分勇气，想要用自己的意志坚持下去。如果比翁在乎这件事的话，他应该也会对这盲童的意志力赞赏有加吧。

想想看,比翁想着,这件他们不会停歇,你也不会放弃的事情吧——为什么要战斗呢?

"时间可不多了,"比翁又警告了老人一次,"一会儿那老鼠开始行动之后,就算我想,怕也是没法让它停下的。"

"好吧,好吧,"老人急急说着,"我招了,求你,把木炭拿开吧,我全招了。"

比翁和老人四目相对,觉得可以信任他,于是拿起火钳,却只夹走了两块炽热的木炭,还有一块在铜碗上继续燃烧着。

"求你了……"赫蒙催促着。

"好啊,很简单,"比翁答道,"你只要老实交代就行了,如果我觉得你说的是真话,那我就拿下最后一块。"

"这世上还有一位守护者,"老人咽了咽口水,"没错,是正统的守护者。如你所言,他热心于复兴我们的事业。"

比翁摇了摇头说:"还有。"

老鼠依旧在碗里扎挣着。

"你什么意思?"赫蒙结结巴巴地问着,脑门上的汗闪着光芒。

碗里的老鼠还在里面发着声响。

"还有一支家系……"比翁逼了一步。

"还有两个人,"赫蒙使劲地点着头,"一父一子。"

比翁和老人四目相对,发现他这次说了实话。

"很好,很好,还有呢?"

比翁把第二块木炭也扔回了火盆,又夹走了最后一块,把它悬在了火盆上面。萨贝斯泰一直在屏气弓背,等着老鼠挖开自己的皮肉,身体上的每一寸肌理都已经做好了准备,等待即将到来的苦痛,不过现在,他倒是稍微缓了口气。而那个之前被烧得红热的铜碗,好像也冷却了不少。

"名字呢?"比翁问道。

"那个守护者名叫萨布,他的儿子叫巴耶克。"

老人像是被击垮了一般,躬下了自己的身躯,比翁觉得,他那双老眼里其实满是羞耻,羞在辜负了自己的组织,耻在自己收养的孩子——他也知道,自己把最后的守护者供了出去,那孩子依旧会死去。

第三十七章

从我们端掉门纳的老巢，已经过去了好几个星期，然而我还是没法确定，参战的所有人都恢复如初了。表面的擦割伤已经痊愈，受伤最重的涅卡除外，他还差一点儿，但是之前的龃龉到底还在我们的精神中留下了多少影响呢？这是我无法确定的事情。

我、艾雅还有图塔回到了底比斯城里，我们刚一踏进图塔母亲的家门，伊密就从灶头奔了过来，把图塔拉进了自己的怀里。

"诸神哪！图塔，我的儿！都过去这么久了，你到底跑哪儿去啦？我一直在担心你，都快昏了头了。"伊密紧紧地抱着图塔，她的眼睛也仿佛寻得了新的光明和生机一样，闪烁着光芒，不过，她用的力道实在是太大了，以至于我看图塔的时候，只能看到他那张挤扁的脸。

我们看着图塔被抱在他母亲的怀里，他冲我微笑了起来，这幅画面让我想起了我们说过的一些事情。那时我们正在回底比斯这边的路上，他把我带到一边。"先生啊，我们在那班盗墓贼的老窝里干的事情,可以说是我这辈子经历过的最刺激的事情了。"说完这些,他就摇起了头,一副满腹怀疑的模样,也没有再说半句话。

不过要我说,他也不用再说什么:因为我也感觉到了,驾着战车在平原上狂奔的时候,还有这几个月来,或者说,也许从我们离开锡瓦开始,沉淀在我心里的什么东西,就在那时进入了我的感知。

是的,我明白这种感觉。

是使命感。

图塔说得也很对,人生路上能有这种感觉,确实叫人心神舒泰。

我们把门纳和麦克斯塔的尸体留在了沙漠里,给食腐动物们开了顿大餐。至于剩下的那些打手,我们把他们关到了仓库里,放跑了他们的马,然后才从那里离开。那座仓库的门应该关不了他们多久,不过,现在看来,它还是给我们争取了足够的逃跑时间。或者说,军无财,士不来。如果没人出钱悬赏我们的人头,就算他们逃出了仓库,也不会动追我们的心思。

我发现,这场仗打完之后,肯萨和塞缇身上就散发着一股颓唐的气息。他们和门纳的战争持续了那么多年,我本以为他们会感到平和欢欣,然而他们并没有这种感觉。我想着,不知为什么这些努比亚人反而很失落。毕竟,他们已经手刃了自己的仇人,也完成了自己当初向我的父亲立下的誓言,现在的他们,只怕已经失去了生活的目标。

肯萨在我们回程的路上一言未发。之前她说过,只要涅卡养好了伤,就派他继续去打探被关在象岛的那个"守护者"的情报。毕竟,这个人现下我们唯一的线索了。不过,除此之外呢?他们还能做什么,还会去做什么?等涅卡真的打探完那个象岛的"守护者"的风闻之后,他们会不会就这么回到部落里,继续自己的游牧生活呢?要我说,事情如此发展的可能性还是很大的。不过,如果我的猜想成真,那么我肯定会高高兴兴地和肯萨道别。

这段时间里，事情已经，或者说暂时已经回到了过去的状态中。涅卡声称自己已经可以继续完成任务，然后便出发向南去了。我们等待着他消息的这段时间，可谓是度日如年。

不久，涅卡回来了，肯萨也跟着找上了图塔的家门，把我们叫了出来到了界面上，我看着她，不经意间发现了一些变化——比起之前我们从门纳的老巢撤离的时候，她身上弥漫着的颓唐气息已经淡薄了不少。现在的她精神抖擞，眼中生机四射，整个人像是重获新生了一般。

肯萨把视线锁定在了我身上，这种目光我非常熟悉，她又有什么重要的事情要说了。

"涅卡这次回来，带回了一份情报。有一位守护者被关在了象岛上。"她深吸了一口气，然后接上了自己的话头。"看来我之前的估测出了偏差。"她说道，"那里的守护者很可能是真货，涅卡挖掘了不少信息，最后发现，这个人确实属于一支正统守护者的家系。而在最近的日子里，他一直被关在象岛南边的库努姆神庙，现在应该在神庙门房那里的深坑里。"

我发觉，有些重要的事情要开始了——肯萨眼神炽烈，视线锁在我的身上，想要预测我的反应——她现在的这副情态，着实出乎我的意料。

"巴耶克，如果涅卡没搞错……那里关着的，就是你的父亲。"

第三十八章

图塔被跟踪了,直到他在通往贫民窟的窄巷里走了一半的路程之后,他才发觉到这一点——然而已经太晚了,这时已经有个人在他面前露出了身形。

在这之前,他可是满心兴奋的。原因嘛,很简单,他要追上艾雅,巴耶克,嗯,还有那些努比亚人,跟他们开始一场新的冒险,这次的目标,是从象岛的一个囚坑里,帮巴耶克的父亲逃出生天。

不过,巴耶克的爸爸被关在囚坑里的原因,他不知道,也不大关心。倒是之前那些有关守护者的事情他听了个遍。这个于他来说是件又重要又刺激的事情。不是说他在那里自我陶醉,只是说,这件事情对于艾雅和巴耶克也是同样重要且刺激的,所以,对于他自己也是一样的。这些天来,他一直觉得自己俨然成了什么的一部分,觉得自己能做出一些贡献,觉得自己和这些东西扯上了干系。

但这些东西都比不上战斗带来的兴奋感。不过,"兴奋"这个词用在生死场上，真的合适么？管他呢，只要该死的人死掉了就行，至少图塔是这么想的。至少说，他觉得自己在做好事，觉得自己是某件重要的大事的一部分，这件事情很有意义，也十分重要。当年那个混迹扎蒂，靠着扒窃行人，小偷小摸换来一两个铜币和食物度日的小贼已经是过去时了。现在的图塔已经重获新生，准备着人生中下一次全新的历险。

然而那人走到了他的跟前，现出了自己的形貌时，图塔立刻明白了一件事。

这次他必须面对的，是一些本已经快要抛却的过去。

来人正是图塔的父亲，他还是那副酒气熏天，怨气腾腾的模样。图塔早已看厌了这样的皮囊，这是凶兆，随之而来的，除了苦痛，就只有绝望。

"看样子，我算是找着你了！"帕涅布的眼神中满溢着恶意，图塔看着他，大脑飞快地运转了起来，想要搞清楚他这个"父亲"到底是打哪儿知道自己跑到了底比斯的，同时，还要估量这个浑球下一步的行动。

于是图塔拿出了对付他的惯常手段，脸上挤出了一个微笑。"我很高兴你能找到这里，爸爸，我挺想你的，真的。"

帕涅布一边打着酒嗝，一面嗤笑起来："呵，你说你想我了？比唱得还好听，那为啥要把我扔在扎蒂？"

"得了吧爸爸，你就不能承认，那天你差点儿要了我的命么？我要是待在那儿，今天你就见不着我了。我从扎蒂溜走也不为别的，不过是为了保住我这条臭皮囊而已。你可能没法明白这一点吧？再者说，你知道我会往底比斯来的，我也不能往别的地方去嘛。我就知道扎蒂和底比斯这俩地方，我还不能掉头回到扎蒂去。所以说，等你平下心来，肯定会来找我。"

帕涅布俯下了身。"那么，我猜得没错的话，你到了这之后是不是还是干你那些老勾当啊？"

图塔点了点头，然后飞快地又挤出了一个微笑，装出一副非常亲近的样子。

然而，帕涅布并没吃这一套，二话不说，朝着图塔扑了过去，然后死死抓住了他的上臂。这醉鬼用了相当大的力道，以至于手指都捏进了图塔的肌肉里。图塔脑中那初生的幸福感，也被这股力道生生逼出了脑海，而他的身子也被摔到了小巷的墙上。

"那个婊子在哪儿？"图塔的耳边充斥着帕涅布粗糙的声音，一股熟悉的味道也压在了他的跟前。

还好诸神垂慈，图塔并没有被这套做派吓到失去理智。

"我还想知道呢，"图塔答道，"我听说我妈和那个小崽子几个月前就从底比斯离开了。天晓得她们又跑到哪去了。"

"你他妈最好别唬我，臭小子！那你现在又在城里干什么呢？你那些朋友呢？我可想找他们俩好好谈谈呢。"

"你弄疼我了……"

图塔胳膊上的力道松了几分。"行了，说。"

"如果你是说扎蒂的那两个人的话，我还不知道他们现在怎么样了呢，他们不是我的朋友。至于我在这做什么，跟以前在扎蒂的时候一样，在街上讨生活呗。那么，你怎么看？"

"我怎么看？我看你这阵子是一点儿没饿着啊，身上也干干净净。你要真说自己是在这种贫民窟里'讨生活'，我可没看出哪儿像。"

"要说的话，我也算有地方住。"图塔心里有了个主意，于是抗辩了起来。

"哦？是么？那你住在哪儿啊？"

"河对岸的墓地里，那里有一座古坟。"

四下一时无声，只有沉默在盘桓。

接着是一声响亮的耳光。

不过对于图塔来说，粗暴的拉扯，带着酒气的呼吸，还有这些，都已经是司空见惯的东西了。

"那是座空坟。"图塔疼得叫了起来，"要么根本没被用过，要么早就被洗劫一空了，我跟你保证，我没有做过任何伤天害理的事情，那里面也是温暖干燥的好去处，入夜之后依旧如此。你说，太阳下山之后，你还有更好的地方可去么？我说爸爸诶，我就跟你说，到那去住，准没有错。我带你去那，这样咱们爷俩也就算是团圆了。"

帕涅布终于放了手，图塔刚想跑，然后发现那醉鬼的身子还堵在那里，于是打消了这个念头。

"好吧，儿子，你这话说得倒挺叫人舒心的。"说着，帕涅布的头又微微地晃了起来。看来酒劲儿又上了他的头，图塔希望他能立刻醉倒在那里，这样就可以溜走了。"不过你老爹现在可有住的地方了，再说了，我可不想在这个脏水坑里待太久。"

图塔看了看他，挤出一个鬼脸，做出一副失望模样，帕涅布也是一脸不信，丝毫没有掩藏想法的意思。"别费那个劲儿了，"他啐了一口，"你要是真还对我有点儿怜惜，还能把我撂在扎蒂等死么？"

"没人被撂下等死啊，爸爸！那会儿你满心都是杀人的恶念，我要是待在那，死的可就是我了，不是说我要怎么样，那会儿你就是那个状态啊。"

帕涅布点了点头。"管他呢，"他说道，"我要你给我做点儿事情。"他把自己的住址，要他现身的时间还有一些盗窃计划的细节都交给了他，按照他的讲法，他们的计划需要"你这样的小浑球钻到什么地方里去"。还有一句严厉的警告："别误了时辰。"

把事情交待过之后，这个醉鬼就离开巷子，去寻找下一个喝酒的去处了。

图塔就在帕涅布的身后，他皱起了眼睛，在那里站了一会儿，努力忍住了泪，然后往城市的中心走去。

第三十九章

翌日。

夜幕伴着接连不断的喊叫声从天际垂了下来，此时的图塔正走在贫民窟的外围，在那里疲惫地喘着气，他正在回家的路上，当他听到这些声音的时候，心里一下子就凉透了：那声音不是别人，正是帕涅布。

啊，还不止他一个人呢，哦不。图塔听出了其他的声响，这声音意味着什么，他可是一清二楚——那个瘟神又喝醉了，正在那里发脾气，这下可好，图塔这次又想错了。

"我知道你在这，你个一屁俩谎的小王八羔子！"那个醉鬼的咆哮声从诸多屋子中的某处传了过来。惹得街坊四邻纷纷从窗户探出头来，想要知道到底发生了什么，接着图塔又听见，有人要他的父亲安静一点，不管有什么好处，总之收声就对了。听着这些，一股罪恶感涌上了他的心头，就好像贫民窟里的秩序（呵，秩序？）因为他的过错被打破了，就好像那些从窗户里探出头来的人会看到他，然后知道是他，图塔，才是这一切骚乱的起因一般。

不过，他的念想很快就回到了对母亲和琪娅的担忧上：昨天晚上撞见帕涅布之后，他就连忙跑回了家，进到家门的第一句话就是——

"他来了。"

"你说的是谁？孩子？谁来了？"伊密还没等图塔说下去，便漫不经心地问道。

倒也不奇怪，毕竟她还记得，那个男人最后一次出现在自己眼前时的模样。就算他常年都是酒臭环绕，怒气冲天，遇见问题和争执满脑子只想着一拳头过去，他也不可能再比当初的时候那样恶劣了——至少她对此坚信不疑。所以，自从他回到底比斯之后，不论图塔想告诉自己的母亲什么，她都一直领会不了精神。

"妈妈，那个人实在是太危险了！"

"啊，这倒是不用你来告诉我。"

"不是，妈妈，那个人比原来还要不着调，现在他不单单是个过街老鼠了，他已经变成了更可怕的东西——他已经成了个真正的恶人。就算说他不是恶人，他也依旧是个彻头彻尾的危险分子。所以说，我觉得自己不能就这么一走了之，我得待在这里，免得有坏事落到你们头上。"

伊密听完之后，便使劲地摇了摇头，然后告诉图塔说，许多年间，她都能设法打发走帕涅布，所以说，就算这个浑账真的再来，那就再打发他一次就完了。

伊密虽然这么说，但是图塔心里还是没底——毕竟自己的母亲对可能的危险毫无知觉，于是他强忍住自己去往象岛的欲望，开始做起一些现在才开始后悔的事情。但是已经太晚了，他本以为，自己这么做了，便会万事大吉。然而现在，这个瘟神还是带着一身酒气和怒意闯进了贫民窟，至于原因，估计是图塔没有出现在他要求的时间和地点吧。总之事情到了这步田地，这醉鬼肯定是不会善罢甘休了。

行了图塔，他想着，别慌，好好想想。现在要解决这一切的话，你也只能迎难而上了。总之，不管做什么，把那个醉鬼从你的家里弄出去，弄得越远越好。

不过，艾雅和巴耶克也在那里，没准他们俩合力，就能把这个瘟神给办了。

图塔的大脑依旧在飞快地运转着，以求考虑到这件事的方方面面：不，如果他真把帕涅布引到了妈妈和琪娅那里，那么这里也肯定是待不成了，到时候，这所房子只怕又要易主。

图塔想得差不多了，然后终于开始了行动：他打算做现下能想到的唯一一件事。虽说这件事叫他心惊胆战——他没有逃离喊声所在的方向，反而一头奔了过去。

不多时，他就找到了真正的灾星帕涅布。他正用拳头挨家挨户地捶着，想把他的儿子逼出来。图塔本盼着哪一家能走出一个怒气腾腾的房主，不，是一个怒气腾腾、身强力壮，最好还被这瘟神的所作所为惹得火冒三丈的房主。

可惜，图塔没盼到这样的救星。那里只有他那酒气冲天的父亲，帕涅布倚在房子上，然后耸起肩来，继续喊着图塔的名字，直到他呼喝的人自己出现在了他的面前。

图塔咽了咽口水，一副皮笑肉不笑的模样，跟帕涅布打了招呼，努力想表现得和颜悦色一些。"我说爸爸，您搞出这么大的动静是要干嘛啊？"那边的醉鬼见状，放下了自己的肩膀，然后作起态来，开始四下张望——这里只有零落的墙壁，剥落的漆片还有破烂的篷布，而他那副模样，就好像享惯了荣华富贵，养成了什么高雅的品味一般。接着，他的视线夹杂着怒意，直直地戳向了图塔。

还是得笑，他想着，继续笑。这贫民窟里住着他的母亲和琪娅，而事态接下来的发展，将会决定她们还能不能继续现在的这种生活。

"你个小兔崽子，人呢？！"帕涅布咆哮道。

图塔依旧在笑，毕竟，既然已经开始虚张声势，那就不能轻易退缩。"我本都做好了准备，一心打算赚笔快钱，跑到你住的地方去了，可是你人却不在那儿。也是诸神怜见我，让我在这儿找见你，我来晚了么？"

帕涅布看样子并不吃这一套。"那你说，我住的地方，是什么模样？"

图塔还没打算放弃。"住在那种地方也是你几辈子的福分了，行了，老头，走吧，别在这儿转悠了，咱们在城里找点儿更得劲儿的地方，然后去喝一杯好了。你现在肯定馋酒了吧？"

听罢这些，帕涅布虽然还死死地盯着他，眼睛却突然亮了起来，花白的胡子反起了光，嘴唇也湿润了。"她们就在这，对不对？你那一屁俩谎的妈，还有我的小宝贝琪娅就在这里，对不对？我要把她们找出来，她们是我的东西，怎么能说走就走！"

图塔感觉自己的心脏停了一下，这可不是什么好事，不，可以说是糟糕透顶了，恐惧正顺着他的脊梁，一寸寸地在背上啃噬着他的精神。但是，即便如此，他还是笑着，笑得如此平静，如此阳光，叫人难辨真伪。

"不不不，我说爸爸啊，我之前说了啥来着？她们早就跑啦，咱们也没什么必要待在这里，对不对？来吧，要我说，你肯定有不少事情要给我讲呢。"

帕涅布的脸上掠过了一丝难以捉摸的神情，接着，他走上前来，对着图塔的肚子就是一拳。

图塔打了个趔趄，一面退后一面叫出了声，在那里呻吟着，手也捂到了肚子上，他跟着往地上一看——血，他的手上，袍子上，都溅上了血。接着他看向帕涅布的方向，发现那瘟神手里还有一把滴血的短刀。他这才明白，这是他自己的血。那边帕涅布摇着他那糨糊一团的脑袋，看起来像是在怒意、恐惧和悔意之间扎挣着，然后顺着街道，一溜烟自顾自跑掉了。有人顺着窗户叫起了卫兵，然而也没什么用。他还是自顾自奔着，一步都没有停下。

图塔一下子跪了下来。嘴巴大张着，大脑霎时间一片空白：我得去她们那儿，在那之前，我绝不能死去。

第四十章

"他人呢？"艾雅此时正在和颜悦色地说话，"那个小无赖哪儿去啦？"

"不知道。"我答道，图塔有一套自己的行动方式，不过这倒也是他招我们喜欢的一点——要是不这样，他就不是图塔了。"顺带一提，我正要出去找他。"我一边说着，一边伏下身去，让艾雅亲了我一下，接着她就回到后院去了，琪娅和她的母亲正在那里观赏落日。

我走出门去，沿街两面张望：一边的尽头是广场，广场的中央还有一座弃用已久、叶蔓丛生的喷泉；另一边直通贫民窟的深处，里面的东西就看不真切了。

之所以说看不真切，是因为越往这个方向去，街道就越发杂乱。路中央横着一驾大型马车，外加一摞箱子，把视线给挡了个严实。不过，虽然目力难及，声音还是能传到这里来的：我只听得那边吵吵嚷嚷，仔细一听，有人在不断地喊着一句话——

"他快死了！"

我立刻循声朝那边奔去，靴子拍在了又脏又湿的石头上，发出的声音还颇有几分节奏。

"他要死了，他要死了！"

从马车旁边绕过去之后，便是前面围着的一群人：我注意到了一个女人，她紧握的双手放在了身前，上面满是血污，还有一个男人看向了我这边，就好像我知道该怎么处理这种情况一样。

说也奇怪，我一路用肩膀搡开一条路，就好像本能一般，我立刻就猜到了躺在街上慢慢死去的是什么人，我到了图塔的身边，跪下来：他本来迷离的眼神，见到我这一来倒是清醒了过来，在那里死死地盯着我。他咧开双唇，露出了里面沾血的牙齿。他在努力对我挤出笑容，此情此景之下，我感觉自己的五脏六腑都拧了起来，一股无以名状的情感从我的心里迸出，涌上了我的指尖。一时间，我的心神也混乱了起来，我恨不能就那么摸一下图塔，然后把我对他的关爱灌入他的身体，他就能够康复。

然而，现实总是冰冷的：我的手触到了图塔的脸上，却没能让他的身体愈合半分，我感觉到的，只有手心之下那炽热的呼吸，还有从他的腹部徐徐传来的垂死气息。他的手就捂在伤口上，衬衫的前面被鲜血浸透，怕是随便一绞，都会流出一摊血。我往街道的深处看去，血迹从那里一直延伸过来——图塔已经流了太多的血，现在的他脸上已是惨白一片，我能感觉到，他的生命正在我的眼前慢慢消逝着。

我救过他一命，只可恨，现在的我真的没法再救他一次了。

哦，求求你，不要……

"诸神哪，图塔，求你了，别离开我。"

图塔的眼睑还在眨动着，我用手指撑开他的眼睛，周围的人群看见我的动作，都倒吸了一口气，然而我根本没空理会他们。我知道，现在要做的只有一件事：就是让他保持清醒，毕竟，睡眠和死亡可是兄弟一般的存在，如果图塔真的睡去，只怕他就再也醒不过来了。而现在，于我来说，一切的一切比起让图塔活下来这件事，都已是微不足道的了。

"图塔，是谁下的手？"我努力让他把注意力集中在其他的事情上。我此时并没有想着复仇，只是想保住图塔的生命而已——仅此而已。

"爸爸。"他生生从喉咙里挤出了一个词，那声音虽然微弱，于我却像是一记响亮的耳光。

"诸神呐，不！"我啐了一口。

图塔把自己的手从肚子上拿了起来，用一股不可思议地力道抓住了我，把我拉到了近处。"别让他找到妈妈和琪娅。"他哀求道，"求你了，巴耶克，不管你怎么做，只要能保证她们的安全就行。"

接着，他告诉了我一个地方。这时的每字每句，都是从这垂死之人的唇舌里生生挤出的。

"图塔，不要死，"这是我有生以来表达出的最深切又最热诚的愿望了，然而，空有热忱，还是不足以逆转既成的事实的。他眼中的光亮，还有我对他的关爱——那是我想要他在去往诸神之处时带上的东西——都一点点地散去了，我本想要让他安泰无虞，免于现在夺去他生命之人的威胁，而现在，一切都成了一场空。

图塔的手就这么从我的脸上滑了下去，他的眼睛闪了闪，然后便永远地闭上了，头也随着转去了一边。

我从自己的口袋里拿出了一根白色的羽毛。这是图塔生前喜欢，或者说，一直着迷的东西。说实话，现在的我并没有在思考什么，我只是把一根羽毛拿在了手里，然后把它按在了他那件被血浸透的衬衫上，口里轻声念着，向图塔远去的魂灵起誓：我在此带走一根染血的羽毛，那么很快，它的上面也会被帕涅布的血浸透。

"嘿！"一个旁观的人见状喊出了声。做完了这些，我拔腿飞跑起来，我要先回到图塔的家里，报告他的死讯。我本该把他的血亲的感受放在自己的誓言之前，不过愿诸神宽恕于我，我没有做到。我没有直接跑向帕涅布的巢穴，而是顺着一路上那叫人揪心的血迹，去到了别处。

底比斯现在的这副破败景象又再展现在我的眼前。我也无暇多想，只是在心里把那些卫兵都给好好地谢了一通。我在街上一路飞奔，惹来了不少目光，不过，他们一看见我脸上的血，就缩了回去，倒是有几个胆大的在后面叫出了声，但是我也没空管顾他们，现在没有什么能侵入我的精神，没有东西能阻住我的脚步。

接着，突然之间，凶手就从我的视野里冒了出来——看样子，他还没有回到家里，还在街上漫无目的地晃荡着。他手里还有武器吗？说不好——看不出他的身上到底有没有短刀，或者别的东西——从后面看的话，他倒也和其他衣衫褴褛的醉汉没什么两样。然而，他的屁股上有些比污渍颜色更深，更加新鲜的痕迹：那肯定是图塔的血迹，而他杀了人之后，就那么把血擦在了屁股上——给自己留下了作为凶手的证明。

我立刻收住脚步，就那么停在了他的后面。一面盯着他，一面思考起来：我做得到吗？短刀还插在我的皮带上，它沉甸甸地坠在那里，向我提示着它的存在。我身上确实有武器，但把它拔出来，然后对人锋刃相向，这就完全是另一码事儿了。这次和干掉门纳的那一战不同，当时我并没有亲手杀掉麦克斯塔，而且，我也无法断定，当时的自己能不能下得去手。不过无所谓，那时事情的决定权已经滑出了我的股掌之间。

然而现在就不一样了,我慢慢摸到一个人——一个醉鬼要更恰当些——的跟前。现在的我的行径,和一个伺机待发的杀手并无二致。

这个畜生可不单单是什么醉鬼,我自忖着,努力让自己冷酷一些,他可不单是个醉鬼,或者说,比单纯的醉鬼要恶劣太多了,他是个杀人凶手。

更何况,我已经立下了复仇的誓言。这符合守护者的行事方式么?我不清楚,我只知道,现在我有一笔账要算,有一个兄弟的家小要保护,仅此而已。

我站起身来,那边的帕涅布也在一处拐角停了下来,一只手准备扶到破败的砂岩上面,打算从那里拐进一条小街去,他脚下跟跟跄跄的,撞翻了一堆瓶子,稀里哗啦的轰响立时传入了我的耳朵。我也跟着他转过街角去,只见他在那里弯下了腰,正试着把那些瓶子放回原处。

小街里只有我们二人,四下寂静无声。

"转过身来,面对即将取你性命之人。"我的声音像石头一样,掷在了这片宁静之中。

帕涅布立时僵了一下,然后自顾自地做着手头的事情,他伸出手去,打算扶起一个瓶子,而另一只手,却在膝边摇晃着。

我又听到了一些其他的声音:哭声,还有鼻子里粗重呼吸的声音。

我上前一步说:"我来给你的儿子报仇了。"

"那么,动手吧,"他满是涎水的嘴里喷出这样的话,"来啊,早完早了,请随意。"

"转过来,面对我。"我拔刀在手,又上前一步,准备给这件事画下一个句号。然而,我心中虽是恨意潮涌,却依旧没法痛快地把刀刺进他的背后，我做不到。我想起了肯萨和女祭司之前说过的话，心里开始纠结起来：背刺一个人到底会不会违背守护者之道呢？或者说，这种事情真的和现下的一切有关么？

为什么会说有没有关的问题呢？我想让帕涅布亲身感知，亲身见证，亲身领会自己身上发生的一切，让他亲眼看到是谁夺去了他的生命。

"你是做不到吧？嗯？"他一面说着，一面收住了哭腔，"你不看着我的眼睛，就没法杀了我。我理解你的想法，也愿意尊重它。"

"那么你就转过来。"我从紧咬的牙关里挤出这几个字，刀也紧握在手，那种感觉就像抓着烧红的拨火棍——手上的力道之紧，以至我都能感觉到自己的指骨。不过要我说，一个能对自己的孩子下杀手的恶魔，又怎么会明白这种苦痛的感觉呢？

"好，好，"他说道，"我这就转过来。"

他缓缓地转到了我所在的方向，出现在我面前的，是他深陷的眼睛、凌乱的胡子，还有那张和图塔酷似的脸。然而现在，它只是让我的嫌恶之情，又更盛了几分。

接着，他就像蛇一般扑了过来。

我几乎没有看到他的动作，只听得一声咕哝，然后他就从地上抓起了一个瓶子，朝我的头上直接砸了过来。

还好，我及时做出了反应，让自己的头躲开了这一击，那瓶子就这么碎在了我的前臂上，痛感虽然麻痹了那里的神经，我却还是疼得叫出了声。帕涅布趁隙用另一只手拔出了短刀，朝我扑过来。

我跟艾雅花了不少时间来练习剑术，我们用木剑一遍又一遍地练习着相同的套路，练习之外，我们也互相笑闹亲吻，就和在锡瓦的时候一样，虽然说做了这么多其他的事情，至少可以说，我们从来没有怠慢过自己，也没有停止过训练。

不过说也奇怪，那时我们一直在谈论图塔的父亲，他就是我们无形的假想敌，也是我们用来进行战斗训练的假定对象。我们练习步法，演练套路的时候，脑海里想的都是他。可以说，自从我们第一次在扎蒂城遭遇之后，他的种种形貌就像幽灵一般，一直在我的脑海中盘桓不去。

现在我倒是对上了这个"幽灵"的正主了。他手中拿着一把货真价实的短刀，正朝我扑过来。不过现在的我也不一样了，扎蒂那一战的时候，我满心恐惧，作战的时候只想着如何保命，而现在呢，我知道自己能够战胜他，即便我依旧还能感到恐惧，但是这种恐惧不会让我生发逃命的欲望，只会让我留心可能的意外情况而已。我一直在训练，保持着良好的状态这让我循着自己的第二本能挡下了他的攻击。我接着猛地一挥，让刀重重地斩在了帕涅布的手腕上，而光是这股力道本身，就让他松开了手，而他的武器也跟着飞了出去，在那边的石头上丁当作响。

现在的我可以说是占尽了优势，于是我踏步上前，把刀刺进了他的软肋，接着又向前猛冲，一面又借着这股力道，斩开了肋骨，把利刃送进了他的心脏，那恶魔痛苦的哀号也被这一击给截断了。

帕涅布的嘴张成了一个圆，两眼大睁着，在那里死死地盯着我，他的手还在努力上扬，想要挠到我的脸。这个畜生这样垂死扎挣一番之后，便去了另一个世界。而他身上的那种感觉，也跟着散去了。帕涅布脚下一滑，就这么向后倒去，把我也带倒在了地上。

我俯身而起，然后才发现，那把斩进了他胸膛的刀，还紧紧地握在我的手上。

"这是为了图塔。"我轻声说着，把刀又在尸体里拧了一圈。帕涅布跟着全身抽搐了一下，咕哝着吐出了最后一口气。事就这样成了，我终于把这瘟神送出了这个世界。

这之后，也许我会花很长时间，去纠结一些问题：我是怎么杀掉一个人的，我是如何地看着生机从帕涅布的眼中消散的，我是如何地拿出了那根已经被图塔的血染黑的羽毛，然后又用它饱蘸了他父亲的鲜血，一边又在那里呢喃誓言已经完成的话语的……

这之后，我许会从梦中惊醒，醒来之后，会把自己的双手放在身前，就好像……它们永远都无法承受如此可怕的事情带来的一切。

艾雅也肯定会为我开解，毕竟我们一直在谈论这件事情。我心知自己立下了誓言，心知自己保护了一个家庭。而她也一直在支持着我，那么我想，如果有一天，我从一个噩梦——一个看着将死之人眼中的生机消散的噩梦中醒来的时候，她肯定会问：

"是他么？你是否又想起了帕涅布？"

"不，"我会告诉她，"我想起了图塔，是我的朋友和兄弟，图塔。"

第四十一章

图塔这一死之后，我们去往象岛的计划就不得不推迟了。毕竟，于情于理，我们都必须陪着伊密和琪娅，帮她们处理图塔的身后事。但问题在于……就算我们待在这里，也只能哀悼死者，并没别的事情可做。总之我觉得，伊密是知道这一点的。

最后，她也终于跟艾雅挑明了："你跟巴耶克应该离开这里了，毕竟你们还有事情要做，图塔如果还在的话，应该也会这么说。毕竟，让你们达成自己的目标也是他的愿望啊。"

话是这么说没错，所以我们也照办了。我们渡过河去，到对岸的墓地叫上了肯萨和涅卡，又和塞缇道了别。他打算陪着自己身怀六甲的妻子。肯萨和涅卡做好了准备之后，我们便踏上了去往阿斯旺的旅途，去往那里大体要五天或者六天的时间。然后，我们会从那里再前往象岛。

我没有忘记图塔，我永远也不会忘了他。每当夜幕降临，我就会坐在火堆旁边，从口袋里拿出一根羽毛，以示怀念。不过，即便如此，即便他永远都会活在我的心里，现在也不是光去悼念故人的时候，把底比斯发生的一切暂且抛得越远，我就能越集中在即将到来的任务之上。

涅卡收集到有关象岛那个守护者的情报并没有多少，因此，我们的手里也没有多少有价值的信息。不过，象岛的执政者在他们的辖区内一直在援引旧日的法条，也就是过去用来迫害守护者的那种。毕竟，当时的腐败政权因为各种原因，认为他们对社会造成了实际性的危害，那么，事情就有头绪了。

也许他们把父亲错认当成了和后来才出现的那些人一样的、冒牌的守护者，而于他们来说，只怕使用守护者这个名字，或者对守护者思想的宣导，都是必须受到惩罚的行为。

我在想：如果他们知道自己的牢笼里关着的是埃及真正的保护人，而且还是仅存的几人之一，他们会怎么想呢？

我们沿河而下，到达了阿斯旺村，从那里的棚子和晾衣绳的丛林突围之后，又穿过了村中心的广场，来到了码头跟前。走到这里，象岛就已经在目力能及的地方了。我们又乘船渡过河去，不过，为了低调行事，我们在岛上稍微靠内陆的地方找了一处隐蔽的谷地扎营，不过，没有生火。

"这里，"涅卡说着，指向了他画在沙地上的门房，"那里面就是他们关犯人的囚坑。不过你父亲现下是里面唯一的囚徒。"

"他受苦了吗？"我问道。

"那班人不会待他太好的，"涅卡耸了耸肩，"不过他是一位守护者，到头来他肯定还是熬得住的。"

我感觉一只手搭上了我的胳臂。"但这是怎么搞的呢？"艾雅问道,"他怎么会被抓住的呢?"

艾雅知道的有关守护者的掌故可比我多得多了,在我们往象岛来的路上,她给我们讲了不少东西,尤其着重地讲到了他们在上下埃及全土可能会受到的各种各样的迫害。她从未亲近过我的父亲,不过,我发现,自从她发现父亲是一名守护者,她的看法就发生了转变——倒不是说她对父亲产生了好感,说是有了敬意还差不多。

不过,她现在还是有件事想不明白:为什么父亲会让自己被抓住呢?

"守护者之于埃及,可以说是一群伟大的战士了,"她争辩道,"他们是人民的保护者,技巧精熟的战士,或者说,精英。总之,他被那群惯于处理以守护者自称的人,或者说,一群享受着他们不配有的荣光,而且连自己顶替的名头的意义都搞不清的冒牌货的官员们给抓了起来,这我可是看不下去的。哪怕说,这些官员真的凭武力占了他的便宜,他们又是怎么发现萨布的秘密的呢?巴耶克,你跟他一起生活了十五年,都没有发现任何的东西,那么,我们是不是必须得承认,他会蠢到在敌人的地盘里暴露了自己呢?怎么想都太荒唐了吧。正牌守护者不是该避人耳目,不露行迹地在阴影中施加他们的影响吗?"

肯萨耸了耸肩说:"万一他真的大意了还是……"

"守护者们也会大意吗?"艾雅的字眼里满是疑问。

"……走了背字呢。守护者总没有让自己好运常伴的能力嘛。"

"话是这么说,但是这件事和他出走锡瓦有什么关系?"

"也许就没什么关系吧。"我接过了话头,虽说我心知,事情不大可能是这样。

艾雅摇了摇头,继续研究涅卡在沙地上画的地图去了。

我本就该听她的话的,或者说,我们都该听她的画的。

第四十二章

　　是夜，那副景象又闯进了我的梦乡，不过略有不同：这次我没有把利刃刺进杀死图塔的凶手的身体里，直到最后一刻，我才发现我杀掉的是图塔。不，也不对，这次的是另一个比他年长得多的人。那人的洞窟里还有老鼠，而他本人在那里乱抓乱摸，想要抓住我。
　　我们的帐房有两个：我跟艾雅一个，肯萨和涅卡一个。在我和艾雅生火然后抓来兔子在火上烤的时候，他们俩就搭起了帐房。我看着他们俩在那里折腾，心里倒觉得这件事也比较有趣：我从肯萨那里学来了搭建帐房的方法，然后我又把这些技术传给了艾雅。不过，这两位努比亚人做起这件活计来就更加轻松自如，也更加引我和艾雅瞩目了。我们虽然也学到了这些，却早已经荒废了，而他们却一直在做着这些事情，可以说，我们现在的水平，还赶不上过去的他们。我们就在那里看着，看着他们用找到的树枝做成帐房的支柱，这些树枝被飞快又精准地切削修整之后，被组合到一块。这副场景不像别的，说是再次给我们上课，恐怕都不为过。

　　他们一边飞快地工作着，一边抱怨着之后的天气，还有他们如何地想要我们的帐房尽可能的结实之类的事情。每隔一会儿，他们就会停下手头的活计，吵上几句，然后接着干活。施工的主导人也经常轮换，一会儿是随着肯萨的想法，一会儿又是涅卡的。没过多久，帐房就建好了。我们吃着抓来的鱼，达成了共识：我们还得再花一天打探情报，然后才能行动。接着，我们就各自休息去了，银色的月光洒在了我们这边的河面上，而另一边是从岛上伸展出去的植被，四下劈啪作响，看样子，风暴就要来了。

　　然后，我又做了梦。这次又是那个老鼠的梦，不过这次，我打算转身跑往另一个方向。洞里爬满了各种害虫，于是我只能踮起脚尖，在崎岖不平的地面上慢慢地挪动着，慢得叫人难以忍受，让人痛苦不堪。接着我才发现，梦里的这场地震，其实是艾雅摇出来的。"巴耶克，巴耶克，快醒醒。"她跪在我的旁边，把我晃了起来。

　　我猛地打了个激灵，艾雅被我这一下吓得站了起来，接着，我听见了外面的声音——风暴来了，帐篷的架子被狂风猛烈地拉扯着，风带起的沙砾也打在了帐房上，那声音就好像外面有什么不可名状之物，正想办法进到帐房里来一般。

　　"怎么了？"艾雅用一副奇怪的眼神看着我。

　　我用手在头上捋了捋，指缝里全是污垢，头发也长了老长，不过这倒不是重点——我只是想把自己拉回现实罢了。"哦，没什么，做了个梦。"

　　"梦见图塔的父亲了？"

　　"不，梦见了老鼠。不过……你干嘛要叫我起来？"

　　"没什么，来风暴了而已。"她不咸不淡地回答道。

我朝她看过去,半天没憋出一个词儿来,于是只好作罢。"总会过去的。"我一边咕哝着,一边把自己扔回睡席上,把被子拉得老高,盖住了自己的下巴。"别多心啦,睡觉。"

艾雅呼着气,在那里小声地笑着,眼睛在黑暗中闪闪发亮。

"我有主意了。"

我再也睡不着了,她这一说,弄得我浑身上下都警觉了起来。

"什么?"

"说到风向的话……"

不多时,我们就跑到努比亚人的帐房里,把他们摇醒了。不过,他们也和那时的我一样,睡眼惺忪,东倒西歪,一副想要搞清状况的样子。

"沙尘暴。"艾雅说道。

肯萨听了艾雅的话满意地笑了起来:"你有主意了?说吧。"

于是艾雅打开了话匣,肯萨听着,笑容越发灿烂了起来。

第四十三章

赫蒙和萨贝斯泰现在正躺在前门外，屋里除了站着的比翁，已是空无一人。

他在老人上臂的一条皮带下面找到了他的守护者徽章，接着掐死了老鼠，收好了之前带来的诸多物事，然后回到了等在那里的马匹旁边。

他升起了一堆火，把老鼠烤熟，然后自己吃了下去。接着又烧掉了笼子，埋起了铜碗和皮带。

比翁从赫蒙和萨贝斯泰的家里拿了两罐酒，还有一个碗。他一边喝着淡红的葡萄酒，一边在脑海里想着老人之前的供词。

他已经知道目标的名字了，那么任务便会继续下去。

老人告诉比翁说，萨布和他的儿子应该在象岛，于是他没有多想，径直朝着象岛进发。

于是，比翁就这么进入了阿斯旺一带，到了这里之后，他才注意到，这片地方对守护者是出了名的憎恶，而对挂着这个名字的一切的迫害也与这种憎恶相称。看来，在这片土地上，历史并没有站在那些叱咤过的人这边，如果真有守护者想要藏在这里，那他的想法也实在是太古怪了些。

正因如此，比翁只在阿斯旺待了一天，就知道了一件事：有个叫萨布的守护者被关在河对面象岛上的库努姆神庙里，不过，没人听说过巴耶克这个名字。于比翁来说，这群人知道神庙里关着的守护者的名字，问及他的儿子的时候却都是一脸茫然，这实在是耐人寻味的事情。

"那么，老头子，"他自言自语道，"你到底在搞什么把戏？"

第四十四章

"我们到底要做什么？"涅卡问道。

现在，我们四个都逼到了库努姆神庙外，那里有一间像是被废弃了的侧屋，这里离正门还有一些距离，中间隔着一片白地。一般来说的话，我们会往神庙跟前扔一块石头，试试里面的虚实。不过现下，这里根本就不算什么"一般状况"了，我们甚至看不见神庙到底在哪儿，如果我们真的扔了石头的话……好吧，那呼啸的狂风肯定会立刻把它带走。

那么，不消说，我们在从营地走到神庙的路上，可以说是被风沙刮惨了。哪个精神正常的人会想要在这种时候出门呢？我们每走一步，都要被狂风无情地冲击一番，于是，我们只能从头到脚裹个严实，用同样裹住的双手挡住自己的眼睛，背对着风向前进，直到我们摸回了涅卡告诉我们的屋子里，这才终于有了个完了。

风实在太大了，以至于盖过了我们在路上发出的所有声音。这下，涅卡也没法表达自己的意见了。他想得倒是不少,然而别人也一句都听不见。

肯萨冲我笑了笑,"别担心,涅卡是个探子,他一直都是小心谨慎,这可是刻在他们骨子里的东西。"

"你们这是疯了,"他骂了起来,"哪个正常人会在这种时候去到外面,还打算做这样的事情呢?"

肯萨的眼睛亮了起来,那光从头上的蓝披巾的缝隙里射了出来。看着她这副模样,我想起了几个星期前——那是门纳巢穴的那一战之后她精神低落的模样。虽说她从没有承认过。而自从我们重又踏上去往象岛的旅途,她也已经缓过了劲儿,现在也非常热心地接受了艾雅的想法:用风暴作为掩护,直接闯进神庙,趁着混乱把人救走。现下的风向正好,诸神正向我们微笑。

涅卡还在揉着惺忪的睡眼的时候,肯萨就已经提起了自己的矛,做好了出发的准备。没过多久,她就像是在虔心彰志自己的重生一般,在自己的脸上画上了白垩。

这条纹也好像在标示着她对这个计划的坚持。涅卡和她的态度倒是正相反——

"神庙里的守卫肯定都还醒着。"他一面抖着衣服里的沙土,一面争辩。

肯萨皱了皱鼻子。"是么?我们可早就睡着了。要不是巴耶克他们来摇醒我们,我们只怕是要一觉睡到大天亮。再者说,这种时候,神庙里的人肯定都因为风暴忙得不可开交。嗯,涅卡,我跟你说,想想在门纳的老巢那会儿。你被他们给抓了起来,这点我们看得一清二楚,那会儿我还一心想要等待时机,塞缇却一心想让我立刻冲进去。如果那时,我们真的等了,那然后呢?你能想象出自己接下来会受到怎样的折磨么？你这条命可都是一些冲动的决定给保下来的，所以说，当事情到了需要这种决定的田地的时候，你还是心怀感激要好些。总之，做决定吧，涅卡。要么跟我们一起进行这次疯魔的行动，然后共享我们的荣光；要么趁早缩回家里去，在那里远远地看着——好了，你选哪一个？"

涅卡翻了翻眼睛。"你忘了一点——还有第三种选择。"

"什么选择？"肯萨的语调里满是讥刺，不过她的脸上还挂着笑容，俨然一副"我已经知道你到底要说什么了"的模样。

"跟你一起死在这儿。"他嘟哝着——看样子，他是打算在那里闷到底了。

"那你还不是想跟我们来嘛。"肯萨笑道。

涅卡和我们别了好一会儿的劲儿，现在，他的脸上倒是也浮起了笑容，肯萨见他的态度软了下来，便从自己的脸上弄下一些白垩来，抹到了他的脸上。

"我真是不能再乐意了。"涅卡叹着，作态一般地碰了肯萨一下，然后拿起了自己的弓。

说实话，我们知道的事情不多，说是一无所知其实也不过分。我们只知道父亲被关在了门房里的囚坑底下，而且涅卡提醒我们，这个消息只怕已经过时了。说实话，我们动身的那天，就应该再查探一下消息的时效的。

而我们的计划也非常简单：两个努比亚人，两个锡瓦人，加上一场风暴，一起在门房里大闹一场。

不过，事情简单到了这个程度，倒也没什么错好出了。

我们出了偏房，至少这会儿我们用不着爬出去。一头钻回了风暴里，成片的沙砾向我们扑面而来，席卷着我们的视野。这种时候，就算神庙里有人放哨,他也什么都看不见。就算他能认出几个冲他而来的身形,他也没法分清往这里来的到底是人还是动物。艾雅也点明了一点:其实我们的优势就来源于出其不意这一点,谁会蠢到在这种天气下还到外面乱转呢?

答案是显而易见的,狂风依旧咆哮着,沙砾也随着风一道,在那里无情无休地袭击着我们。

我们摸到了神庙跟前之后,却突然瞧见,门房的墙上还有一个哨位。那里会有一个放哨的弓箭手,监视昼夜不停,这是涅卡的情报。不过,在这种飞沙走石的暴风天里,是个爱惜自己皮囊的人,只怕早就都躲到城墙后面去了,就算他鼓起勇气往外瞥上那么一眼,他也什么都看不见。

不过,问题也来了——如果风势减退了呢?如果风停了足够长的时间,沙子不再阻挡视野,那个哨兵又想起了自己的职责,出来巡哨了呢?

我们一路往神庙上去的时候,这个念头就这么占据着我们的神经,让我们觉得,自己浑身都是破绽。我们一面咒骂着这割人的风头,一面又寻求着它的掩护。直到最后——我们终于来到了门房的前面,花了一会功夫,让自己安下了心来。

我们在那里面面相觑着:虽然大家都裹着布,但是这风沙还是把我们的脸刺得生疼,而且,这些布在狂风的冲击下,也已经磨损得破烂不堪了。

涅卡此时倒是聚精会神,把所有的意见都放到了一边;肯萨浑身散发着紧张的气息,不过精神也同样地集中了起来;而艾雅此时看起来也是前所未有的果决。

我们顺着边沿溜进了门房的入口:这里是一处木质的双开门,当有马车或者战车到来的时候，门就会打开，不过，上面也有一道小一些的便门。风吹过那里的时候，声音会不大一样，沙砾会从木结构的缝隙里不断地喷涌而出，肯萨看着我们，问询我们是否做好了准备。这时我们也只有四双眼睛暴露在外面，不过我们的眼神都做出肯定的回答，允许她进行下一步的行动。

她要看一看，到底有没有人在里面。

肯萨抬起拳头，在门上叩了几叩。我们等在那里，心里揣着疑问。风声这么大，就算有人，他能听到叫门的声音么？

然而，还是有人听到了，里面传出了应声："来者何人？"

那声音有些含混模糊。

"天可怜见，开开门吧，有个小孩就要死了，你总不能见死不救吧？"肯萨用一副可怜的嗓音回道。

"外面可刮着沙暴呢，你是疯了么？"里面的答声带上了怒气。

肯萨翻了翻眼睛，继续演了下去："所以我才需要找个避风的地方啊，先生。您能不能开恩收留我？把门开个小缝就行，风吹进去之前。我就能钻进来的，相信我。"

此时风势又劲了几分，好像在给她急切的态度背书一般。一阵狂风一头撞到了木门上，吹得它在铰链上一阵乱晃。

"好吧，好吧。"里面的声音不情愿地应着，就好像肯萨能操纵风头的强弱一般。

里面传出了卸开门闩的声音。我和艾雅四目相对，心里想她到底明不明白我的意思？然后在心里默默假定她已经会了我的意，因为，这并不是什么无理要求，我心里想的，无非是自己用不了多久就能和父亲再见，不只是见面，我们还要救他出来。

虽说艾雅可能压根就没这么想，但她也没准又在琢磨萨布为什么要任由自己被象岛上这群无礼的白痴抓住，还被他们关了起来？也许她还会纠结她一直以来的断定是不是错误的。

接着，门打开了。

第四十五章

  门刚一打开,我们四个人,还有风暴就一头冲了进去:肯萨一马当先,用门一把掼在了另一边的人脸上,那人打了个趔趄向后退去,两臂胡乱地抡着,他的手里并没有武器,刚被门拍了个结实的脸上满是错愕的神情,毕竟他看见了我们。风也没闲着,把打开的门一下子又摔回了铰链上。

  此时,肯萨身后的涅卡也动了起来:他转过身躯,从箭袋里飞快地抓出一支箭来,拉开弓弦,弓身对准了上面,然后用叫人眼花缭乱的流畅动作瞄准了上面的哨兵,接着我们就只看见那哨兵从上面摔了下来,落到了我们面前的石头上,最后,变成了一团模糊的血肉。

  我们冲进了里面的广场,沙暴紧随在后。这于我们来说,可是相当于多了十个人的助力。艾雅和我使劲地推开了门,给暴风制造了一个更大的通道,而作为回应,撞进来的狂风也给了我们预想之上的助益,就好像回应涌入的风暴一般,神庙里又传出了一声叫喊,然后其他卫兵就从沙尘的迷墙里冲了出来。这次，他们的手上倒是有武器了。

肯萨站在那里，她已经放倒了门口的看守，又飞快地投出矛去，干掉了另一个正朝我们而来的卫兵。涅卡挥了挥手，示意我们向前运动，然后大声叫喊起来，打算吸引敌人的注意，我们现在根本看不到囚坑的所在，于是只能慢慢摸索着前进，正在这时，沙尘中有一支箭向我们的方向呼啸而来，不过，那射手看来也没法瞄准，不过是瞎猫碰死耗子罢了。那只箭落在了离我们很远的地方，于是我们俯下身来，匍匐着继续前进，一面在沙暴的下层寻找着可能的静风地带，一面摸索着囚坑的开口。

喊声依旧清晰可闻，我想象着，那群门房里的卫兵肯定在重新集合被冲散的同伴，还想要搞清到底发生了什么，另一支箭从沙尘的迷雾中射将出来，他们果然是在重整态势，同时集合各处的人手。我们也开始制造各式各样的噪音，假装打上神庙来的不是四个人，而是几十个，剩下的就是暴风的工作了。

我们终于找到了囚坑，我用指尖扒着坑边，努力撑住自己的身体，身子尽可能地探下去，让视线尽量往下延伸一些，好看清这个深渊一般的地方的模样。

"父亲！"我喊了起来，我非常确定，下面有什么东西应着我的声音动了一下。接着，我看见了在黑暗中闪烁的目光，坑里并没有被我们放进来的风暴波及，自然地，下面的人也不会像我们一样，整个人被呼啸的狂风包围。

涅卡抱来了一盘绳索，然后自己顺着囚坑的边沿，四处摸索了起来。

"他们居然把这种东西留在了附近，也是够好心的。"他笑道。

附近有一根插进地面的立桩，上面还有沟槽。那么它的用途就不言自明了。不多时,我们就把绳子缠在了桩上,又把其余的部分扔到了坑底。

"我会保护你的。"涅卡说着,走到了一边。

"父亲,抓稳了。"我冲着黑魆魆的囚坑喊去,喊叫声已经离我越来越近了,接下来的战斗已经迫在眉睫。

时间不多了。涅卡正在那里张弓搭箭,然后向着喊声的方向不断地射击着。弓弦的声音在我的耳边嗡鸣着,透过沙尘的迷墙,我看见了涅卡的脸。那张脸扭曲着,上面写满了决意和拼尽全力的觉悟,这些也是他的每一箭上所带着的东西。可以说,他又一次做到了一支军队才能做到的事情。

我、肯萨,还有艾雅这时正拼尽全力,把绳子往回拉着。我们的脚踝陷进了地面,手心也被绳子磨得火辣辣的疼,一次一步,努力地拖拽着。我们一边拉,一边喊着,给地面上的嘈杂声又添了不少全新的成分——那是努力与欢愉的结合,毕竟,这次行动的结末,现在就在我们的掌握之中,而且,谁又能想到,光凭着我们四个人,就完成了这样一次大胆的营救呢?而且,这场营救的胜利,已经近在我们的股掌之内了。

过了一会儿,等到我们拉完了绳子之后,艾雅才过来告诉我,她自己朝囚坑里看了一圈,发现有个囚徒正顺着墙上的绳子,双脚蹬着墙,在那里自力向上攀登,想要从下面逃脱出来。

说实话,我没有看见他,我也没有明白她的意思。

然而艾雅已经明白了一切。

在那个囚徒爬上来之前,她就已经明白了。

那人并不是我的父亲。

第四十六章

  风暴也好像应着事态的发展一般，势头跟着衰退了下来。它好像和我们一样，被出乎意料的事态和迷茫的气氛给惊住了，我们面面相觑，又把视线转到了那个囚徒身上。四下里一时鸦雀无声。我们忘了问很多东西——他的名字，他在这囚坑里做什么，或者说，他到底是不是一名守护者。不过有件事已经确定了：他并不是锡瓦的萨布，不是我的父亲。我被这个事实弄得哑口无言，胃里也跟着翻腾了起来。

  这时，涅卡也回到了我们中间，他提醒我们说，风暴既然已经平静下来，那么，门房里的卫兵们应该也会采取更加大胆的行动。"好了，我们走吧，此地不宜久留。"他一面催着我们，一面又朝我们救出来的囚徒看了过去。

  "你好啊，萨布。"他冲着那人打了招呼。

  "他不是萨布，"肯萨终于开了腔，"这个人，是个诱饵。"她走到那个男人跟前，抓起他身上脏兮兮的袍子，把一堆布攥在了拳头里，

"要我来的话,我肯定就把你脸朝下扔回囚坑里去了,不过在这之前,先回答我——你到底是谁?"

那男人被吓得摇起了头,嘴巴无声地开合着。他一副老相,两鬓花白,嘴唇上流满了口水,眼睛也疯狂地翻动着。

"啥?"涅卡被这突然的转折惊到,从战斗中分了心,"你说啥?我的情报说,这里关着的就是萨布,从锡瓦来的守护者萨布。"

我把艾雅推到了一边。"你知道的,"眼神像是要刺穿她一般,"你早就知道了,对不对?"

艾雅挣开了束缚,解放了自己的双臂。"我怎么可能知道呢?我也只是怀疑过而已。"

"呃,你早该……"

"我想说来着。"她抗辩道。

我深吸了一口气,又把胸中的怒火跟着吐了出去,知道这不是艾雅的错。

"那……这到底是谁?"

她耸了耸肩。"我哪儿知道?"艾雅说着,又把目光放在了那个惊恐不已的囚徒身上,肯萨还死死地抓着他。"你叫什么名字?"

"萨布,萨布。"他飞快又含糊地回答道。这人下颌松弛,嘴唇湿润,眼中满是困惑和恐惧。"守护者,守护者。"

我们都叹了一口气,情况已经很明了了,想从这个老疯子嘴里问出什么东西,根本就是白费力气。

"我们该撤退了。"涅卡警告着,他现在离我们也不过一尺之遥,是的,风暴已经没法再提供之前那样的掩护了,再过一会儿,我们的行踪就会暴露。涅卡朝囚坑对面的方向射了两支箭,那面立刻传出了一声怪叫——那声音里要么是惊讶,要么是痛苦。不过,不论这两箭带来了什么效果，我们都大体上可以期待这些卫兵会被多拖在那里一会儿了。"我们要撤退了，听到了没有？有什么话出去了再讲。"

他说得没错。

一支箭呼啸着从黑暗中钻了出来，直接扎进了涅卡旁边的地面里，接着，更多的箭也接连不断地向我们射了过来，于是，我们立刻飞奔了起来。风暴已经过去，视野也是一片清明。门房里传出了卫兵重新集结的声音，这次是不会有人听错的。"来者何人？"那边传出了喊声，那声音起初还带着几分谨慎，不过接下来的几声底气就足了不少。我们根本无心回应。这一群衣衫褴褛，满心失望又因为战斗疲惫不堪的人，怎么会有心情回答这样的问题呢？我们直接从大门撤了出去，一头扎进了风暴里。虽然风势已经弱了不少，它却依旧抽打着我们，简直就像是一场训诫，一次对我们的愚蠢行为的惩罚一般。

我朝艾雅瞥了一眼，却发现她的眼里只有痛苦的色彩。看来，她还是期盼着自己真的搞错了什么。

神庙的大门外只有向远处延展而去的荒原，还有在我们眼前奔流的黄沙。眼前虽然是这番景象，我却还是勉勉强强地察觉到了远处的骚乱：神庙里追出了一群卫兵，他们剑拔弩张，从大门的方向疾驰而来，呼吼声里满是战意，只能说是来者不善。

"站住！"他们齐声喊着。不过，如果他们打算让我们停下逃离的脚步，那肯定是没什么成功的可能的。这时的我们正是血脉贲张，求生本能最为敏锐的状态。我们看到了追来的卫兵，发觉自己已经进入了他们的视野之后，便继续努力向前逃去。

涅卡从箭袋里飞快地抓出一支箭来，收紧了躯干，然后把箭射了出去，这套动作依旧是一气呵成，而那只箭也正中目标，放倒了一名弓手。正在这时，有一个剑士疾步冲来，打算截住肯萨的去路，肯萨也是不慌不忙,把手中的长矛一摆,矛杆上下一动,把那剑士刺了个正着。

不过,我的余光也扫到了另一个弓手,他正张弓搭箭,准备向艾雅射箭。我连忙喊了起来,以示警告,然而那声音却被涡卷的狂风给带走了,于是我打定主意,打算变换路线,去往她的所在。

"不!"我心里一面想着,一面喊了起来,"艾雅,扑到地上去!"

然而,下一刻我就看到,那个弓手扔下了自己的武器,痛苦地抓着自己的脖子,仔细瞧过之后,我才明白,那人的脖子上插着一支箭。但是,这箭是从哪儿来的呢?肯萨和涅卡都没有向这边射击,所以我也没有一点儿头绪,只好一面接着跑起来,一面朝别人大喊大叫,让他们也加快速度。

总之谢天谢地,我们终于把那些卫兵给甩在了身后。

我跑到了艾雅跟前说:"哪里有人?不管他是谁,这个人都救了你的命。"艾雅听完我的话,目光放到了我身上,我在想,她是不是和我想到了一块儿。于是我们继续向前飞奔,一头扎进了前方朦胧的黑暗之中,我们一路跑一路看,到头来却还是没有看到那个神秘的弓手。

肯萨、涅卡,还有那个囚徒正跑在我们的前面,神庙已经被我们甩在了身后,那些卫兵的呼喝声也离我们越来越远。月亮照亮了我们的前路,于是我们继续一路飞奔,聚在一处,齐步并进。直到肯萨做了一个手势,示意我们调转方向,于是我们离开了荒原,跑进了岛屿边缘的林地里。我们撞过干燥的灌木丛,继续奔跑着。脚下突然湿成了一片,我们这时已经跑到了水边。

肯萨举起拳头,示意我们停下,她蹲下身去,又示意我们聚集在一处。她现在也是胸口起伏,呼吸凌乱,然而她扫视自己同伴的目光里,依旧闪烁着危险与兴奋的光芒。

"我们被跟踪了。"她一面说着，却突然愣了一下，然后直接把武器拿到了手上。

黑暗中突然冒出了一个声音。

"你们闹出了这么大的动静，要跟踪你们，又有何难呢？"声音的主人说着，又向前迈开了脚步，我们连滚带爬地站了起来，而其他人都拿起了自己的武器。

我没有那么做，我认出了那个声音，还有那个大步流星走进空地来的身影。他怒气冲冲地把灌木扫到了一边，然后用目光扫了我们一圈，脸上怒意顿生。

"你们都死定了。"

说话的是我的父亲。

第四十七章

父亲刚走到空地里来的时候,我才发现,他还是我上一次看见的样子,要说有什么区别的话,就是身上没有之前那么整洁,不过也不奇怪,没有母亲的料理,有些事情也无法强求。他把长发束在了脑后,胡子也有些邋遢,那张脸看起来倒是经受了更多风沙的洗礼,比起以前也多了不少皱纹。而且还写满了不高兴。

父亲并不是轻易就能被激怒的人,有什么事情的话,他倒是更喜欢闷在心里。按照母亲的说法,他总是喜怒不形于色,活像一潭缓缓流动的水,表面波澜不惊,实则暗澜奔涌。不过现在,那平静的水面倒是被打破了。父亲现在满脸通红,眼里怒火炽盛,用一种责难的目光把我们给燎了个遍。

"萨布。"肯萨点了点头,权当问候。这也是一种无声的共识,他们都知道,父亲和我有事,一些和她无关的事情要讲。涅卡也一样,做出一副退避三舍的模样,从重聚的我和父亲旁边离开了。

父亲依旧怒火中烧。

诸神哪！我一面想着，一面看着他转向我这边，又把目光钉在了我的身上。这幅情景和我现象中只能说是大相径庭，那些在我孩提时代深埋心中的图景，现在却成了我天真的表现。没有拥抱，没有问候，没有感激，只有——

"你们跑到这来，到底是要搞什么幺蛾子？"父亲恶狠狠地问道。

"我们是来救你的……"我做出了无用的回答。

他举起双臂，一只手中拿着弓说："你看我像是需要人救的德行吗？"

"你是不像……"艾雅不咸不淡地回答着，然后指了指缩在我们脚下，正仰头看着我们的可怜人。"他倒是很像呢。"

父亲跪下来，开始辨认起这个昔日囚徒的模样，他看着那可怜人，声音柔和了几分："贝思啊，你确实好好地执行了你的使命。如果你因此遭逢了不幸，请在此接受我的歉意，而我也要对你和你的家人呈上诚挚的谢意，希望我的报酬能让你们幸福安康。"

"谢谢你，萨布，谢谢……"贝思一面挤出自己的答语，一面拼命地点着头。他双眼圆睁，四下环顾了一圈，如果说他现在并不冷静的话，那么说他是恢复了神智，应该还是没有问题的。

"这是怎么回事？"我问道，"你要他来做什么？"

父亲叹了一口气，他直起身来，一副已经放弃解释的模样。"长话短说，我打算设下一个陷阱，而陷阱里是需要下诱饵的。"

"那么，你安排这么大的饵，到底是想抓什么人？"艾雅问道。

"一个杀手——专门捕猎守护者的杀手。"他顿了顿，"要我猜的话，你已经知道有关守护者的掌故了，或者说你已经了解到了这一层，对吧？"

我点了点头，和父亲交换了一下眼神。

"那么你为什么要离开锡瓦？"艾雅将了父亲一军，"你记得门纳么？"

"门纳……"父亲看来是想起了这些事情，他瞥了站在远处的肯萨一眼，肯萨点了点头，以示了解。

"萨布啊，门纳已经死了。"

"谢谢你肯萨，非常感谢，这件事关系重大。"父亲接着又转向了艾雅，"不，我离开锡瓦的原因这件事和门纳并没有关系。至于一切的根源……是我收到的一条消息，这条消息说，守护者们正面临着威胁。"

"这个所谓的'威胁'指的就是这个杀手么？"我问道。

父亲点了点头。"这个人可是他们行当里的好手啊，巴耶克。他干掉了埃姆萨夫——那可是一位专家、一位才华横溢的守护者，还是一位优秀的战士、探子和追踪者——然而这杀手也有他自己的一套路数，加之他是个冷血的杀人狂——所以，我才打算引他出来。"

"对不起，父亲。"我一面答着，垂下了自己的头，脸色也黯淡了下去。

然而这次，他把手放在了我的胳臂上。

"回头会有很多可以用来训你的时间——嗯，我是肯定会好好训你一通的。"父亲顿了顿，又说了下去，"不过，现在要说的话，能够在这里见到你，还有你们所有人，这是叫我非常高兴的事情。而且，巴耶克，你的武艺也比我当初离开锡瓦时进步了不少。虽说你养成了一些坏习惯。听好了，这些必须好好矫正一下，不过，我们终究还是能——"

"等等。"肯萨悄声说着，一面抬起一只手，示意大家安静下来。

232

"怎么了？"父亲问道。

"附近有人。"肯萨说道，"你的陷阱看来是起效了，有人正朝这里过来。"她眯起了眼睛，慢悠悠地点着头。"而且，他们都不是什么善茬儿。"

"那肯定就是他了，正好我们就在这里跟他做个了断。"父亲说着，抬起了自己的弓，他板起了自己的面孔，在那里一动不动。太阳正从他的背后升起，他示意肯萨和涅卡包抄来人的两翼，自己占住中间的位置。这样一来，如果这三个方向上有人正在埋伏他们，他们也能够借此应对。我和艾雅站了起来，同样做好了站位的准备，父亲看见我们的模样，点了点头。"靠到我们这边来，在后面布置防御，一定要仔细观察，以防那杀手从后面袭击我们。"

"没可能的吧……"涅卡说道。

"埃姆萨夫小瞧了他，既然他能做到那一步，那么，我就不能让他的错误在我这里重演。"

我们散成了一个扇形，从水边离开，贝思就这么被我们留在了身后。艾雅监视着我的左边，她收紧了体势，裙子沾上了湿气，贴到了她的小腿上。我的面前，是一群在清凉的晨气里飞舞的苍蝇。

四下里一片寂静，努比亚人和父亲都离开了我们的视线。看样子，神庙的卫兵们早已放弃了对我们的追捕。不过，如果这个守护者猎人确实有父亲说的那么优秀的话，他会这么轻易地上钩么？这个疑问就这样盘桓在我的脑海里，一直没有散去。

我们又往前走了一阵，努力地感知着最微弱的噪音，还有噼噼啪啪的爆响。毕竟我们现在正走在灌木丛里，我又感觉到了当初在门纳老巢里体会到的兴奋感，我体会到自己是一件有意义的事情的一部分。我期望着，自己能有一种方式去告诉父亲，去向他证明我已经长大了，证明我已经开始为自己的人生做出了决定,并打算为了这个决定奋斗下去。不过,虽然有这么多要想,我还是收住了念头,把注意力放回了眼前的事情上来,我们屏住了呼吸,一步步地前进着,我发觉,地面下的东西已经开始稀薄了起来。原本只是间或穿透天穹的银光现在已经洒满在我们眼前的大地之上,而那种光亮,也没有之前来得柔和了。

突然,一声噪鸣从我们的前方传了出来。如果是几个月前的我的话,只怕会被吓一跳,然而现在的我只是转过身去,准备面对来袭的威胁。那个目标突然移动了起来,在那里沙沙作响,远处传来了一声难以辨认的呼喊;接着,我就听到了一些自己绝不会听错的声音:那是离弦箭划破空气的声音,随后,便是一声痛苦的呼喊。

艾雅和我都压低了身形,拔剑在手,前方的灌木丛里传来了更多的箭鸣,跟着是父亲的呼喊:"现身吧,你这个杀手!来面对你的目标!"

没有人做出回应。

我们依旧压着身形,任由清晨的宁静宣示自己的存在,我本想向前叫喊,却自己停了下来。我并不想就这样轻易暴露自己的位置,但是心里也觉得奇怪,我们这里有五个人,然而现在给我的感觉就像是……我们不是猎手,反而成了猎物。

附近传出的声音勾起了我的注意,父亲悄声叫道:"巴耶克。"

"父亲?"

"你没事吧?"

"没受伤,你呢?"

父亲从黑暗中现出了身形,肯萨和涅卡看顾着他的背后。"我想我应该是干掉他了,但是那里没有留下尸体。"他这边说着,肯萨却顿了下了，一只手拿着矛柄，一只手五指伸开，扶到了地面上，竖起头来，就好像在通过自己的指间侦听地里的声音一般。父亲也微微笑了笑，要我们和他们凑在一处。

"很好。"父亲喃喃道。我可以确定一件事，艾雅现在应该和我一样，有同样的骄傲之情在心中奔涌着。接着他又转向肯萨。"他还在附近么？"

"不清楚。"肯萨皱起了眉头，很明显，她并不想承认，自己把那个杀手给跟丢了。"我不知道他在哪儿。就算他真的在这里，我也感觉不出。"

"他还在这里……"父亲接着说道，"这一点我是可以确定的。"他拉下脸来。"我可以发誓，我把一支箭射到了他的身上，别的先不管，我们已经知道敌人的弱点——这就足够了。"

你怎么知道呢？我想要问，却自己收了声。

"如果知道事情于他不利的话，他也会自己离开的。"

接着，一声呼唤刺破清晨的宁静，向我们扑面而来："守护者！"我们僵住了，肯萨努力地想要确定声源。"我们很快就会见面，然后算清总账的。"

这声音之后就是贝思的惨叫声，他没完没了地重复着一个词。"萨布！"他尖叫道，"萨布，萨布，萨布。"

我们连忙收紧队形，拔刀在手。父亲、肯萨和涅卡在前，我和艾雅在后，从灌木丛里又退了回去，做好了迎接攻击的准备。我们小心翼翼地移动着，注意着任何可能的陷阱或者把柄。贝思还待在我们把他留在的地方，现在的他正因为恐惧瑟瑟发抖，他向上看来，手放在了脸颊上。"恶魔，恶魔，恶魔……"他念诵着。

我从来没见过吓成这样的人。而现在……

"是血。"肯萨说着,指了指贝思的袍子。

"你受伤了,贝思?"父亲一面问着,一面跪下来查探他身上可能的伤口。

"不,萨布,"他说起了无法理解的话,"恶魔受伤了。"

父亲站在那里,叹了一口气道"这恶魔还会流血啊。"

第三部分

第四十八章

多年过后……

这些年来，那晚的风暴一直在比翁的脑海中激荡不去。说来也叫人郁闷。假使萨布那晚放的那一箭没正巧击中他的要害，让他不得不撤下火线调养数月之久，这件事儿也不会让他久久介怀了。而且，归根结底说，这还不能赖在因为自己喜欢近身接敌上，只能怪自己射箭的准头实在欠奉——

"光想这些可没什么用啊。"他自忖着。那场沙尘暴不论怎么说，都可以说是天赐的良机，而且沙暴的余波还能给他们机会重新集结，以便再次形成一条战线。但是说了这么多，只有一张弓在手，他也干不了别的。然而，问题是他就没这么打算过，要是再考虑他的个人喜好，那只怕他想都不会这么想。不过话又说回来，如果这种想法真的有用呢？如果他真有百步穿杨的技术，不管他那一晚有没有负伤，有些事情在那时就应该都能画上句号。所以说，把这一切理解为"比起近在咫尺的猎物，他更愿意把注意力放到长远的计划上"，也许更说得通些。

要么就全怪那天的暴风，或者说是那守护者射术超人好了。不过，不管怎样搜索枯肠求取给自己开脱的借口，最后他倒是总能让自己及时从自我开解里停止下来。毕竟，他这条命就曾经差点儿栽在自己那难看的箭法上。

拉亚倒总是拿这件事儿来调笑于他，这还不算，每次这么做他都乐在其中。倒也不奇怪，毕竟人家是真的弓马娴熟。"要我说，你还是太喜欢在人堆里开杀戒了吧？"拉亚就像和他熟识已久一般，一面脸上挂着惯常的那副了然的微笑，一面对他如是说道："你喜欢旁观你的刀下人慢慢变成刀下鬼，你喜欢亲身近前，自己观察这个过程。这是你的战士之道，对吧？"

比翁向来觉得自己算是个难以捉摸的人，而且还以此为傲，然而现在他才发现，自己其实愚鲁得紧。他知道自己是个异类，一直以来他都心知肚明，不过，他还是满以为自己已经学会了如何收敛牙爪，以求至少能栖身于常人之间。所以说，比翁一直觉得世人不会对他有所宽容，他也从没有费神去琢磨这些问题。

不管怎么说，他这自认的长处，在和拉亚一起在象岛进行刺杀活动的时候反而成了他的短板：身负重伤又被风吹雨淋的他不得不从前线上退下来，重新掂量自己的斤两，然后在红土地上建立自己的据点。他找到了一处废弃的牧羊人小屋，一面想着有朝一日能否再归故乡，一面休养生息，徐图再起。他最终养好了伤势，又重开始了自我锻炼，以求恢复他养伤时期退步的武艺。值得一提的是，这段复健期里他一直苦练射术，终于算是有所大成：现在他用弓箭取人性命的技术终于算是工巧精熟，比起他所掌握的其他技艺也是毫不逊色了。

比翁最终回到了自己的调查进程之中。他找到的线索把自己带到了底比斯城,之前他曾经过这里去往冥都。然而,虽然他找到了对应的坟墓,却没有在里面发现星点儿努比亚人在那里生活过的痕迹。

在城外,他得知有一位住在坟场另一边的老人,于是他前去拜访问询。那天可以说是天朗气清,碧空万里,比翁的视线越过老人的肩头,他的眼中映出了这座城市的全貌:这座都市仿佛是众神意志的权限,他们不愿让丑陋之物玷污自己一手创造的世界,于是承蒙他们的庇佑,这座饱经战火摧残的古城,到今天依旧是宏伟瑰丽,光彩照人。

然而诸般丑恶依旧存在于这大地之上。只不过,它们换了人类来作为自己的寄体。比翁比任何人都深知这一点——毕竟,他本人就曾饱受它们的戕害。

这位老人知晓有关努比亚人的掌故。"他们从这里迁走了。"老人如是说。

"您可知道他们往何处去了?"比翁问道。

老人摇摇头,他认为只有一部分努比亚人去往南方,剩下的就无法确定了。

"你是说他们分道扬镳了?"

"是啊,那会儿迁民中间有了一个新生命,那批人也许是去别的地方自立部族去了,谁晓得呢?"

老人能提供的有关努比亚人的情报也就这么多了。比翁一面想着努比亚人也许是一群强者,一面又觉得对他们失去了兴趣,于是他从老人那里离开了。毕竟努比亚人不是他任务的目标,抓守护者才是正业。

第四十九章

比翁上路一段时间之后,有一骑骆驼从远方向他缓缓走来。那骆驼在热浪里起初只像是一痕不慎垂落的污迹,那抹污迹在热浪的大幕中逶迤着,一点点现出了自己的形态,直到最后,一个清晰的形体才渐渐地从热气的帷幔中浮现而出,在比翁的视线里变成了一个人的模样。

来人是他的信使,苏米。比翁几年前第一次见到他的时候,他还是个孩子,当时他被雇来,以便向身在亚力山大的拉亚送信,他上次回程带走了赫蒙的守护者徽章,还有比翁正在追杀最后一名守护者的消息。

之前他带来了拉亚的回信:"为什么用了这么久?"

比翁坐在那个破落的牧羊人小屋里,他想到了拉亚。脑中浮现出自己的主子坐在亚历山大那座常春藤爬满中庭院墙的庄园里,一面对着苏米大发雷霆,一面又为雇用的流浪杀手滑出自己的控制头疼不已的景象。于他来说，想象这种事情，尤其是想象那位妄自尊大的"战士拉亚大人"一边发着他那万事攸关的火，一面却又像他最瞧不上的学究们一般手足无措的模样，可以说是滑天下之大稽了。

于是比翁又把现在已经长成了个小伙子的苏米打发了回去，要他带信给拉亚说：行情已经不比往年，现在那些守护者都心里有数，知道自己迟早会找上他们，这样一来要他们的命可就没那么容易了。他还提醒拉亚说，要他彻查自己眼皮底下发生的告密行为，毕竟，借拉希迪之口将上古维序者的计划走漏给守护者们的人，正是他手下的学者。要不是出了这么一档子事儿，比翁的刺杀任务就早该结束，拉亚手里也早能多几块守护者徽章，慢慢把玩了。

然后是上次的回信：苏米在比翁面前赫然而立，把主人的话一五一十地向杀手进行了复述："拉亚要你回到亚历山大去，这样他就可以……等等，让我想想……和他讨论接下来的计划了。他还说要你立刻就赶回去。"

"回去和拉亚说，我已经定好计划了。"比翁讲道，"告诉他，这次我以最诚恳的措辞请求他信任于我——看着吧，要不了多久，我就会有新消息给他。"

现在，这次的回信也送到了比翁这里。

他一面看着苏米小心翼翼地走近他，一面倒了两杯水端到他跟前之后，便盘腿坐下，一边喝水，一边和他交谈。

"主人的房子可真不错，是吧？"苏米打量着比翁周遭的东西，好像要把这些破落物事和自己主人的房产这两样天差地别的东西比较一番。虽说是闲谈，他却依旧十分紧张，两手紧紧握住泥杯，未曾松开分毫。

比翁点点头。"没错，"他面无表情地说道，"我们的指挥官可是个笃信'今朝有酒今日醉'的大能人呢。"

"那就是说,他每次甩给你的,都是自己做不来的事情喽?"

"这么说倒也没错。"

"其实主人挺害怕你的。"苏米突然说道,他眼中的恐惧也被比翁一览无遗,能感觉到死亡的气息就在自己身边,是很重要的一件事。这样看来,这小伙子的嗅觉还是很灵敏的。

"我们说好了你不会多问什么,对吧?"比翁答道,"那么该我了。如果我想得没错,你把我的话都带到了,是吧?"

苏米飞快地点着头,比翁听着脑子在他的颅骨里格格作响的声音,心里感觉很受用。这时的他双目圆睁,四肢紧绷,一面皱紧眉头,摸着自己的脸颊努力回忆,一面说道:"我确实把你的口信带到了,但是主人看上去不怎么高兴。我觉得我还能活着从那里离开,已经是万幸了。"苏米到此截住了话头,比翁心知,他也在想着这次他能不能再活着挺过现下这尴尬的场面。

"他有没有问过我到底身在何处?"

"主人说,不用问他也清楚。"苏米的回答语气明快,听不出半分顾虑,怎么听都是实话。

"那这次他有什么安排?"

"主人说,猎杀守护者的行动已经持续了这么多年,他也盼着早完早了。"苏米的语气此时已经像是在道歉一样恳切,比翁听到这心里就有数了:这些小心的措辞肯定不是这口信从拉亚口中出来时的模样。

"你肯定是盼着早完早了啊。"比翁如是想,"咱们走着瞧。"

"你没和他说别的么?"

年轻的信使摇了摇头,他和比翁其实有合作关系:苏米在各个地区都招揽了一批游走街面的顽童,而这些流浪儿们与其他的顽童甚至别的群体中又发展了自己的眼线以寻找萨布、巴耶克还有那女孩的下落,这些人会把收集到的情报上报给专门的线人,然后这些线人会层层转报,直到消息传到现在正一脸微笑的苏米耳中,这之后,他会把这些人的线报告诉进行"实地工作"的比翁。

现在比翁已经练好了弓术,养好了身上的伤——虽说腿还有点跛,不过倒也无足轻重,现在的他干劲满满,一心想着完成使命——到头于他来说,拉亚的真正目的反而无关紧要。比翁把苏米打发了回去,总有一天,他耐心的等待会得到回报,这一点他心知肚明。

这之后的一天,虽说日子隔得有点长,苏米又突然出现在了比翁面前。比翁一面看着骆驼从地平线上向他走来,一面默默盼望着苏米这次真的带来了他盼望已久的情报——那些守护者们的下落。

他的愿望这次成真了。

"我有新的消息要告诉你,"苏米说道,两人又坐在一处,不过这次喝的是浓稠苦口的啤酒。"听了这次的消息,你肯定会高兴的。"他的目光恭敬如旧,然而并不老实。比翁能感觉到那股"恭敬之情"在自己的钱袋上不停地游移着。看来,比起杀手身上慑人的死亡气息,还是他身上金币的味道更能让别人蝇集到自己的身边来。

"说下去。"比翁说道。

"我知道你找的那三个人在哪儿了。"

"真的?"比翁说,"你找到他们三个人的下落了?"

苏米自信地点了点头。"嗯哼,我发现他们三个一起扎营安顿了下来。估计他们已经在那待了好几个月。"

"你怎么知道这么详细的?"

"是我手下的人给我传来的情报。"

比翁摇了摇头，看上去有些吃惊。"不对，那些人不会大意到让自己和其他人有所接触的。"

"很多人都和他们接触过了。"苏米一面呷着啤酒一面说道，"这份情报是我发展的第一个线人带来的，而且他还把这件事传给了其他的孩子，不会有错的。"

"那就是说——你知道这份情报是从哪儿来的，却不知道这份情报还要送到哪儿去？"

"是啊。如果你需要的话，我可以替你查出来。"苏米龇了龇牙，然后摊开了手掌，他看上去有点害怕，不过还算底气十足，看样子是想要讨到赏钱。

"我需要你去追查这份情报的下落。"比翁一面想一面说道。他觉得，事情有些蹊跷，或者说，有些古怪。

他躬下身子，叫苏米到他的跟前来，年轻的信使畏缩了一下，然而还是乖乖地上到了杀手面前。"你确定你没有漏掉什么吗？确定把该告诉我的事情都说完了吗？识相点儿，来日方长，藏着掖着对你没什么好处。"

苏米正了正神色，一面向后退，一面狂摇着头。"没有了——你给我的报酬挺高的，相对地，我也一直在努力给你收集情报，过去是这样，以后也是。"他犹豫了一下，接着说，"你真是我见过的最可怕的人了，糊弄你，我可不敢。"

比翁点了点头，他现在明白了，这年轻的信使讲的都是实话。两人一言不发，喝掉了剩下的啤酒。过了一会儿，苏米带着一个鼓囊囊的钱袋，径自离开了——比翁把它放在年轻的信使手里的时候，他又掂了一下袋子的重量，很明显，他还是难以相信这是真的。以至于他和比翁对上眼的时候，有那么一瞬把自己的恐惧扔到了九霄云外。

"你不会回来了吧,嗯?"苏米问道。

"如果你的情报准确无误,那我就不必再跑一趟了。"

苏米点了点头说:"谢谢。"

不多时,比翁也打点好行装,离开了他多年来的据点。终于,他算是做好了万全准备,能够去完成自己的使命了。

第五十章

"我想娶艾雅为妻。"

父亲放下了他的剑。在指导我从左弓步防御势转入反击势的要领的时候,他的目光还审慎专注地锁定在我的动作上,而现在,他陷入了沉思。

"我明白了。"我绷紧身子,准备应对一场即将爆发的争吵,然而事情并没有如此发展。

"那么,说到,就要做到。"

我们在几天前骑骆驼从家里离开,并在沙漠的边缘地带扎下了营地。那天一早,我就走出我和艾雅的帐篷,朝父亲的帐篷里瞥了一眼,他的鼾声虽轻,却也清晰可闻。站在那里,四顾眼前的沙漠,映入我眼帘的是广袤的沙海,地平线上的树影,还有,远处的城镇。空气中弥漫着海水的咸味和慢慢被太阳烤干的生活用水的潮气。这就是我每天在其中醒来的世界,同一个世界,一个一成不变,日日如一的世界。

不过，我自己又如何呢？

我觉得我还是有变化的，而且还不小。我已经不是几年前离家时未被认可的十五岁少年了。

我知道了我的人生道路要通往何处，我正在接受训练，以成为一名守护者。

"你还得多加训练。"

每当我鼓起勇气想向父亲证明自己已经学成可以出师的时候，父亲总是说这句话。至于这一天何时才会到来，他也是三缄其口。我想，那一天离现在多久，不在于我，而是父亲说了算。

象岛的那一夜过后，我们和肯萨还有涅卡道了别：他们随后会动身回到底比斯和他们的部落会合，但是，我们也不得不继续自己的旅程——父亲、我和艾雅必须把之前已经被重伤的刺客甩在后面。即便如此，父亲也还是对他的存在忧心不已：看来，这个魅影一般的"恶魔"已经成为他的梦魇。

我们的首要目标是和当地的长老赫蒙，还有他的孩子萨贝斯泰见面。为了去往他们位于杰尔蒂的住所，我们已经长途跋涉了数月，然而到最后，我们只找到了一座荒弃已久空无一人的庄园。"诸神啊，又来……"父亲不安地自语道。

这里的房屋已经被荒弃，于是我们只好进到杰尔蒂城内，在那里我们听到了最不愿听到的消息：赫蒙和萨贝斯泰已经被杀了。

父亲难以接受这个事实，然而事情已经发生了。很长一阵子，他谁都不理，沉浸在这个打击里。我和艾雅只好自己照顾自己，同时还要尽可能地开导父亲。

振作起来花了父亲好一阵子，不过好在他还是缓了过来。一天早晨，我们外出打猎，父亲做出了自己的宣言："你作为守护者的训练明天就开始。"算是一种承认,或者说,这是作为一个父亲能教予我的一切,他之前从未如此严格地训练过我。

第一阶段被父亲称为"革旧"。这时的主要课题是为了戒除过去养成的各种不良习惯。我回想起当初在底比斯和艾雅一起"训练"的日子——那时我们"现地生造,自学成才"的那些把式,"大多数都是错的"。父亲如是说,不过还好,"还不算太糟"。

我们也并没有停下脚步。这些年的旅程后来被艾雅叫作"逃难"。砥砺剑术,精熟剑法,将杀伐卫护的技巧镌刻在自己的身体之中,这就是我在那段日子里在全境几乎各个村镇里都做过的事情。

除此之外,父亲还把守护者们的行事之道和历史渊源都告诉了我:这些我渴望成为其中一员的战士们在过去享有的荣光与地位,可与今日托勒密的侍卫兵或者禁卫军比肩。他们是人民的荫庇,神庙与陵墓的守人,雕塑与神像的重篱;他们是王土宁日的保障,也是尼罗儿女们的坚壁;他们竭心戮力,将威胁我们的一切都拒于我们的疆界之外。

不过这都是明日黄花了。正和女祭司尼托克丽丝和我说过的、父亲也赞同的一个观点一样——虽然守护者们曾经致力于神庙与陵墓的保卫工作,而且现在依然如此,但他们的势力已在近数十年日渐式微。他们不再是荣光昭彰,于种种砖石建物与血肉之躯前傲然挺立的哨兵,他们现在保卫着的是一些更加重要的东西。如果非要说是什么的话,那是一种形而上的生活方式,或者说,一种意识形态。不过父亲的看法和那些满脑子意识形态斗争的女祭司们还不一样。对他来说,埃及,更像一张莎草纸,其他的势力正不断地用它们自己的理念涂改着它的表面。先是亚历山大,然后是蜂拥而至的其他"人"。而现在,正在这张纸上用恨不得全世界都能听到的调门"大书特书"的是罗马人。不过不论是谁在这国度之上书写怎样的意识形态,她的人民都乐于,甚至热心于，去接受不断发生的文化与思想的变迁。这也是为何艾雅打心底喜爱的亚历山大大城的蓝图，会出现在征服者的脑海之中了。

"这不是我们想要的生活，或者说，这种所谓的活法，是强加在我们身上的。"如果是父亲的话，他会如是说，"它让我们不得不去崇拜权势，力量与金钱，一点点将旧有的生存之道从我们的脑中排除，还有我们心中的诸多神明，巴耶克。不过，守护者们可以东山再起，复兴我们在往昔朴素纯良时光中遵循的生活指导。我们便是这蓝图的一部分。总有一日，你会成为我们诸般信条的传人，我们终将东山再起，孩子。赫蒙预见了我们会再次兴起，他为此布下了周密的计划，而你我便是这计划的核心。守护者一脉的命运，把握在我们手中。"

说到艾雅，她一直都陪着我。周围的一切都在改变，但我们之间的关系却没有变。她和父亲两人关系不冷不热，也算相安无事，主要还是为了我好。不过父亲一直对一件事毫不掩饰，那就是——艾雅永远都无法成为一名守护者，一名真正的守护者。但她没有因此在父亲在场的时候做过什么有损守护者利益的事情。她的求知欲只是意味着晚上会对我提出种种问题，而问过之后，她只会静静听着。我能看出她心有疑惑，却从未见她抒发己见。我只能理解为，她清楚不管她如何想，我都十分重视父亲的教导。所以，父亲教予我的守护者的规矩是否和艾雅心中的守则相合，对我来说是个永远的问号。毕竟，她身在我旁，心却在遥远的亚历山大。不消多想，她肯定是谙熟在那里流行的精深思想的。要说这意味着什么，很明显，她肯定是这些思想衍生而出的进步意识形态的拥护者。

也许我和艾雅该多谈谈这些事情才是。

不过，父亲和艾雅也还算是达成过共识的。那就是，如果要有人指导艾雅，那这个人就得是我，就像父亲教导我的时候一样。按照艾雅的讲法，这算是寓学于教，父亲也算是默许了她的观点。于是接下来的日子便成了一个奇妙的循环：上午我接受父亲的训练，下午转而训练艾雅，我就这样日复一日，在导师和学生的身份间反复轮换着。

那可真是段叫人开怀的日子。我是这么想的，我想艾雅也一样，毕竟这段时光和当年我俩在锡瓦的童年时代和在底比斯的日子可以说是再像不过，都是我们俩亲密共处的日子。教授，学习，在一天的工作结束后，在彼此的身上寻求欢愉的时刻——她的臂弯叫我沉醉，她的唇舌令我销魂。情爱体验的甘美，和精进武艺的欢愉充斥着那段激情燃烧的日子。

月有圆缺，事有始终，这种生活终究还是结束了。而且，很大意义上，不，是不论怎么看，这都得说是我的错。因为我一直觉得，虽然我和艾雅一直居无定所，但是这段日子可以说是一段冒险旅程，而她也对此十分享受；她也喜欢接纳新知，所以我以为，艾雅对我们俩共处的日子还是十分满意的。

随着我的训练有所成效，我渐渐开始把持不住心底的某些欲望：我开始有意吸引父亲的注意力。每当他那张一本正经的老脸终于传来几瞥聚焦在我身上的目光时，我都喜不自胜，心想着我们这一家人终于算是有了点羁绊，加上我和艾雅的近况，所以我下了一个决定，希望这样做能够让家庭关系进一个平衡点：那就是想办法和艾雅正式结婚。

父亲默许了我的决定，这叫我大吃一惊。

我看来，艾雅肯定会接受我的求婚，所以说老大难的部分已经解决了。

第五十一章

"不。"艾雅拒绝得很干脆。她垂着右臂,站在我的正对面。一切都和那天清晨我与父亲的对话形成了微妙的对比。

"什么?为什么?我已经和父亲谈过了,他对这件事还是很高兴的。"然而,我看见此时父亲的脸上阴云顿生,于是立刻改口,"那个,你知道的,之前这一切对我们来说很不容易,所以父亲很高兴,也很骄傲。他想要我俩在一起。"她摇着头,但是我决定硬着头皮说下去:"我的训练结束之后,我们就回锡瓦去,这样我就可以接过戍卫者和守护者的衣钵了。"

"不,"她斩钉截铁地说道,"对不起了,巴耶克,这不是我该做的事情。"

我眨了眨眼。"等待我们的是一所房子,一个家庭。我会和你的姑姑去说,请求她的同意。"

她的眼中满溢着哀伤,只可惜我当时完全不能理解她的意思,还在努力地跟她解释:"我的父亲终有一日将会从守护者的位置上退下,届时就该轮到我来保护锡瓦了。我会成为这一方土地的守护者,艾雅,我会尽自己的努力让守护者的传统继续延续下去……但是这都不是最重要的,最重要的是,你和我会在一起。你不想要这样吗?你不想要和我度过余生吗?"

艾雅抬头挺胸,一把将剑向下掼进了地里,于是它就那么杵在那儿,剑身还微微抖动着。她的眼中光芒闪动,说道:"巴耶克,我不知道从哪里说起,我实在是不知道。锡瓦保护人的妻子,守护者的贤内助……你到底有没有想过,我想不想吃你们守护者的这一套?"

"呃,难道你不信我们'这一套'么?"

"也许信,也许不信。但是这不是重点。我现在的问题是,你有没有停下来过,好好思考这件事?"

"呃,没有,但是……"

"你肯定没有,绝对没有!你的脑子里现在装的都是你父亲的那些……"

艾雅的手正在头旁边飞舞,像是要赶跑一群苍蝇。"……想法。而你连个问号都不打就把它们整个塞进脑子里去了。"她发了一声感叹,言语中带着嗔怒,"你父亲就是你止步不前的元凶啊,巴耶克!"

我的脑中闪过了一丝愠怒,艾雅这么多年都一直在给我台阶下,给我机会让我修正自己和父亲之间的关系。我的一部分意识确实一直都抱着疑问,而这一部分却也是我一直不愿面对的。我现在可以说是准备不足了,但是事已至此,我干脆把诸多疑惑都推到一边,全心去想怎么把自己现下的这件事情向前再推一步。

我向着艾雅伸出手去,就像是要把自己的手臂当作桥梁,来缩短我俩之间好似每分每秒都在拓宽的那无形的鸿沟。"我还有你啊。"我答道,"你可以帮我去对事物发出疑问,去探知所能触及的一切。有你在,我就定不会固步自满。父亲也知道这一点。"

艾雅又摇起了头。"你能不能把你自己守护者的那套小九九停一停,稍微想一想我到底想要什么?"我感觉自己的心神开始动摇了。这个问题可以说无可指摘,但是怒意也依旧在我的脑海中翻腾不去。其实,在先前的训练中,我就想着和她多聊几句——但是碰到了钉子,她每次都不肯回答半个字,只是一个劲地表达对我努力试图修复与父亲关系这种行为的敬佩之情。"还有一件事,你说你乐意和我的姑姑去说,那我其他的家人呢?我住在亚历山大城的父母呢?"

"可是,打从你还是个小女孩的年岁起,你就没和他们再说过话了吧,到现在这已经过去许多年了。"我嘴上还在负隅顽抗,然而我心知艾雅说得一点儿没错,我的脑中就没有过到亚历山大城去的想法,更遑论说服我未来的岳丈,让他认为我会是个好女婿……其实按照传统我该这么做,但是我压根儿就没想起来。好吧,非要说的话,真要去和我的准岳父毛遂自荐,我倒也还真有一大堆可以自抬身价的东西可说:我是守护者家族的血裔,锡瓦未来命定的保护者,名下有一处选址优越的房产,我本人也是本地最受敬重的居民群体的一员。如果说我未来的娘家要开什么条件,我还是一点儿都不打怵的。但是……哪怕是去往亚历山大城这个念头,于我来说都比直接和任何人打上一架要来的可怕。这还不算,随着对话的进行,我越发体会到,父亲深植在我脑中的那些有关锡瓦于我来说是为何物,锡瓦于我来说何等重要,在这之上还有,要我保护我的故乡和全埃及的人民的思维,已经深切地影响了我的言行。

艾雅对此心知肚明。她好像读透了我的心思,然后开始回答方才自己提出的问题。"你肯定是不想让我的家人,那些亚历山大人,干涉这件事情，不是吗？就是他们带来了你父亲所忧虑的一切，不是吗？而他宝贵的儿子，背负着秘密传承的渡世客，可是三教九流竞相垂涎的目标啊。"

"……怎么说你也是个锡瓦人吧。"

这回答可谓是苍白无力，我也是心知肚明。

"要是按出生论，我可是亚历山大人。那座伟大的城市才是我的故乡，我满心期待着有朝一日，那里能再变回我的家园呢。我说萨布的儿子巴耶克，你是不是把这档子事儿给忘干净啦？你是不是忘了我梦想着有朝一日能在亚历山大的大图书馆里钻研学问啦？还是说，你就一心想着我就该把这些早就打定的主意扔到脑后，老老实实地待在你身边，然后整天像你母亲阿赫莫丝一样，整天被晾在家里自己过自己的日子？"

我完全不知所措了，也不知道该说些什么。我只能感觉到事态正飞快地滑出我的控制。 我本以为这一切都会顺理成章地按照我的计划进行，然而……事情的发展像一头受了惊的动物一样，撒开四蹄，一头冲向我和我脑中所想完全不同的方向。

问题就在于，艾雅说的一个字都没错。很多时候，我确实会挂念在家中独处的母亲。以至于有些时候，我都想去找父亲问母亲的近况，可每次我都在母亲的名字溜到嘴边的时候停了下来，生怕又再加深我们之间的隔阂。

"你有没有停下来想过，在你规划自己的人生道路的时候，我也在做同样的事情？"艾雅问道。

"我想到了。"我一面嘴上应付着，一面打心眼里鄙夷自己进退维谷的声音，这话听着什么样，我心知肚明。于是我打定主意，心想事情不能就这么继续滑脱下去。那么能做的也就一件事：像以前那样，想办法说服于她。

"得了吧。"艾雅答道,"你不过是想到了个取悦你父亲的办法而已。"

"取悦我父亲?!这话是哪儿来的?如果是这个意思的话,父亲已经同意我们结婚了。"

她伸出手去,把剑从地里拔起来,然后又重重地把它掼了回去。如果说这个动作是艾雅刻意为之,以求泄愤的话,那么结果来看,可以说是全无收效,因为她接下来的话语从唇舌间迸溅而出的时候,每一字每一句依旧裹挟着炽烈燃烧的怒气。

"你父亲可一直都不喜欢我。"

"但是你刚才还说……"

"诸神呐,你还不明白么巴耶克?你是还不清楚,方才你跟我讲的一大套都是什么吗?你父亲整天往你脑子里灌的是什么?'守护者的血脉'不是么?他想要的,只是这条血脉能够得以沿承罢了,也正因此他才会同意你脑子里这门婚事。这和他对我的看法没关系。他也不关心我的训练,因为我用不着学这么多来自保和保护你的子嗣。他心知我就是他那宝贝血脉得以沿承的最好机会,现下来说,整个尼罗河两边,估计也就剩你们两个根正苗红的守护者了。所以,他只想搞出第三个来,在这件事儿上,他肯定谁方便就用谁。"

我发现自己的胸中升起了怒气。倒不是因为艾雅说的话,我心知她说的一个字都没错。我本希望父亲的这种态度不会造成不必要的麻烦;毕竟,我俩是相爱的。

然而,今天的答复表达得很明白了,艾雅对父亲打的这套如意算盘,真是十分的不爽。

我抬起手来,想着找些能表达我们俩当下共同想法但是不放低自己姿态的话来说。然而我搜索枯肠，到头来却只凑出了一个问题："既然你这么想，为什么不早告诉我？"

看样子艾雅被我问得措手不及，显然她本已经做好了用一串怒气冲冲的答语呛回来的准备，但现在，她的思绪被扰乱了。

"我……我太天真了，"艾雅垂下头，深吸了一口气，然后强冲我笑了笑。"我以为那是让你去重新认识你父亲的机会，所以我才站得远远的，没有插手你们之间的事儿，但是错就错在，这期间我没有再好好和你谈过。"

这下真相大白了，先前我问她对有关父亲教给我的东西，也就是守护者的思维模式的看法时，她总是三缄其口，看来这就是原因。

"这不是你的错，"艾雅继续说道，"你试过来问我。我……我只是不想插足你和你父亲之间。我本该告诉你的。"艾雅神色庄重地做出了回答，但是这份庄重掩不住她言语里的哀伤。

"不，我也没有给你多少机会来告诉我。"我一面伸出双臂，一面喃喃着。她没有再抗拒，扑进了我的怀抱，我们在拥抱中沉默着，但在这沉默中我们发现，我俩在一些方面更加亲密了，但在另一些方面却更加疏离了。看来我们之间还有许多话要讲。

"求婚的事情我稍后再提。"我没有放过跟进的机会，"现在，我们还是想想怎么补填我俩之间的隔阂吧。"我能感觉到艾雅对着我微笑了，一种安心的感觉悄然向我扑面而来。"我们继续训练吧，什么事都要慢慢来。"

艾雅摇了摇头，轻轻地挣脱了我的怀抱，然后走远几步，一脸心事的样子。

"巴耶克，现在不行，我有事情要告诉你。"

"又怎么啦？"我虽然满心疑惑，怒气却已经消了。现在的我可以说是一头雾水,我急着想要和艾雅促膝长谈——对这件事的尝试在过去的这些年里一直都以失败告终。

"我们的训练怕是要结束了,我已经打定主意,要回家去。"

第五十二章

当然了,我明白艾雅的意思,但是即便如此,我也还是难以接受这个事——毕竟接受了就等于件事成真了,而我不想这种事情发生。"回营地去?"我问道。

她轻轻摇了摇头。"不,巴耶克,是锡瓦。"

"我们很快就能回去的,当……"

艾雅叹了一口气,一丝怒气重又从她身上散发出来:"你是说你的训练结束的时候?你父亲确信他对你的灌输已经足够透彻的时候?换句话说……你和他一样把一些不明不白的东西挂在嘴边的时候?这时候他才会不再担心于你。这就是你想要的一切吗?到时候我们会依着你父亲的意思回到锡瓦,当他这么说了的时候。"

"我们可还被追杀着,别忘了这个。"说实话,我还是搞不明白艾雅为什么这样着急——毕竟有些事就在眼前,而且也是我自己寻求的目标。

艾雅望向一边,她依旧紧抱双臂,仰着下巴。"不,我从来都没有忘记过,也没有被允许去忘记过。但是直到现在,追杀我们的人已经不见踪影很久了,他们已经好几年都没有出现了,巴耶克,好几年啊。"

"这也不过一眨眼的工夫罢了。"

她用手重重地捶了一下胸口。"对我可不是,还记得么?对于我这种没找到人生道路,没法一道以专的人来说,可没有什么'一眨眼的工夫'啊。"

"这就是你打算回乡的缘由?"

我还是一头雾水。但至少,我和艾雅在进行有效的沟通。我能感觉到她已经放松了下来,虽说现在讨论的话题实在……艰涩,但至少这种沟通还能算作一种好事。

"不是。"

"呃……"我停下了话头,不知该说什么好,"那到底是为什么呢?为什么你非要回乡去?"

艾雅的眼神曾经黯淡过,还是说我现在才发觉?不管如何,我现在是见识到了,这场面弄得我脑中地覆天翻,原因很简单,艾雅几乎没有哭过,这场面让我莫名地不习惯。一定还有其他事情。

然而,这次我想对了。

"荷丽忒姑姑生病了。"艾雅说道。

这才是根本原因。但是我花了好一会儿,才反应过来她到底想表达什么,然后我的心思就完全飞到她身上了——没人比我更清楚艾雅有多爱她的姑姑:荷丽忒从艾雅很小的时候就一直照顾她,如果要说谁真正守护过艾雅,那么除她之外不会有第二人,即便是她对自己的学者父母有崇敬之情,也难以与她和荷丽忒的亲情相匹。不过我和父亲的关系就很……呃,好吧,我估计你挑的词八成是"复杂",不过要说的话，艾雅和她姑姑的关系用这个词也差不到哪儿去。荷丽忒对这个从亚历山大城来的漂亮小丫头可谓是宠爱有加，而艾雅也一直是她的骄傲。只要看看她看着艾雅时脸上的神情，你就能体味到她在自己侄女身上倾注的心血和爱意。至于我为什么会明白这一点，嗯……要说的话，就是这种情感在她身上体现得十分强烈，以至于我这种人都能时不时地感觉到一点奇妙的气场就是了。

讲到艾雅，她对自己的姑姑也是敬爱有加。如果说她会时不时地表现出一点自认高锡瓦人一等的想法，也绝不会蔓延到荷丽忒的头上。甚至说，我都没听艾雅说过荷丽忒半句坏话。更不用说对她那种平凡的生活方式的不爽或者轻蔑之词了。如果说荷丽忒身体抱恙，那艾雅的精神支柱也就塌得差不多了。这也难怪她会这么急着回乡去。

但是她能这么做吗？我们还在被人追杀，这样的事情可能吗？

父亲会准她那么做吗？而且……

后知后觉的一切轰然涌入我的脑海。"等等——你怎么知道的？你怎么知道荷丽忒病了？老天……你该不是……"

她大着胆子点了点头："我必须这么做，我必须知道姑姑到底怎么样了。我想着至少能给她报个平安，然后听个同样的回信。但是没想到她就这么病了，这消息真是糟糕透顶。"

我的脑中天旋地转。父亲的模样出现在我的脑海深处，我虽是满腔怨气，但是比起这个，对此父亲会说什么更让我焦虑不已。他要是发现艾雅和外界的通信让我们陷入了危险之中，那么，会有怎样的怒火等待着我们——我是不敢想象的。不过话又说回来，我不该有这种感觉，不是么？就算不扯上父亲，当下摆在我们面前的状况也足够我操心了。

"那是引火烧身啊！"我挤出几个字，"你怎么能这样？"在吼出更多话之前,我停下了话头,努力调整自己的呼吸,以求能恰当地处理这件事情。就在我调整气息的空当,艾雅向后退了一步,我能看到她脸上的神情飞快地变化着——漠视、坚定,对我的担忧——不过到最后,还是漠视的神色占了上风。

"我要回去。"艾雅说道,她的语气听似平静,但是声音里被努力压抑的怒气出卖了。我感觉自己被背叛了,有些无所适从,满心被害怕杀手找上门来的焦虑填满,如果这种可能成真,父亲也好,我也好,艾雅也好,都有可能会死。

"你怎么能这么做?你明知道有非常危险的人在追杀我们!"

"你想让你父亲听见你的这些话吗?"艾雅把我的话压了下来。看样子,我的声音压得没有我想象中那么低。

"到头来他怎么都会发现的。"我带着委屈驳道。

"哦,他该怎么知道呢?你自己会和他老实交代吧?"她把话头又打了回来。

我发觉自己害怕面对父亲对这件事的反应,有些失魂落魄。但同时,我又因为自己的恐惧感而满腔不忿,最后只得把更多的怒火倾泻在艾雅身上,原因也好说——我不知道她对父亲还有他终极目的的看法是否正确。我曾经那么努力地追逐父亲的背影,但是现在我心中生发的疑问让我感觉这一切都像是徒劳。也许在不同的世界,不同的时间,在一个更理想的将来,我和艾雅没准会把这件事一笑置之,她也会道歉说是自己做得太过火,也没有和我解释清楚,也许我会说:"不,真的,我也做得太过了,我是被恐惧迷了双眼,只能说我是自讨苦吃而已。"然后一切就这么轻描淡写地过去了。

但是现在这种事情是没可能了。现在摆在我面前的只有扑朔迷离,连环扣绕,最后又猛地滑出控制的事态;还有我积蓄已久,却一下子付诸东流的那一点希望。

"我得把这件事告诉父亲。"

"为什么？"

"嗯……我们得继续逃亡了，为此我们欠他一个解释，必须告诉他事情的来龙去脉。"

艾雅的脸一下子拉了下来。"你有没有想过，没准根本就没什么守护者猎人呢？"她伸出双臂，做了一个手势，我们脚下的山丘，山脚下我们四面环沙的营帐，还有稍远处的城镇，都收在了她的手指间。"你看见过来抓我们的猎人么？"

"你想说什么？这只能说明他们还没有到达这里。"

"没人会来的，巴耶克。我要说的就这意思。就这么多。你要是想和萨布老实交代，就尽管去好了。别想让我在这里接着看他的脸色，没错，消息是我几个月前发出去的，现在我也得到答复了。别废话，我明天一早就走。"

艾雅实在是非常爱她的姑姑，如果换作是我的母亲发生了什么，我又会做些什么呢？我深吸了一口气，垂下头来，然后把一切都抛到了脑后。毕竟，后果什么的对现在的艾雅并不重要，现在的她别无选择。

"很好。"

艾雅看着我，态度缓和了下来。"我明天一早就动身，巴耶克。我只是离开一阵子，又不是要一去不回。"

我对她的话报以微笑，我终于安下了心，然而一股无可名状的疲惫感紧接着涌上了我的大脑。

"明早你走了之后，我再和父亲说。"我说道。

"好吧。"

第五十三章

第二天一早,我一醒来就连忙奔出我们的帐房,眼朝着马匹吃草的地方望过去:艾雅果然走了,她的马不见了。父亲也不见了影踪,只有坐落在对面的他的空帐房在微风中轻轻摆动着,然后我望向我们每天进行训练的小丘,在那里我看见了父亲——他背对着我,一个人舞刀弄剑,冲奔突进,身上的衣衫在风中猎猎鼓动着。

"艾雅哪儿去了?"我穿好衣服去到父亲那里之后,他如此问道。

父亲几乎从不直呼我和艾雅的名字——至少在训练时是这样的。看样子他认为这是一种示弱的表现。但不论怎么说,这个早晨,和之前的早晨一样,叫我十分不舒服。

"她是出去打猎了吗?"父亲追问道。

"不,她走了。"

父亲猛地一转头。"走了?!"

"回乡了。"我答道,"她回去了,回锡瓦去了。"

"怎么没人告诉我？"

前一夜我还在摇摆不定，想着要不要站在父亲一边，然而现在，"摇摆不定"直接突进一步，变成了"悔不当初"。晨光扑面而来，射入我的心中，之前酝酿的那些感情一下子变成对父亲没好气的反抗心，这可真是头一遭了。我从来没想过在心中会有这样的情感，然而说什么都没用，我的心里现在就是这么想的。

"你怎么会这么想？我要是说了你肯定不让她走的。"

"没错。"

"果不其然。"

父亲在晨间训练时总是一副专注的神情，而现在，他的脸上只有迸发而出的怒气。这股怒气裹挟着他的剑锋，随着他先手的一个箭步向我直击而来，我赶忙拔出剑来，格下了这一击。剑戟相交的铿锵声好似晨间的钟鸣，刺透了清早慵懒的空气。父亲的手腕一抖，下一击便从下方蓦然而至。这一击非常快，快到我几乎无法反应，然而最后我还是在千钧一发之间成功格下了这一剑。这一击让我有些失去了平衡，也让我露出了破绽，他调整了一下体势，然后接着向前追击，这一次他的剑直冲我的太阳穴而去，剑锋在我的脸上划过了些许，撕开了一个小口，我能感觉到血从脸颊上流下，唇舌上的血味也证明了这一点。父亲伸开左腿，脚下站定，拉开一个弓步，手没有离开剑柄分毫，剑锋也还直直指着地面。

我擦了擦脸上的血，强摆出一副云淡风轻的模样。"你发怒了啊。"我徒劳地说道。父亲别过了自己的视线，下巴翘得老高。我发觉，这是我这辈子第一次为了与自己毫不相干的事情对父亲产生了不满。而他自己呢？却因为制怒不成，而对我拔剑相向——这还是他在训练中要我努力远离的禁忌呢。

"你根本没惹恼我。"父亲顿了一顿,回答道,"但是你真是叫我失望。你暴露了我们的位置,让我们陷入了危险。"

"我这么做了吗?"我发现自己的回答和艾雅如出一辙,而我对她的怒气就像我脸上的血一样慢慢流散了,相对地,我对父亲的愤懑开始飞快地在脑中成型。"你真觉得有人在追杀我们,还是你挂在嘴边的那班维序者?我们要是对他们那么重要,他们怎么不直接派兵来抓我们?你怎么知道他们盯上的其实不是我们,只是赫蒙呢?"

父亲瞪着我,他的鼻翼呼呼地翕动着,目光无比炽烈,然而我没有停下话头——但却不是因为我惯常的头脑发热之类的原因,这时的我,反而可以说是十分冷静且有条理了。也许,这也算是我到头来从艾雅那里学到的一点儿东西。"你有没有想过,赫蒙一死,我们也许就不再被他们视为威胁了?或者说之前在库努牡神庙追杀我们的杀手,已经为了报酬谎称我们已经死掉了,谁知道他是不是做多少事才拿多少钱的人呢?父亲啊,可以思考的因素实在是够多了,他不可能还追在我们后边的。"

"那杀手可不是泛泛之辈。"父亲喃喃答道,那口吻仿佛是在自言自语。他深吸了一口气,然后又这么做了一次,把自己的怒气压了下去。他听我说了一阵,然后接着说了下去。"他杀人的手法可以说是工巧精熟了。"说到这里,父亲的脸色便阴沉了下来,像是有一道阴影笼罩在他的脸上。我当时搞不懂父亲的神色为什么会变成这样,直到稍后的时日里,我才明白这种神色代表了什么。

"到现在为止,那杀手再也没出现过。"我接着用言语对父亲进行进攻。

"他可耐心得紧。"

耐心?那我们不也一样?我们不也背井离乡,出走锡瓦,一路逃亡也一路进行着训练么？

"父亲，我想我们是时候回到锡瓦了。"我的想法十分坚定专一，我心知这么做不会有错。

父亲不为所动，反而陷入了沉思。"你的训练还没有结束。"

这根本就是不顾现实，一味地老调重弹——至少我是这么认为的。肯萨和艾雅给我灌输了一条信念，借着这个理论，我总算是得到了内心的平静"学无止境，我的训练永远都不会真正结束"。

"我们可以回到锡瓦，完成剩下的训练，"我一脸平静地答道，"这样我就可以在艾雅身边完成这一切。"

"不，让你要保护的人看见你学艺未精的模样可不成体统啊。"

"那就别在人前进行训练就好了。"我耸了耸肩。说实话，也没几个人知道父亲是个守护者，知道我有这重身份的人就更少了。我们大可以说我还在接受训练，以求成为一名戍卫者。"锡瓦现在可是无人照护啊。"我把心底忧虑多年的另一件事也说了出来。"母亲也已经独守家中太久了，更遑论她肯定还一直在担心我们。"

"我会留心这些的。"父亲的口气依旧严厉，然而他的声音中已经没有了怒气。"但是即便如此，你要是想回锡瓦，还是得先成为一名合格的守护者才行。"这些话最多也就是口气弱了一些，字里行间还是能体现出他的旧有思维和顽固做派来，要说其他的东西，也找不出什么来。我突然觉得，自己突然更容易看透父亲这个人了：肯萨说得一点没错，我也意识到了。虽说父亲表达或者说表现的方式实在是有点……糟糕，但是说到底，他是确确实实地爱着我的。虽说父亲这些年没提过母亲半个字，我猜他还是想念母亲的，只不过这种思念的重量让他难以承受。

他也在害怕，害怕我接过守护者的衣钵之后会发生在我身上的事情。艾雅在某些意义上说得没错，他确实在束缚着我的脚步。而他的这种做法，也变相地束缚住了所有人的脚步。

"那么现在就让这件事成真吧，父亲。来进行宣言吧，承认我守护者的身份。"

父亲和我对上了眼。他满脸诚恳地看着我，我从他的眼中看到了比往日所见更多的东西——父亲依然苍老，也是疲惫不堪，然而，在他的眼中，我还是能体味到他那尚未燃尽的骄傲。

"这一天近了，吾儿，已经非常近了。我明白艾雅在你心中有多么重要。我一直都十分顽固，但是我也一直挂念着你的母——"父亲生生截住了自己的话头，悔恨地摇着头。"继续训练吧，让我好好想一想。然后没准我们就可以考虑回乡的事情了。"

那天上午的阳光一直在我的身上盘桓着，我心里想着一个问题：现在我进行训练是为了什么呢？是为了成为一名守护者，还是为了快点儿和艾雅重逢？也许两头都占吧——没准这两个目标也并没有父亲想的那样水火不容呢？我心里还是拿不定主意，但是我觉得没准哪一天，我真的能在这两件事之间找到一个平衡点便是。

于是我更加刻苦地训练，程度远胜往昔。

第五十四章

　　艾雅以自己敏锐的观察力而自傲，不过她脑子里整天也想着很多事情。正因为如此，水潭旁边的人们，一开始并没有引起她太多的注意。
　　艾雅确实知道他们就在那里。但是她并没有立刻意识到他们可能造成的威胁。艾雅看见了他们，却没有看透他们。她没有注意到他们身上的伤疤，满脸阴沉的神色，也没有发觉他们的目光已经乜斜着锁在了她的马匹上，更遑论去听他们低声的议论，注目他们口水横流的唇舌和满是算计的眼神了……
　　原因倒也简单，她脑子里想着的事情太多了。艾雅感觉到了一股莫名的不适，这种感觉让她焦虑不已，以至于她会就这么放着自己在那里慌神，直到脱水为止。她在脑中长吁短叹。事实上，她脑子里一直在重放那天和巴耶克的对话，然后她发现，有太多事情在这些年的训练中间就该跟他讲的，而她却一直把这些话憋在自己心里，这实在是叫人后悔不迭。

说也奇怪,艾雅心想,虽说她和巴耶克走的越来越近,却也越发不知道该怎么好好和他交流了。她也想着,如果巴耶克这会儿就在她身边,他肯定会说:"艾雅,你怎么长吁短叹的?我们会挺过去的,我们每次都挺过去了。一切都会好起来的。"他这一番话下来,估计自己就该觉得唉声叹气就该变成现下最不该做的事情了。他也会想法把自己的注意力引到其他的好事上去:脑子里酝酿的什么有的没的的计划啦,早晨学到的招数啦,就连天上盘旋的一只飞鸟,也在这些事物之列。总之不管是什么东西,巴耶克都能让她觉得,那是不可思议的奇迹。如果世间有这么多有待发现的宝藏,那她还有什么好哀声叹气的呢?或者说白了,如果她和巴耶克在一块,她该怎样才能叹得起来呢?

然而说什么都没用,毕竟现在并没有骑着马哼着平原小调的巴耶克跟在她身边,没有剑锋高扬,催着她继续训练的巴耶克站在她的对面;也没有一边吃着那天打来的野物,一边时不时咧嘴笑着的巴耶克坐在火堆的另一旁。巴耶克不在她身边,于是她一路上就只能担心着自己的姑姑一面继续前行,她能做的,只有绝望地企盼荷丽忒在她回到锡瓦的时候身体已经无恙,或者至少说,还在人世。

然而说了这么多,巴耶克就是不在自己的身边,也难怪艾雅还是会长吁短叹了。

还是说有什么别的缘由?也许她这么做只是为了不让自己做出掉头折返之类的傻事罢了:毕竟,艾雅的心神盘桓在对巴耶克的思念和对自己姑姑的担忧之间,以至于任何能和他们两人扯上关系的东西于她看都无比重要,都能吸引她的注意:河里向母亲凫水游去的孩童天真无邪的脸庞,和幼崽共聚一处的母河马,深情拥吻的夫妻,还有骆驼背上满脸皱纹的慈祥老人——他正因一位赶着公牛的年轻人的笑话开怀而笑。

艾雅也别无选择了，她沿着河道前进，顺着尼罗河岸一路骑行。沿路所见，都是在田里劳作的农民，这些人有时会放下手中的活，看着她一路走过——这满头发辫却又一脸风尘的女人满脸都写着悲伤，实在不得不叫人去猜想她到底要往何处去。

焦渴不堪，急于休息的她，最后在这处水潭前停下了脚步。

艾雅养成了和自己的马对话的兴趣——这匹去势的白毛良驹不仅长相可人，性情也十分温顺，于是她把这匹马当作了自己的朋友一般看待。不过要说的话，在这大漠之中，这马无论如何也是她至亲至密的朋友才是。艾雅自己还在营帐的时候就开始训练它了，而这些工夫看来是没白花。这匹马现在可以说是呼之即来，也从不到离主人太远的地方游荡。可以说，她的这一乘坐骑，说是既漂亮又聪明，是毫不为过的。

她走到水潭旁边，那里用砂石砖砌出了一道堤岸，那匹马也跟着她上到水边来，在她后面几步的地方站定。水边环生着一些植物，它们都倾向睡眠，仿佛在向面前的水体鞠躬，或者说，向着珍贵的液体奉上自己的崇敬之情。

之前艾雅也去过几处水塘，每次看到这些，她都会想起锡瓦的绿洲，想起拂过水面，缓和着沙漠酷热的轻风。每次到达这样的地方，艾雅都会想起自己的故乡，那里也是她旅途的终点。她也会想起自己的姑姑，还有巴耶克。而这些回忆，每次都只会为她再多添一声叹息。

艾雅在砂石堤上坐定，那匹阉马这时就在水潭里喝水，它把头深深垂进了水面下最凉爽的地方。然后把大捧的水撩到了自己的脸、脖子和肩膀上。

艾雅的左边就是那群眯缝着眼盯着这边的人了，然而她也是旅途劳顿，加上焦渴不堪，所以她一心想着补充水分，没有注意到他们匕斜的眼神。她没有看到这些人对她的马露出的贪婪的目光，也没有察觉落在她身上的轻蔑的眼色。

从远处走来了一乘骑手。不过远远看去，他和地平线上的一个黑点也差不了多少。

艾雅装满了她的水囊，她对身后已经开始接近的那些人还是毫无察觉。她也没有发现他们的喃喃低语已经停止，取而代之的是一种低秘且不怀好意的细语。她满心都是怎么解渴乘凉，就连那马都被她放到一边任意游荡，自己找了一片杉树的树荫安歇。

艾雅从自己的腰间抽出了一条红色的头巾，然后把它浸在了冰凉的水中，用它擦了擦脸。她把头巾在头上挂了一会儿，感受着沾湿的头巾津贴自己脸廓的感觉，然后才把它拿下来，湿漉漉地扔在了石头上。就在这时，一道阴影落在了她的身上。

"你好啊，小丫头。"艾雅的身后传来了一个声音。

艾雅隐约认出这是那些人的其中一个的声音，她本能地发觉这声音的腔调和先前已经不一样了。

现在的他用的不是和自己同伴一起是插科打诨的腔调，也不是一个想要找到买家的行商人或者猎艳人会用的礼貌恭敬的口吻——这一路上她已经甩开不知多少操着这三样腔调的人了。

不，这种腔调根本就不一样，那人的嗓音十分尖利——至少说让艾雅提起了警惕，她坐了起来，这才感觉到了危险。

艾雅的袍子扎得很紧，下面藏着一柄她常年操习的短剑。她怀疑方才她跪在水边的时候这把剑是不是从衣服底下凸了出来。她假装漫不经心地把手伸到袍子底下，想看看那把剑是不是还在那里——然后她的右手猛地抽动了一下，她正想着现下的状况该怎么应对才好：现在就拔出剑来作为威慑，让他们知道自己不是好惹的？不成，他们会觉得这是一种挑衅。现下唯一的办法就是等对方先动，然后再拔剑。

话虽如此，那群人里看似是头儿的此时又开了腔，看上去，那人的鼻子被折断过一次，然后就再没被归到正确的位置上过。他靠近了一些，又说了和先前一样的话："嘿，小丫头。"

艾雅站起身来，直面于他问道："有什么可以效劳的吗？"她一面回应，一面视线越过来人的肩头，看向了他背后的三个人，他们正踌躇不前，但是眼中贪婪的光芒都盯在了她阉马上。

天杀的，他们是马贼。

来人抬起手臂，伸出手来，把一根手指放在了艾雅的下颏上，她的脸被那人的手指扳了过去，两人对上了眼。艾雅并没有立刻反抗，于是两人的目光对上了一秒，艾雅也在挣脱之前仔细地打量了那人一番。"别碰我。"她低声警告道。

"好吧，倒也简单，不是么？"他用刺耳的声音回应道，"别捅出没必要的娄子来，我们要带走那匹漂亮的马儿，我们要做的就这么多。"

要是没了这匹马，艾雅就永远都不可能回到锡瓦去见她的姑姑了。"不成。"

然而那马贼头子做了个手势，好像在宣示，他们的对话已经结束了。"你最好放老实点，交出我们要的东西如何？别捅娄子，我们会好好照顾那畜生的。"

艾雅装作在考虑马贼头子的提案，其实她的大脑这时正飞快地运转着：她的背后就是水潭，她心知这水潭可是不浅。逃到那里面去可不是什么好办法，而且，不论如何说……

她也没有时间可以耽搁了。

不能逃。艾雅意识到了这一点。她其实也不想：毕竟她接受过了训练，还不是一般的训练——那是用来培训守护者的课程。凭着这些，她就有了别的选项，或者说一个选择。

她想要去战斗。

"你做得到吗？"她回答道，"还是说，你们这些马贼只会把这些可怜的动物就么转手卖掉呢？"

马贼头子用他那脏兮兮的牙齿咬了咬嘴唇。"没教养的玩意儿。"他的手一抖，径直伸向身侧挂着的武器。

"要留下底牌。"她想着，"不要一口气把自己所有的东西暴露出来。"艾雅的剑依旧藏在她的袍子底下，一动也未动。

"那好吧，"艾雅说道，"要不要来试试看？看你能不能从我这里把这匹马抢到手。"

马贼头子咧开嘴笑了起来。她能闻到他呼吸间带出的恶臭。

"好啊，试试就试试，动手吧？"

他一面说着，一面踏步上前。

第五十五章

　　马贼头子一面上前,艾雅也后退一步,转身变退为冲,脚下突奔,手上也没闲着。她借着冲刺的力道扭脱了贼头的胳膊,那贼头吃痛,立时哀号不止。艾雅听着这声音十分受用,却也没闲着,她旋过身去,把贼头从她背后拽了过来,然后一把将他的脸按进水里。

　　这一路招数下来,可以说是用得完美无瑕了。"要是巴耶克在这里看到这些就好了。"艾雅暗自想道。然后她吹了一声尖亮的口哨——那哨声虽短,却似一声划破空气的爆鸣。那阉马受了惊,依着以前被训的方法疾冲了几步,然后压下了双耳。它停了下来,转过身去,蓄势待发。有个马贼不识相想要偷偷摸近,它便龇起牙来,好似示威一般,把他吓退到一边——可以说,谁要是敢碰它一下,肯定是要倒大霉的。艾雅看在眼里,心里十分满足。

　　然而,这光景于那班马贼们,可就没那么有乐了。

　　"抓住!"没消多少工夫,方才带头对艾雅动手的家伙就喊了起来，他的三个帮凶应声疾步上前。艾雅急急闪到一边，脑中飞快地思考着对策。远处而来的那个骑手看见这副光景没准会立刻掉头走人。而这班马贼离得又太近，是时候拔剑了。

艾雅转过身去，准备拔出自己的武器，然而追来的人中有一个动作快得出乎她的预料，等她反应过来，已经落了下风。那人用自己的烂牙紧咬着嘴唇，怒气腾腾低吼着冲了过来。这人看着和之前带头攻击她的人十分酷肖，看样子他应该是刚才自己扔进水潭的马贼头子的兄弟还是什么的，那这也说得通为什么这家伙这么着急冲上来。定是为了给自己的兄弟找场子。没准在马贼这行当里，丢了面子的人就没法镇住手下的弟兄，也是未可知的事儿。

那人一瘸一拐地上前，双手成爪，想要抓住艾雅，然而她此时可是两脚站定，下盘平稳，于是只消一低头，那人伸出的两手便扑了个空，她抓住这空当，伸出双拳在他那软塌塌的肚子上猛捶了四拳，然后飞快地转到一旁。那马贼一口气没缓过来，就这么倒在了地上，只得在那里嘶嘶地喘气。在把这瘸子打倒的当儿，另一个马贼也已经冲到他们的跟前了。艾雅故技重施，依旧放低姿态，一只手拄在沙地上，一面回转身形，一面伸出一条腿，把来人绊了个四脚朝天。

是的，这于艾雅来说，可以说是实战训练了：不仅是熟习招法套路，也是在磨砺临场思维。她觉得自己自信满满，头脑清醒，力量也十分充沛。可以说，她这辈子第一次觉得自己的身体能力和熟练功夫能和自己的才思相合。她感觉现在的自己十分强大。

冲来的第二个马贼也一脸惊愕地倒在了地上。不过说到底，艾雅做的事情也不过是拖了他一点后腿而已，那马贼虽然倒下，却也还不死心，在沙地上一通乱摸，在艾雅抬起脚之前抓住了她的腿。艾雅直接一脚蹬了出去，她的靴子不偏不倚，正蹬在那马贼的脸上，他痛得哇哇直叫，撒开了两手。艾雅趁机站了起来，想要思考下一步的行动，然而时间并没有那么充裕。就在这个当口，又一个马贼冲了上来，在她这里抢到了先机。她能感觉到自己的脖子被这马贼的胳膊给勒住了。

方才被扔进水里的马贼头子已经浑身湿透，他从水塘里了爬上来，又气又恨的神情都写在了脸上。他的拇指狠狠地掐在了艾雅的气管上，但她还是想办法让自己着了地，然后打了个滚，仰过身来。一面立起自己的腿和膝盖，一面一脚踹上了袭来马贼的胸口，这一脚把这马贼径直踢飞了出去，顺带把他和贼头都撞到了地上。这一击奏了效，贼头的胳膊从艾雅的喉咙上松了开来，她抓住空当，对着贼头的喉咙猛地来了两拳，那贼头瞬时动弹不得，只能在地上痛苦地蠕动。艾雅趁势一翻身，滚到了安全地带。

艾雅站起来向自己的马快步奔去，她希望之前那些之前的警告和结结实实的痛楚能迟缓他们的脚步。这样她就能及时地回到自己的马背上。

艾雅离自己的马已经不远了，眼看马上可以翻身而上，然而就在这时，那贼头一脸怒气地现身在树前。那匹马见了他又跳又转，踢起土来。那贼头上下没一片干处，满身淅沥沥的，好似落水狗一般。他一面嘴上骂着，一面从皮带上猛地拔出了一把刀，双肩因为短气和怒意耸动着。不过，看样子，他倒是乐得很，认为局势已经发生了逆转。他把玩着自己的刀，把它在两手间抛来抛去，想把艾雅引上前来。"来啊，丫头。"他挑衅道，"来啊。"

艾雅冒险往后瞧了一眼：那边站定着两个马贼，他们蓄势待发，却还没有动作，看样子是准备静观接下来树底下的局面。她把视线转回了贼头那里，心知自己还没有拔剑，不过也是时候了，这时候正该取了他的性命才是。就和巴耶克一直告诉她的情况一样："这种时候，干掉他们的头头,剩下的喽啰自会作鸟兽散。"现在不就是这样么?

话虽如此,艾雅还是不大想下这一手的:虽说她确确实实为此接受过训练,进行过准备,而且如果她不动手杀人,对方也会毫无顾忌地要了她的性命。毕竟也是第一次进行实战,艾雅陷入了犹豫之中。她一直满心觉得自己锻炼武艺是为了战斗,为了保护自己和自己所爱的人——然而归根结底,艾雅其实也明白:她的修行还是为了取人性命而做的。但是在实战中真的这么做,就是另一码事了。

"有一天你会不得不这么做的。"巴耶克曾经如此告诉她,然而她还是盼望着这一天永远不会到来,虽然她心知这也是迟早的事。而现在,这一刻就这么来了:现下她要取这人的性命,不为卫道,不为复仇,不为捍誉,不为种种子虚乌有的大义名分。即将到来的杀戮,只不过是沿承一个简单不过的选择:杀了他,让自己活下去,仅此而已。

艾雅拔出了剑。

她的剑比贼头手中的刀长上几分,也锋利不少。为了使用这把剑,艾雅可能比对面付出过更大的心力。

"我可知道怎么用这玩意儿。"艾雅警告道,她还想着再试一次,以求不见血地解决一切。

"看样子你挺能嘛,丫头。"贼头窃笑。

背后的那几人已经做好了准备,等在那里。谁知道他们两个又在想什么呢?也许他们会乐于看到他们的头打赢这一架,或者看他摔个嘴啃沙,看他被区区一个弱女子打败,颜面丢尽。再或者,他们只是好奇着接下来会发生什么而已。

如果有所必要,艾雅还是会杀了贼头的。这点她是心知肚明,她平复了一下心情,就和她和巴耶克以前聊过的一样:她会直面自己的恐惧和种种不祥的预感,然后把它们化成自己的先机来用。

"那就来看看，你有什么手段好了。"贼头说着，手里还把玩着自己的刀。

然而艾雅刚拉开架势，就听到了一支箭飞过的声音。然后那只箭直直地向了贼头射去。那贼头被扎得向后猛退了一阵。艾雅本以为那一箭是射到了贼头的胸口，然而定睛一看，才发现那只箭透过他的腋下，直接刺穿了他的袍子，把他钉在了树上。就在那贼头正拼命想把自己从树上拽下来的当儿，又一支箭破空而来。这次是另一面，同样地，刺穿了贼头的袍子，又把他钉在了树上。紧接着是第三箭，这一箭直直射在了他的两腿之间。

艾雅和众贼都转过身去，一群人的目光死死盯在水潭边马背上的那人身上。那人头上裹着一条遮阳用的披巾，但是艾雅还是看到了一双描着眼影的墨色眼眸。这人看着就像一个常年在外漂泊的旅者，而他的弓术自然也没得说。现在他又搭上了一只箭，手中的弓在钉在树上的贼头和他的三个跟班之间盘桓着。

众人一时噤若寒蝉。

"你是来救她的吧，嗯？"那贼头一面无力地拽着自己的袍子，一面一脸讥诮地问道。

"傻子都知道，我是在救你。"那新来人干笑了几声，回答道。

这时候的艾雅也不知道自己的感觉是什么样：感激？宽心？毕竟来人让她不得不取人性命的日子又迟延了一些。但是……谁又知道自己是不是还有一点点失望呢？毕竟怎么说，她都已经做好了这么做的觉悟了，此时的她，是乐于迈出这一步的。

"好了，"新来人又开了腔，"现在，该你们做选择了，要么离开，要么死，选择在己，悉听尊便。"

第五十六章

众马贼都乖乖地选择了后者,他们连滚带爬地离开了这里,夹着尾巴逃掉了。趁着这个当口,艾雅仔细打量了这陌生人一番:他从头上摘下了披巾,于是艾雅不得不努力稳住视线,免得它从那人脸上的伤疤上移开。那群马贼的身影已经消失在天边的热浪之中,于是艾雅转过头,看着那人下得马来,做了和她之前一样的事情,也就是饮马、漱洗,还有补充水分。他明知艾雅在观察自己,却还是一副云淡风轻的模样。

"你在琢磨要不要谢谢我,对吧,"那人终于开了腔,"你在琢磨你到底需不需要谢谢我,不过无所谓,不管你谢与不谢,都得承认一件事,现在,你欠我一份情。所以,我会要你就地偿还,也说不定呢。"

得,这下气氛就有些难以名状了。

"谁知道呢。"艾雅答道,"陌生人啊,尊姓大名?"

"我叫比翁。"

"出身何处？"

艾雅看来，这人不常暴露自己的感情：毕竟方才作答的时候，他的脸上毫无起伏。他是真的处变不惊呢，还是怎样？"以前倒是被叫作法尤姆的比翁过，不过那是过去了，现在的话，叫我沙漠客比翁就好。"

"你参过军？"

"眼力不错。是的，我曾作为一名马其顿剑兵在禁卫军中供职。"

"你的伤疤是哪里来的？还有，你是从哪里学到这么精妙的射术的？"

"话倒没错。"他环起手来，又做了和艾雅先前一样的事情：掬起清凉的潭水，喝了一些，把剩下的泼在了自己前臂和脸上。

艾雅的披巾就放在水潭的旁边，她见比翁在用手擦脸，便把披巾递给了他，不管这人到底是谁，用这些作为一点至微至薄的回报，想来还是可以的。

比翁拿过披巾，用它擦了脸，沉默地表示了感谢。

"我以前也是行伍里数一数二的弓手来的。"他接着说道。

"不过你的弓看着略新啊。"艾雅看比翁擦完了脸，接着说道。

比翁又一屁股坐了回去，微笑着，但是艾雅看来，这微笑可以说是十分空洞了，甚至说，空洞得有些奇怪。"你果然是好眼力。"他一面把艾雅的披巾叠将起来，一面用力拧出了里面的水分。

从披巾里绞出的水滴一点点落在了砖砌的堤岸上。比翁把披巾的两头又盘在了自己的指关节上。艾雅感觉自己没来由地紧张了起来。

然后，比翁把脸转向了她。

第五十七章

很自然地，我们离开了原来的营地。我们后来又在一处水流湍急的河道和两座小丘中间重新安顿了下来。在这样的地方扎营，就算是碰上了最糟糕的天气也不用怕。每天早晨，我们会在那两座小丘上继续我们的训练，我努力不去生发关于艾雅的念头。因为一想到她，我会从自己的本来目的，也就是学习本领回到她身边上分神，这可不成。

不过话又说回来，要说我多想念艾雅，那也只有诸神知道。而日子又一天天过去，我因为看不到自己和艾雅重逢的那一天而渐渐消沉了下去。我不知道父亲对我这种心理状态作何感想，也不知道他对艾雅擅自回乡这件事有何看法。毕竟，在这种事情上，他情愿自己憋着，而且自从我们那天早晨的对话过后，他也一直是这种状态。唯一的区别在于他训练起我来倒是更加卖力了，对我的考验也越发不留情面。

直到有一天，这样的日子终于见了个头——那天早晨的对脸里，我抽身避开了一次攻击，向后退了几步，不肯再去进行格挡。我心里，已经到了该成行的时候了。不论父亲允许与否,我都要回锡瓦去。父亲看着我如此表现,心中有些不快,他垂下右手。"脑子里瞎想什么呢,巴耶克?"他厉声问道。我的视线方才肯定转到了锡瓦的方向,因为还没等我说半个字,他就蓦地长叹了一声。

"你还没做好准备,你的训练也没有结束。我已经在努力尽可能快地训练你了,但是……"

"我说父亲啊,还没完?!"我收剑入鞘,吼了回去。"我都跟着你训练了多少年了,可以说,我整天不是在山丘顶上就是在大太阳底下,还没个间断,不管我们重扎了多少次营,换了多少据点,走了多少地方,我都一点都没泄过气。"

"你现在就泄气了,我看得出来。"

我算是明白了,这训练只怕是要没个完了,而且到头来,对我也不会有什么用。父亲只是在害怕而已,虽说不是为了他自己,他脑子里的那点忧惧全都是围绕在我身上的。

"我得和艾雅还有母亲再会才行。"我努力压抑自己的语气,让自己的话听着尽量平淡一些,我希望这样能打消父亲的顾虑,让他明白我的真意。

"你得先成为一名独当一面的守护者。"

"那一天还要多久?要多少周?多少个月?多少年?"

"至少,要等你能应付得了那样的攻击才行。"父亲盯着我脸上的割痕,那场冲突在我脸上留下的痕迹,到现在都没有完全愈合。

我嗤笑了一声:"'守护者的学徒期是永远不会真正结束的。'这话你说过多少次了?"其实还有一件事没说,那就是艾雅一直对这句话深信不疑,我第一次告诉她父亲对我这么说之后,她甚至都表示了同意。"敌人能在我身上留下一道伤痕,可不代表他能打出致命一击。父亲啊，我现在就要这么做，我现在就要回锡瓦去。我想要和艾雅再见，如果我运气够好，没准现在还能追上她。"

说完，我又绷紧了身子，两肩向后开张，我直勾勾地盯着父亲，心知自己的眼神十分坚定，但是我还是希望这双眼睛能把自己的恐惧掩藏起来。我爱父亲，但是，我也为他感到可惜，这便是我现下的感觉。

父亲翻了翻眼睛："你这是愚鲁莽撞，不顾后果。你被这里面的东西牵着鼻子走，却没让脖子上面的给你足够的引导。"父亲先是捶了捶胸口，然后拍了拍自己的脑袋。

我咬紧牙关，回答道："这话没错，但是也正因此，我在努力地控制自己。但是你有没有想过：其实正是我的这份愚鲁莽撞，这种不计后果的坚持，把我带到你这来的么？"

父亲听了我的话大笑一声道："呵，但是你差点儿把我的计划给搞砸了。"

"你的计划不就是沿承守护者的传统，还有延续守护者的血脉嘛，还有别的么？"

父亲就那么看着我，对我的话未着一词。于是我没有多想，接着说了下去："难道说不是我这种所谓的'愚鲁莽撞'促成了这一切么？艾雅一直觉得，你容忍我们的关系是因为你把她当作工具，生下一个孩子，一个在未来的不知何时会接受训练成为守护者的孩子的最方便的工具，我说得没错吧？这是不是你一直以来忍住没把她从我们身边撵走的缘由？"

这次回应我的依旧只有沉默。父亲没有矢口否认我的说法，只是用他那副长年以来一直不冷不热的眼神看着我。其实艾雅这次出走归乡对我的冲击挺大的。毕竟她对自己姑姑的爱说是至甄至纯，也毫不夸张；但是，说实话，我也挺爱自己的父亲的，但是我的这种情感就没那么简单纯净了。它生发出来的时候，就是一副奇诡古怪，杂淆难辨的模样，而且，我也早就不是小孩子了。虽说我依旧敬爱父亲，但是我可不会让他的意志牵着我走一辈子。

艾雅一走，我就感觉自己失却了什么重要的东西。这东西于我甚至比获得父亲的尊重来得还要重要——现在我是明白了。这种东西其实也是至甄至纯的，那就是艾雅带到我生命中的爱。而这份爱随着她本人一起离开了我的身边，然而我不会对这份生命的珍宝轻易言弃——这是十分自然的事情。

就在此时此地，我就打定了主意，一定要动身回锡瓦去。哪怕我作为一名守护者的训练真的还没有结束，我也要走——我管他呢！守护者的血脉就在我的身上，谁也拿不走。我已经训练了许多年，但是非要接着训练的话，我还有一辈子可用，这还不算，我还能有时间去学习其他的东西。也许——我只是说也许，在以后的日子里，我甚至都用不着父亲来扶助我贯彻这条作为守护者的人生道路才是。

"我要动身了。"我和父亲说道，"你要是想说我这是愚鲁莽撞无视后果，随便你说好了；想说我的训练还没完成的话，没准我还会信你几分，但是——"我对着附近的山丘，对着我们的营帐，对着那河水还有远处的空地挥着手。"对不住了，父亲。我希望你能和我一起走，但是不论如何，我也不会留下，如果非要我听你的，你还得找点别的话来说服我。"

父亲走到了我跟前，我发觉自己绷紧了身子。毕竟我不知道他打的什么算盘，一开始，我也没法从他的眼神里读出什么来。但是到最后，我看到的却是一种悲哀的默契，一种终于崭露头角的尊重感。这种感觉自从上次艾雅出走，我与父亲争吵之后，便好像在我们之间的距离感中生发着。

"不，你还没有准备停当。"父亲说到，"虽说你比起以前算是充足了一点。但是我从你身上看到了你的决意。好吧，我们就一起回锡瓦去。也许我们真的能在半路追上艾雅，就算没有，我想你也能在那里见到她。和她好好相处吧，我不会再插手你们的事情，怎样也不会了。"

我知道的下一件事就是，父亲正在向远处走去，他的身上此时正散发出一种前所未见的温柔气息。"给。"他一面拿起自己每次都会带到山上的那个背囊，每次他都会从里面拿出一瓶水来，如果他觉得我训练得够刻苦，才会给我喝上一点。但是，这次他给我的并不是水，而是另外一样东西：一块用我前所未见的形制制成的徽章。然而，从父亲执起我的手来，把它按在我掌心的那一刹那，我就生发出一种十分似曾相识的感觉——就连那种重量感都可以说是似曾相识，它就那么躺在我手里，我却感觉不出一点违和感。

"只有真正的守护者才配拥有这块徽章，"父亲说道，"我现在便要把它交给你。"

我握着徽章，满心却惶恐不安。摸爬滚打了这么多年，我一心只想着得到父亲的认可，然而现在我得到的东西，可远超一份认可。"这块徽章是你的？"我问道，"你想让我继承它？"

"这是你应得的。我本该给你机会，让你早点儿把它拿到手才对。是我的错，我不该对你这么没有信心的。而现在的你身上，正有当年的我的影子，我是看得到的。"父亲说着，一面悠悠地叹道，"我眼里的你一直还是那个小孩子，没有长大成人，这是我的错。"

看来，这种认可也是让他很痛苦的。我注视着卧在我手心的徽章，心中确实有一种"这是我应得的"的感觉。但是说来也是尴尬——我的手掌还没有大到能让我把它整个握在手里。

"那艾雅怎么办？"我问道。

"你已经不用再问我的意思了。"

"如果我想呢？"

父亲叹了一声道："巴耶克，你和她的目标终究是不一样的。我想你应该很清楚。没准以后，在一些事情上，你就是要在她和守护者之道间做出抉择，不过为你着想的前提下，我还是不希望这种事情发生便是。也许她甚至会选择加入我们的战线。但是不论发生了什么，就算是为了埃及着想，我也希望你能做出明智的选择。不过你倒是不必此时此地就下决定，所以说，别想那么多了，拿好你凭自己赢来的这块徽章吧，现在，你已是一名守护者了。"

我把徽章揣进了口袋，那里面还躺着我一直留到现在的羽毛，还有逃亡路上留下的其他用以留念的小玩意儿。

然而，当我抬起视线，准备说些什么的时候，我发现父亲的身体绷了起来，一面昂起头，一面用力嗅着。

他一副瞠目结舌的模样，空气中立时弥漫着紧张的气氛。

"他来了。"

第五十八章

这一刻有两样东西同时而至：箭矢划破空气的嘶鸣，和向我扑来的父亲。他把我扑在了地上。

我们在地上滚动着，接着，父亲把我像一袋谷子一样推到了山丘的另一边。我眼见他挂了彩，心知他应该是中了箭。父亲的胳臂上有一处伤口，而那只箭已经在我们扑倒在地的时候，断成了两截。

父亲这时正在山脚下，他一面哼着，一面抓住了那支断箭，想要把它拔出来。然而，伴着一阵痛苦的闷哼，他的动作停了下来。

"箭头上有倒刺。"父亲一脸苦相，然而，我在他眼中看见了只有在当初门纳袭击我们的房子那一夜和我们在象岛被杀手追上的那一晚才见到过的光芒，那是一种兴奋感。看来，父亲为了这一刻已经准备很久了。事实也是如此，一开始行动之后，他的恐惧和忧虑便烟消云散，不见了踪影。

"好吧。"父亲说道，"看样子这家伙养好了伤，射术也自学成才了。但是他身上的气味还是原样。"

"闻出来的？"

父亲拍了一下我的肩膀。"所以说你还是个半吊子守护者啊，巴耶克。"他笑了笑，但是他的动作明显是在危险中寻求依靠的模样。

"你还能动吗？"我发觉来人肯定会趁势追击，于是连忙问道。

"我能走，也能跑，我还能舞刀弄剑呢。"他手上对着我们的营地比画了一下那里有两个被加固过的帐房，虽说没法当作掩体，但是我们的弓箭就收在里面。

我还没有学过怎么捕风辨气来识认来袭敌人的技巧，但是我的射术在受训期间还算突飞猛进的。我觉得我天生就有开弓射箭的才能，比起父亲也毫不逊色，没准还能胜他几分。我们俩如果一起迎敌的话，来人应该不是我们的对手。

"走，"父亲说，"我们得在他接近这里之前拿到弓箭才行。"

于是我们俩拔腿就跑。放着我们的弓和箭袋的帐篷在我们眼中就好像两处宝藏一般。旁边是一副和平景象——四匹马正在远处的河套上嚼着脚下生长的青草，那里被突转河道带来的河水积年冲刷，成了一片肥美的草地。

但是这都不重要，现在我们要做的，就是把自己的弓箭拿到手，然后便万事大吉了。

然而，我们并没有赶上。就在我们从山脚下冲向自己的营地的时候，远处也传来了渐渐逼近的马蹄声，我扭身望向背后，眼里却看到了那杀手的模样。

这多年来一直在我们后面穷追不舍的人，终于还是出现了。

他在马背上直起身子，稳住了身形，张弓搭箭，那副四平八稳，自信满满的姿态，可以说堪比一位最优秀的努比亚射手。我在想，如果他真的在这些年间习得了超人的射术,那现在他的水平简直可以说是臻至完美了。这个念头让我战栗不已。而且,这也意味着,他这些年从来都没有放弃过追杀我们,更进一步说,另一个想法让我如坠冰窟——艾雅错了,而父亲一直都是对的。

那杀手把披巾像兜帽一样戴在了头上。他两眼用木炭描黑,饱经风霜的脸上疤痕累累,双眸散发着警惕且冷酷的光芒,然而一看见他,我就明白了。这样的眼睛我真的是见得多了,毕竟伴着我度过这些时日的,除了日复一日的艰苦训练,也就是一道这样的目光而已。

而现在,就是这样一种目光直直射在了我的身上。我想起之前在父亲的脸上也露出过这样的神色,然后蓦地明白了一点:父亲一直以来都明白,自己和这杀手并没有什么异同。也正因此,他才会一口咬定这杀手永远不会放弃他的任务,因为他自己也不曾放弃过什么。

他只会撤下火线,收拾旧态,精熟自己的箭术,以求在自己的猎物那里获得一点先机,而且,也不会放松对情况的观察。他会完成自己的任务。嗯,没错,他是个杀手,他现在已经前来完成自己的任务了。

然后,我看见了另一样东西:杀手的手腕上缠着一条红色的披巾,我顿时就认出了它。

那是艾雅的东西。

杀手并没有给我反应的时间,他又放出了一箭。"父亲!"我放声大叫,心想自己的警告勉强救了父亲一命:父亲应声飞快地向左面闪过身去,于是那只箭没刺进他的身体,只是又击中了他的肩膀,把他带倒在地而已。

"诸神哪!"父亲已经中了两箭,我连滚带爬,急急凑到他的跟前,发现他已经满脸是血。整件袍子也红了个透。于是,又一个想法撞进了我的脑海:父亲这下是遇上对手了,这个念头生出的恐惧,在我的脑海中像泛洪的河流一般奔突恣睢，把我那点少年人的轻狂自傲给冲了个一干二净。而在那湍流中仍旧健在的顽石上挂着的，只有名为"失败"的一点残渣。

我一下子跪在了地上，看着那杀手把马稳在了河岸旁边，又搭起一支箭来。于是我拽出自己老早之前在扎蒂城买来的短刀，站定身形把它掷了出去。这可以说是我有生以来最好的一手飞刀，而且确实在这种情况下效果拔群。那杀手完全没有注意到有东西向他飞来，于是那柄刀就那么戳进了他身侧的披巾里，那股力道直接让他连人带弓箭都滚下了马去。

父亲刚才还在跪着，现在也站起了身。我把自己的手递给他，然后用力把他拽了起来。我拔出剑来，冲向刚才被带下马去的杀手。现在正在我们的帐房旁边跪坐着。他抬头一看，发现我正向他直冲而来，父亲也紧跟在后，于是把我的短刀从身侧拔出在手，一面把披巾扔去一旁，站起身来，拔出剑来，做好了战斗准备。

这个距离上，他的伤疤，他龇牙咧嘴的模样，还有他那冷漠无情的眼神和寒光流转的剑锋都映入了我的眼底。河水在他身后翻腾，卷起了无数的泡沫。那块我熟识不过的披巾，此时正在他的手腕上飘动着。

"作为守护者来说，你很勇敢嘛。"如果是常人这么说，口气里应该是带着几分讥诮的。然而他说话的时候，眼中只有点点空虚的光芒。他手上也没闲着，话音未落，那柄剑就挟势直冲我们而来。

剑戟相交的铿锵声在我的耳中回荡着，我满心以为这一击剑势足够刚猛，能直接把他打入守势，甚至能出其不意，重创于他。然而这些我都没有做到。他轻描淡写地接下了这一击，那种轻松的姿态甚至让我从骨子里觉得，自己根本不是他的对手。

"她在哪儿?！"我一面疾步挥剑上前,一面冲他吼着,希望能让自己保持清醒。在战斗中失去理智有多么危险这种事,我还是很清楚的。"你把她怎么了?！"

我发现父亲也冲到了这里,但是他一脸疑惑,眉头也紧紧锁着。看来,他并没有和我想到一块去:这杀手应该是监视了我们好一阵,不仅如此,他也知道艾雅离开了这里,还跟踪了她。

但是,然后呢?诸神哪,他对艾雅做了什么?！

"她在哪儿?"我又问了一次,当然,不是用喊的。我想让他以为,我已经因为自己的忧虑陷入了动摇,希望这种故作分心假卖破绽的手段能给我赢来一点先机。

"巴耶克,振作点儿。"我的父亲在一旁警告着。这句话在训练中我听了不知多少遍,每次我血冲脑门的时候,这句话都会在那等着我。我没有回答。至少现在,我眼中所见的给了我些许快慰。那杀手的袍子像我父亲一样也渐渐染上了红色。看来我至少在他身上留下了伤口,而且这道伤口还会流血。也就是说,如果我能把战斗尽量拖延下去,他没准就会因为失血过多变得虚弱不堪。那么到时候,他那过人的剑术也就没法让他再占多少上风了,说得更远点儿,没准我最后都能加胜于他,也是未可知的事情。

再者说,现在我们这边也不止我一个人,父亲也已经加入了战斗。他疾步上前,和杀手交上了手,铿锵之声不绝于耳。看来,这两位在剑术上还是能以互相匹敌的,现在他们都在互相寻找对方的弱点,或者说破绽。他们在剑击间互相试探,攻守交替不止,打得难解难分。

到最后,父亲已是疲惫不堪,而那杀手也血流如注。看样子,不消多时,他们两个就要双双跪在地上了。然后我和父亲突然就达成了一种默契——到了我上前收拾场面的时候了。

然而那杀手也明白这一点，他饱经战事，头脑依然十分冷静。看来他也明白，如果在战斗中被敌人牵着鼻子走会是多可怕的事情，于是他把我带进了战圈之中，又用一手由上至下的连击把父亲逼退到一旁。在我看来，那种要一般人抡圆了胳膊才能用出来的力道，那杀手不过手腕轻轻一抖就达成了同样的效果。他的另一只手里握着我的短刀，上面滚走着他自己的鲜血。看来，如果我上前攻击，想要绕开他的防御的话，应该就会被那柄刀给挡下。

挫折感在我的脑海中沸腾着，我的心神几乎被它冲垮了。我们这边有两个人，对面却只有一个。这场战斗本该直截了当地分出胜负，而且也不用浪费太多时间，但是现在，我们两个只能对着眼前的敌人干瞪眼，却找不到突破他防御的手段。他的臂力，坚定的意志还有没得说的战斗技巧，都让我们束手无策。父亲和我都是守护者，然而我们现在面对的是一个冷血无情，业务精熟的杀手，仅此而已，而问题就在这——仅此而已。

我看了看父亲，他面色苍白，脸上透出紧张的神色，眼神里也没有什么信心。

事情变成了我预想的模样。我冲上前去，却反被那杀手虚晃一招，让他在我身上留下了一道伤口，不过这辈子我再也没有上过这样的当。他利用了我缺乏实战经验的这一点，把我的短刀探到我挥舞的剑下，然后手腕一抖，在我的肚子上开了一个口子。我吃痛向后跌了几步，一只胳膊护在身前，然而他并没有停下——剑锋划过了我的上臂，跟着又是一剑，接着再一剑。

场面陷入了一片死寂，有那么一会儿，我们都呆站在那里，谁也没有动手，三个人都是一样的情态——满身是伤，鲜血流遍，气喘吁吁，肩膀也随着呼吸不断耸动着。

"是谁出钱雇的你？维序者？"我的父亲突然向敌人发了问，"我们付你更多的钱就是了。"

这话实在是有些刺耳，毕竟这么说就等于承认了一件事——我们根本无法对付眼前的敌人。这还不算，我也算亲眼见证了傲慢会让人堕落到何等程度，或者说用钱打发敌人其实是正常不过的事情。怎样都行。只要你确定，日后的某一天早晨，自己不会发现胸口插着一把匕首，就怎样都行。

"守护者啊，我不为是为了钱而工作的。"那杀手冷冷地回道。

"那你是为了某种信条而战么？虽然你没这么想过，但是你所循的理念和守护者的信条也许更加契合呢。"

"也许我没什么理念。"杀手答道。他的目光落到了我的身上，我想起了艾雅，正要开口的时候，父亲打断了我。

"你的工作就是杀了我，对吧？"

"我的工作是截断你们的血脉，把守护者彻底从历史上抹去。"

杀手轻描淡写地承认了这一点，看来他离完成任务的时刻不远了——只要他干掉我们，一切就都结束了。

"你做不到的，理念是杀不死的。"

"我的雇主可央我要做到这一点呢。"杀手疾步上前，"而你们对血脉传承的依赖，就是你们的死穴。"不得不说，我觉得他说得有理。

于是战斗再次开始了。

两人的剑势迅疾刚猛，我看见父亲的衣衫已经红了个透。也难怪，他是我们之中伤得最重的一个。但是这还不算，我也感觉到温热的鲜血在我的皮带下滑动，我想改换姿势的时候，那种伤口迸裂的感觉让我觉得自己的肚子上像是有一张嘴巴在翕动一般。而从这张"嘴"里，每次都会吐出更多的血来。这些血会顺着我的肚子和腿一路流进我的靴子里。脚一动，便会噗哧作响。

而对面的杀手似乎已经找到了应对疼痛的办法。他把这种痛苦压抑在了目光下，和它顽强地对抗着。那么他到底伤得有多重呢？我无法辨认。但是他依旧不屈不挠地进攻着，一招一式间毫不留情。果然是一个追逐猎物多年的人的模样，他无意停歇，只会上前来继续他无休无止的攻势，那势头绝不会减弱半分，也不会带有丝毫的悲悯。就在这时，父亲的身上又中了一剑，看来，胜负已经见了分晓。

我眼见一个人踉跄了几下，是父亲，我从不认为会战败的人。在战斗开始之前，他的眼中还闪烁着兴奋的光彩，期待着即将到来的战斗，而现在，我只能看见他涣散的眼神：那目光里没有对苦痛抑或死亡的恐惧，虽然这些的到来已在注定之中。他恐惧的东西，就只有无可避免的失败。过一会，我看到他又举起了自己的剑，好像要进行下一次进攻，然而这时的他已经无心求胜了。他现在能做的尝试，也只有保住我的性命而已。

我看着已经虚弱不堪的父亲，心里却想起了艾雅，心中一股无名烈火轰然升腾，把其他的所思所惑都烧了个一干二净。我心里剩下的只有对复仇的企盼，以及一种强烈的渴望，我满心只想着让这索人性命的亡灵遭逢同样的苦痛，只想着以眼还眼，以牙还牙。

父亲看见了我的样子，哪怕他沉浸在失败的苦痛里不能自拔，他还是能看清现下的情势，然后做出自己力所能及的反应。我刚转身向前猛冲，准备进行一次毫无章法、破绽百出的攻击——这么做和自杀并无二致，他就一面闷哼着，一面猛地发力，一头把我撞进了水里，而他自己则被甩在了一旁。我两手乱甩着一头扎进了水里，我先是沉了下去，然后浮出了水面，大口地喘着气。

情况不妙，这条河比我想象的要深得多。我抓着河上的芦苇，努力不让自己被水流带走，然而芦苇被我拔在了手里。每次都是这样，于是我只好想法多抓住一些芦苇。终于，我找到了可以抓得住的东西，至少在现下这一刻，也终于至少可以保证自己不被冲走了。

我觉着夜幕正一点点降临，那层黑暗好像也在一点点笼罩我的大脑，好像要把我吞进去；肚子上的伤口也是火辣辣得疼，然而我现在能做的就是看着岸上发生的一切：我抬起头，只见那杀手站在岸上，正要对父亲下手。只见他的剑光一闪，父亲便跪倒在地，然后身体崴到了一边。我眼见着那杀手举起剑来，又猛地把它刺进了父亲的身体里。

眼前的黑暗像是要把我包围，我本紧扣在芦苇上的手也松了开来，任由河水把我带走。我过去的一切，就这么被抛在了身后。

我眼前的最后一样东西，便是被自己的血染红的水面。我最后的一丝念想便是我那位在他生命最后时刻才开始真正了解的父亲。

第五十九章

艾雅不想在白天回到家中，如果真这么做了，她就会暴露在所有埋头日常琐事的锡瓦人的众目睽睽之下。这就是入夜之后，她才回到了自己睽违已久之处的缘由。

虽然过了多时，这里还是一切如旧，倒也不是什么奇怪的事情。艾雅在马背上一路看着故乡的古老村落映入眼帘，想着几乎笑了出来：埃及的每一寸土地都在发生着变化，这也是她和巴耶克交谈中的话题之一。然而锡瓦，却拒绝了这一切，留存着自己过去的模样。

接着出现在她面前的是水面上映着满月的绿洲。再往前去，便是城镇，便是要塞，便是神庙，便是那种种旧年记忆的所在……

这里是艾雅的过去沉睡的地方，那过去里最鲜活的形象便是巴耶克和荷丽忒姑姑；这里也是未来孕育的地方。但是艾雅打心底清楚，锡瓦将要描绘的这份未来，永远不属于自己。如果是和巴耶克在一起，她还愿意在这里待上几年，但是，要在这里待一辈子？想都别想。

夜晚的村庄十分静谧,艾雅朝那里去的时候,感觉有一股昏昏欲睡的气息弥漫其间。她不由自主地把目光投向了巴耶克曾经的住所,心里想着他的母亲阿赫莫丝近况如何?她心知自己迟早会去见她一面;也会去找拉比亚,对艾雅来说,这应该会是一次有趣的重逢。

街道上光华暗淡,寂静无声。除了她坐骑的蹄声,艾雅什么都听不到。当她终于到了姑姑的家门前,回到了她旧时居住的地方时,她屏住气息,心里想着荷丽忒,她就在那里,那里便是旅途的终点。艾雅在那里停了半晌,想着平抚自己的情绪,还有自己脑海中汹涌而来的记忆和乡愁。当然了,还有忧虑,那份生怕自己回来太迟,已经见不到姑姑的忧虑。

疲惫感涌上了艾雅的全身,她感觉自己的双肩垂了下来,辫子滑向胸前,直到她打起精神下定决心:她暗暗告诉自己,是时候进去了,也是时候做该做的事情了。

她深吸了一口气,下定了决心,然后下了马,把马背上的包裹拿了下来,又把它挂在肩上,才朝着荷丽忒家的大门走去。

有些东西已经不一样了,艾雅立刻就发觉到了这一点。

是院子里的花,是的,荷丽忒姑姑一直都喜欢在院子里摆上各种各样的花。艾雅对荷丽忒抱着一篮水果和鲜花朝家里走来的景象可以说是再熟悉不过了,以至于她每次沿街望去,都好像有那样的一个身影烙印在那里,就算天黑时分,也不例外。

但是现在呢?院子里一朵花也没有了。荷丽忒姑姑家的院子在她看起来并无人打理。这间被完美漆过的房子每天还有各种生机勃勃的花朵装饰其间的景象,到底是真的存在过,还是只是艾雅自己的想象呢?她伸出手去,用指甲把墙上的漆抠下了一块,心里纳闷着是不是自己的回忆愚弄了自己。

但气味可不是回忆能作怪的，可现在闻到的味道也不是她童年时闻过的，这是……

诸神啊，这是什么？艾雅把屋里的屏扇推到了一边，走进了自己过去的家中，一股恶臭扑面而来。艾雅不由得掩住了口鼻，本能地想要去拿起自己的披巾，然后她才想起，自己已经在水潭那给了比翁。然而这股气味依旧十分浓烈，以至于有关那次古怪遭逢的回忆都被它呛出了艾雅的脑海；她只好多加了一份小心，憋气在屋里继续前进，满心警惕，尽可能不发出声音。屋里的油灯闪着微弱的光，带着油气的烟雾在屋里四处升腾。但是，除了这股叫人恶心的味道之外，这屋里弥漫的就只有空荡的气息了。

艾雅灭掉了这些油灯，想着让它们的模样和姑姑不在的事实相配一些。但是问题来了，如果荷丽忒已经死了，那么这些油灯为什么还亮着？她努力无视着啃咬着她五脏六腑的焦虑感。有那么一次，她差点儿都想一头冲到街上去，敲开最近人家的门，然后从那里的人嘴里问出荷丽忒的去向。但是这样一来，她会像一个惊慌失措的傻瓜一样，然后就会流言四起。"你看见艾雅没？就荷丽忒家的那姑娘，出去旅行的那个？她打一回来就大吵大嚷，搞得四邻不得安宁？"

不过她不会再这么想了：她已经不是从前的那个艾雅了。她平抚了心情，回到了街上。能从油臭弥漫的屋子里逃出来让她心情大快，她往自己的右边走去，走到了荷丽忒的邻居，也是她的挚友——奈夫鲁的家门口。

"有人吗？"艾雅叫了门，然后踉跄着退了几步，屋里传出了和荷丽忒家里一样刺鼻的气味。如果要说还有什么的话，那就是这股味道比荷丽忒家里的还要浓烈，浓烈到叫人无法忍受的程度。

"哪位？"屋里有人应门，来人是奈夫鲁。她的声音倒还是艾雅记忆中的样子,"不管你是谁,先请进吧。"

"你是……奈夫鲁?"艾雅一面掩着口鼻,一面回答着,踏进了奈夫鲁家的门槛,他提着一盏灯笼,从卧房里的走廊里现出了身形。

"艾雅,是你么?"奈夫鲁一面说着,一面朝着屋里走去,她把灯笼举了起来,想着给她也提供一点光亮。

眼前便是艾雅这么多年来见到的第一张熟面孔了。这张脸让她一下子像是回到了童年时代:荷丽忒的邻门邻居。她生得矮小,微微发福,双颊红光满面,每次她笑的时候,脸颊都会鼓胀起来。倒不如说是一直鼓着,因为奈夫鲁总是满面带笑。她和荷丽忒不仅是邻居,也是挚友。她们俩至少说在艾雅的记忆里一直都是笑嘻嘻的。

"真的是你么?"奈夫鲁看着像是要晕过去一般,她一直宠着艾雅,艾雅也同样对她敬爱有加。现在两个女人重逢了,然而现下的情况却叫人高兴不起来,种种情感涌上两人的心头。奈夫鲁走上前来,把艾雅抱在怀里,艾雅的双眼涌出了泪水,她的视线也随之模糊了起来。

"孩子,孩子啊……荷丽忒……"

艾雅抓住了一线希望问:"她还活着?她在哪儿?"

"嗨,她在那儿。"奈夫鲁指着后面的卧房,"我把她带到了家里来照顾。"

"她还好么?"艾雅问道。

"她还在为了自家的孩子苦撑着。我和医生已经把能做的都做了。"

"她到底得的什么病?"艾雅又问。

"咳嗽。"奈夫鲁答道,"医生说她被恶魔上了身,是它们弄得她日渐虚弱。"

艾雅满腹疑问地四下看了看问:"然后是医生要你一定在这里放这些油灯的?"

奈夫鲁严肃地点了点头:"医生说,这些油灯能把恶魔驱赶出去,我们在隔壁也放了灯,以防恶魔在那里潜伏。"

"那里已经没什么灯了",艾雅暗自想着,却没有说出口,反过来她只是问道:"我能见见她么?"

"可以啊,当然可以了,孩子。不过要挑个好时候,现在她正在休息。诸神保佑,她已经睡下了,她一直都难以入眠,所以我觉得现在还是不打扰她为好。不过你倒是可以去看一眼,那倒是无伤大雅。"

艾雅朝着卧房里瞄了一眼,荷丽忒姑姑就在那里睡着,并没有死去,这让她安心了几分。奈夫鲁把她引到了桌子旁,这张桌子也让艾雅吃了一惊,在她的记忆中,这张桌子要大得多,而现在这张,要小上不少。

"你还好吗?"奈夫鲁坐在一把微微摇晃的椅子上一面问着,一面要艾雅也坐下。"你的那个小伙子跟着你回来了吗?有这座城镇的保护者的消息么?我有好多的东西要问你呢。你回来多久了?见到过别的什么人吗?肯定有好多人带着好多问题等着你呢,我知道的也就这么多了,所以说你最好习惯去回答他们。"她轻轻推了推艾雅,眨了眨眼睛,"还有,有话要直说,别和他们拐弯抹角。"

上一次艾雅和奈夫鲁一起喝茶的时候,她还是个少女。现在,她已经长成个大姑娘了。她经历过的一切,或者按照巴耶克的话说,"冒险",已经改变了她,去时的她和回时的她,已经判若两人了。和奈夫鲁的对话让艾雅想起了自己的过去:她想起了自己那副好奇心旺盛的淘气假小子模样。而她也把自己旅途上的故事讲给了奈夫鲁,只不过是她自己加工过的,她略去了一些令人悲伤的细节,也没有提到有关守护者和维序者的事情。不过她倒是说了一件事,她没有带着巴耶克回来,他正跟着他父亲进行训练,以求成为这座城镇的保护者。

"他不能在家乡进行自己的修行么？"

艾雅咬了咬嘴唇，她想着要不要告诉她这些年他们一直在过着担惊受怕的日子，生怕不知什么时候就会有个杀手找上门来，要不要告诉她自己的疑虑，要不要告诉她萨布不论如何都不肯回锡瓦的顽固想法。但是怎么看，说了这些肯定会让她更加担心。"呃……说来话长了。"

这就是艾雅现下能给出的最好回答。

借着昏暗的光线，艾雅发现奈夫鲁正仔细地端详着她。"你们俩总不会是分手了吧？"老太太如是问道。

艾雅低下了头：她知道这件事也不是那么好提的。她一路上都努力不让巴耶克跑进自己的脑海里，努力让自己相信巴耶克明白了她说的话，相信只要他们坐下来好好谈谈，一切问题就会涣然冰释，她不能让自己现在就哭出来。但是她点了点头，希望这个答案能让奈夫鲁满意。呃，说是这么说，她的下嘴唇却不停地打着颤，而下一刻，她就蜷在了奈夫鲁怀里，想要寻求一点慰藉。"我很想他，奈夫鲁，我非常想他。" 然而艾雅的心里话却在说，"我在替他担心，我怕真的有杀手会找上他，我怕自己的想法真的错了。"

"安啦，安啦，孩子。"奈夫鲁说道，"安啦，安啦……"

艾雅花了好一会来平抚自己的心情，她从奈夫鲁的怀里站了起来，清了清嗓子。"留在锡瓦期间，我会待在隔壁。"不过说回来，艾雅也不知道自己要在锡瓦待多久，她心里真的是一点儿数都没有。

"下次医生会什么时候来？"艾雅接着问道。

"他说过几天就会回来。"

"我明白了，"艾雅说道，"那么这几天里，我们得把这些油灯都处理掉。"

"天哪，你知道你在做什么吗，孩子？"

"这种味道也太可怕了,奈夫鲁,你怎么能忍下来的?"

艾雅摇了摇头,她皱起了自己的鼻子,而奈夫鲁一脸疑惑地皱起了眉头。

"但是艾雅啊,医生说这东西能赶跑附在你姑姑身上的东西啊。"

"好吧,我也不是什么医生,"艾雅应道,"但是这味道实在叫人喘不过气来,我是看不出这么干对谁能好。我们得把这些油灯全都拿走才行。"

艾雅有些趔趄,一路鞍马劳顿,加上这要命的味道,让她感觉有些晕头转向。奈夫鲁慢悠悠地笑着,伸出手去,想要扶起她。"先哭一阵吧,然后再来支使我就好。别想那么多,孩子,你已经回来了,至少这件事已经落了地了。"

第六十章

第二天一早荷丽忒醒过来之后，便又有了一场伴着眼泪的重逢。几个小时过后，艾雅把之前和奈夫鲁讲的故事又和自己的姑姑讲了一遍，然后她们把奈夫鲁支了出去，让她去买些补给品来（她俩心知奈夫鲁会把消息传遍锡瓦的大街小巷，毕竟她还是挺八卦的）。不过，荷丽忒果然也和自己的挚友一样敏锐，她也觉出自己的侄女和巴耶克的关系有些不对劲儿的地方。艾雅在她的怀里寻求了一次慰藉，不过荷丽忒倒是好好安慰了她一番：年轻人嘛，总得闹上几出，不过只要假以时日，加上对路的想法，那么一切最后就肯定会皆大欢喜地收场。荷丽忒这种令人安心的亲密感让艾雅又神游回了自己的童年，一个没有杀手和远古思想之类的东西烦扰的年代。

"还是这里好。"艾雅心里下了决定。现在的她比起当下，更加怀恋自己的过去。

不多时，奈夫鲁就回来了，她进到屋里，这时荷丽忒正躺在席子上，艾雅在一旁照顾着她。艾雅把挡在窗户前的帘子给撤了下去。按照医生的话说，恶魔会从那里走脱，不过艾雅也说不好这到底是真是假，反正她是一直在引入新鲜空气，努力让那医生推荐的药草油散发出的那股明显对人有害的气味从屋子里都跑出去。

"诶，"奈夫鲁看着荷丽忒的模样，吃了一惊，"你看起来好多了。"她把目光转向艾雅，一个劲儿地要她把自己带到窗户前面，好在"天晓得多久之后才迎来的真阳光"底下看看艾雅的模样。荷丽忒也康复了一些，她也自己爬起来了一点，于是艾雅放弃了抵抗，让这俩老太太好好地端详了自己好一阵。

"我说荷丽忒啊，她看着真可爱，对吧？"荷丽忒高兴地说到。

"是啊，就和她的母亲一样……"

"还有她的姑姑。"艾雅笑了笑，接过了话茬。

"我得说一句……"奈夫鲁凑得更近了，她一面看着，一面说道。她红光满面的两颊现在离艾雅非常近，在奈夫鲁端详着她的时候，她都能看见老太太脸上曲张的血管，"你的面色有些苍白啊，孩子。你愿意给我和荷丽忒提建议是很好，不过看你现在这模样，你也得好好照顾自己。"

这话倒没错：艾雅在沙漠里的时候就有些不舒服。她让奈夫鲁打消了疑虑，但是实际上，她还是感觉不得劲儿。一定是那些要命的油的残余做的怪，艾雅心想。

艾雅也告诉自己，那股味道估计也让人神经过敏，毕竟她都让奈夫鲁用她专业的传八卦技巧来缓和自己回乡带来的舆论风潮了。她现在至少能好好地走在街上，不过这也意味着阿赫莫丝，也就是巴耶克的母亲，也在等着自己去看她，如果把这件事耽搁太久，那就有失恭敬了。不多想，该做的事情就要去做，早做总好过迟做。那么今天上午就去，绝不耽搁。

　　于是，等到荷丽忒和奈夫鲁端详完自己的模样之后，艾雅就从弥漫着安心气氛和庇护感的奈夫鲁家里出来，走上了锡瓦的街道。

　　不过，锡瓦沐浴在阳光下的景致并没有让她的神经放松半分，而且，街上的人们也确实会停下来注目于她。然后，她的童年好友赫波泽法就突然从她面前蹦了出来。

　　奈夫鲁和荷丽忒这些年并没有什么变化，不过，也许是艾雅离开锡瓦的时候还太小，现在于她看来，赫波泽法可是长大了不少。

　　看着赫波泽法在她面前展开双臂，笑容灿烂的模样，艾雅的脑海中不禁浮现出了巴耶克的音容笑貌，差点儿就毁了这次珍贵的重逢。不过他俩随后就抱在了一起，艾雅也因此又和眼泪做了一次斗争。不过这次，算是喜极而泣。

　　艾雅也和自己的旧友讲了自己的故事，不过她保证，回头会和赫波泽法说得细一些。"锡瓦这边有什么新闻吗？"艾雅问道，赫波泽法耸了耸肩，然后笑了笑。看样子是没什么新闻好讲了，这里的生活一直如此，而日子也就这么一成不变地流淌着。

　　不过，赫波泽法说了另一件事：塞内弗也想见见她，于是她立下承诺，回头会安排时间好好和他们俩重聚，不过在这之前，还有个小小的问题……

　　艾雅冲着那边的小巷翘了翘下巴，那里就是她的目的地，一幢像休息的母狮一样窝在那里的房子。

　　"你知道她最近怎么样？"

　　"你说阿赫莫丝？"赫波泽法答道，"老样子，她还是会先让你难堪一阵，然后接着自己闷自己的。不过，只要你能给她带去好消息，那你也应该不会被怎么样。"

艾雅可没法说自己带来的是好消息还是坏消息。

她许下承诺，和赫波泽法稍后再见，然后就接着向自己的目的地走去。她一路摸索，最后终于找到了巴耶克的家。

说来也有趣，对艾雅来说，锡瓦遍地都是她的回忆，但是要细说的话，这里又什么都没有。倒也不奇怪，萨布从来没有认可过她和巴耶克之间的关系，所以她也不常到这边来，就算来了，她也只会吹一声他们约好的口哨，然后没什么情况的话，巴耶克就会出现在她的面前。阿赫莫丝倒是从来没嫌弃过她，艾雅回忆起了过去，她只会冲着自己微笑，然后摆摆手权当问候，再然后……一般巴耶克就会跑到自己的身边来了，大多数时候，事情都是这样的。

不过，这次她又到了这里，这一次她要做一些自己从未做过的事情，她要去敲巴耶克家的门。

"请进。"里面的声音应道，"我还在想到底要多久你才会到这里来呢。"

艾雅硬着头皮走了进去，屋里正是她要找的人。阿赫莫丝正一本正经地坐在椅子上，她抿着嘴唇，在那里等候着。艾雅吃了一惊，她的模样也没有丝毫改变，就和奈夫鲁和荷丽忒一样，就好像时光没有在她身上留下过一丝痕迹一般。不过要说变化，还是有的，这幢一尘不染的房子好像比以前更大了。

"看样子，你是没把他们俩带回来喽？"她没有让艾雅坐下，开口便问。阿赫莫丝上下打量了自己的客人一番，此情此景貌似友好，却没有一点欢迎之意。

"没有。"艾雅答道。

阿赫莫丝接受了这个消息，当然了，这应该也是旧闻了。没准她只是想从艾雅的嘴里听到这些话而已。"他们现在怎么样？"

"他们很好，和以前一样。"

"真的吗？"阿赫莫丝哼了一声，"这可不是我想听的东西。你觉得自己说了些我想听的话，但是这么做等于告诉我其实还有我不想听的话。你不如直接说实话好了。"

艾雅呆站在那里，不知该如何应对。在艾雅的印象里，阿赫莫丝确实很不好对付，不过，她从没见过这女人如此心直口快过，艾雅一时根本不知道该如何回应她。但是，她说得没错，就算是艾雅自己，如果她对上了一个从自己家中离开这么久的人，大概也会是这副模样。艾雅明白了这一点，心知自己无话可说，因为真的要讲的话，要说的事情就太多了。

不过，谢天谢地，阿赫莫丝的脸上突然绽出了笑容。"对不起。"她说道，"我只是想……呃，好吧，你知道想要的是什么。"她站了起来，从屋子的另一头蹀了过来，然后给了艾雅一个热情的拥抱。"艾雅，亲爱的孩子，现在的你比起离开那会儿真是强健也漂亮了不少啊。"

接下来，她让艾雅坐下了。同时也让她接着说了下去。"只不过，这次别再说什么'他们和以前一样'之类的话了。"

"他们当然和以前不一样，阿赫莫丝，当然不一样了。你家的两个男人已经成了父子了。"

这是实话，而且怎么说也是好事儿。

"看来他长大了啊，是这样吧？"

"他在接受训练，准备成为一名守护者。"

阿赫莫丝对此没有丝毫反应，不过艾雅对此倒也毫不奇怪。虽说她的话让阿赫莫丝一脸困惑地眨了眨眼，因为艾雅说这些的时候，脸上是一副戏谑的神情。

"哦不，亲爱的，我不是说巴耶克……"

啊……于是又是同样的戏码了，艾雅又讲了一遍自己的故事，只不过，比起给别人说的版本，这一次她没有瞒下那么多事情。

第六十一章

　　她接下来要去见拉比亚……于是她从村里穿过，让自己再次暴露在了锡瓦人们好奇的目光之下，这一路上充斥着坊间人的窃窃私语，还有她用"要事"推脱掉的种种问候，她就这么一路走去，直到到了自己的下一个目的地。

　　"你好啊，姑娘。"拉比亚一面说着，一面招呼她进来。

　　"别告诉我你也在等着我来啊。"艾雅回道，她虽然还是感激拉比亚的热情招待，但是作为锡瓦的归乡人被四处期盼这件事，也已经让她有些疲倦了。"你怎么知道我会来看你的？"

　　拉比亚耸了耸肩："你果然还是有问题要问啊。"

　　艾雅摇了摇头："没这回事儿。要说有什么问题的话，我在那里都找到答案了。"她竖起一根拇指指向自己的背后。

　　"真的么？"

　　"好吧……"艾雅不情愿地讲了真心话，"也许我还真有些东西要问,比如……你真觉得萨布是因为门纳的袭击才离开锡瓦的么?"

"我也不清楚。"拉比亚答道,"我只知道这一切都很危险,萨布就说了这么多,就这样。"

艾雅仔细注视着她,想判定拉比亚到底有没有说实话,或者她是不是有所隐瞒。

"所以呢?"拉比亚逼问道,"萨布是不是被叫去解决门纳了?"

"没有,不过我和巴耶克照着你的建议做了。我们碰上了努比亚人,他们倒是在对付了门纳。"

拉比亚听了这话,在自己的座位上仰头往后一倾,对着天花板出神。她看起来如释重负,好像刚得了莫大的宽慰一般。"那么,这就算结束了。"

"单说门纳的话,确实如此。"

"那么那些努比亚人又怎么样了?"拉比亚抛出了一个尖刻的问题,她把注意力又放回了艾雅身上,一面还没忘了重新整理自己的仪态。不消说,这是阿赫莫丝刻在她骨子里的东西。"来,孩子,坐下,要喝些什么吗?水,还是酒?"

"我今天喝的东西已经够多了,谢谢。"

"那我们接着说吧,那群努比亚人怎么样了?"

于是拉比亚一心不乱地听着艾雅把肯萨、塞缇、涅卡还有他们部族的其他人的消息都讲了一遍。听到努比亚人在和门纳的战争中伤亡惨重这一段的时候,她皱起了眉,十分哀伤。听到肯萨的事情时,她又兴奋了起来:"她这种人可是不好找啊。"拉比亚如是说。

"我们欠她很多很多。"

"于是呢?那群努比亚人后来怎么样了?"

"我们不得不分道扬镳,我知道的只有他们打算离开自己在底比斯的家园,天晓得他们在这件事上下了多大的决心。他们现在应该在路上了,那么在合适的时间,我们总会听到他们的消息的。"

"那么说,门纳果然不是萨布离开的缘由了?"

"没错。"

"那他到底为什么要走?到底有什么危险等着他?"

"要说的话,他们盯上的是守护者。"艾雅答道,"你听说过亚历山大城里的那班维序者么?"

"略有耳闻。"拉比亚承认道。

"他们好像在猎杀守护者。"

"明白了。"

"对此你没什么可说的吗?"

拉比亚耸了耸肩:"对这种事情我又该说些什么呢?"

艾雅火冒三丈,她站起身来,思考着。"你是不是知道他们的底细,拉比亚?你是不是知道会发生这样的事情?"艾雅发了问,在那里等待对方的回答。她在思考,思考着拉比亚把她当作一盘大棋的棋子用的行为,到底值得她付出多少怒火。

拉比亚一直在小心翼翼地看着艾雅,然后突然飞快地笑了一声。"某些意义上,你和阿赫莫丝还真像啊,艾雅。她也一直在指责我知道的那么多,却不采取行动呢。"她挥了挥手,"说的就像我还有什么底牌一样。"艾雅扬起了一根眉毛,她倒是觉得这件事上自己会和阿赫莫丝站在一边。事实上,很多人都是这么看拉比亚的。因为很多时候,她确实比别人知道的多得多。

"你真以为我能未卜先知么?"老妇人接着说道,"要是能就好了。然而,我并没有这种天赋,这就很难受了。我所有的不过是一个愿望罢了,不过是想要保存守护者之道,和做到这件事必要的知识而已。

而保护这些庙宇，便是这些事中的一件。"

"那些神庙已经有人看守了。"

"但不是守护者在看守它们。这座城镇需要保护者，它需要的是萨布，需要的是巴耶克。"

"好吧，但是你要说现下的话，他们两个都不在这里。"艾雅心知自己在这时完全没有心直口快的必要，不过看样子拉比亚也已经习惯有人这么呛她了。这件事让她想起了阿赫莫丝，还有她自己的旅程，还有自己自从离开锡瓦之后，已经成长和改变了多少。

拉比亚点了点头。"不过他们中的一个，或者他们两个，总会回到这里的。"她承认了这一点，"不过他们中的一个，或者他们两个，总会回到这里的。"

"你怎么这么肯定？"

"你是说我觉得萨布一定会回来？不，我说的是巴耶克。哦……他肯定是会回来的。他会回来的原因很简单：你在这里。"

"照你这么说，我其实是你下的饵喽？"

拉比亚看上去十分失望，她举起自己的手臂，说道："又来了！哪怕我真的想这么做，我又有什么手段操纵你的意志，让你一直待在这里呢？你现在身在锡瓦，这是你自己的意志。于你看来，我像是一柱神明一般，操纵者你们所有人，你这么想我倒是很高兴，问题在于，你也知道，我真没那么大的能耐。"

"但是事情就像那样发展了啊！"艾雅答道，她突然觉得自己已经疲惫不堪了。这些年来无休无止的逃亡之旅对他们已经造成了莫大的伤害，而本来应该生发的疑问却突然在这里失去了意义，在这世界一隅小小的安全地带，锡瓦，失去了意义。

艾雅觉得自己的脑海中冒出了无数杂陈的恶劣情感，而这种杂合体的成分,连她自己都理不全:憎恶、嫌弃、愤慨、失望、焦虑……等等,等等。她最后也没管礼数,摇摇晃晃地走出了拉比亚的家门,然后几乎是跟跟跄跄地走到了街上。拉比亚一面大声喊着,一面追了出来,虽说她是真的满怀担忧,但是艾雅还是摆摆手,借口说自己"已经累了",把她打发了回去。

她一面朝家里走去,一面觉得越发地不舒服。她想起了绿洲上的那一战,想起了自己为了保护自己终于下定杀心的那一刻。那只箭射中目标之前的那一瞬一直在她的脑海中重复不断地播放着。她脚下一个不稳,跌跌撞撞地向一堵矮墙伸出手去,想要找到一点东西来支撑自己。就在这时,她的思绪飞旋了起来,她心里疑惑着:如果这种情绪已经滑出了她的控制,连在锡瓦也能感觉到。这种感觉是不是就是她的胃绞痛的原因?强烈的晕眩感让她跪在了地上。她在和巴耶克和他父亲一起旅行的时候就开始厌恶这种感觉了,而现在这种厌恶只是有增无减。艾雅隐约听到有人叫着她的名字,她顺着声音的方向看了过去,在她错乱的视野里现出了一个人形,她立刻就想到那会不会是找上门的杀手?不过并不是,来人只是她的旧友塞内弗。艾雅此时没有力气停下,也没有力气难受。于是她只好一面摇着头,一面冲着他无力地笑了笑,她现在不需要别的,她得赶紧回家。

艾雅几乎是一头跌进家门的,满脑子都是想要躺下的念头。然而家里的房子十分昏暗,她自己又没了方向感,四肢发飘,沉浸在街上那场感情爆发的余韵中的她依旧颤抖着,以至于她用了好一会儿才发现家里站着一个人,一个男人。

"巴耶克?"她无力地叫道,但是站在那里的并不是巴耶克,是那个男人,比翁,那天在水潭边的男人。

他在这里做什么?艾雅眩晕的脑子里还盘旋着这个疑问,然而她的胃又抽动了起来。这里空气也像是弥漫着古怪的气味。她的视线模糊了起来,空气貌似都在躲避她。不,所有的东西都在侧过身去。比翁向着她的位置挪了几步,手里拿着什么红色的东西。"我的披巾。"艾雅想着。"哦,好啊,我确实丢了自己的披巾。"然后,她觉得自己的双脚消失了,她只看见地面向她直扑过来,感觉到有一副强壮的臂膊抱住了她。然后她就什么都不知道了。

第六十二章

　　河套那一战过后，巴耶克被河水冲走，而萨布也被击败了，只得躺在泥土里，动弹不得；比翁跪了下来，他双肩耸动，头颅低垂，疲惫与苦痛杂陈，他在听着什么，却……

　　什么也没听到。

　　一片寂静，头顶盘旋的飞鸟鸣声，耳中血液的奔流声，都被他无视了。不过，萨布的身躯，现在就躺在他的脚边，他确实悄声无息了。这意味着，他的任务，马上就要完成了。

　　这场杀戮马上就会画上句点。

　　而他也终于能寻得自己的一份平静了。

　　然而，他的世界里还是冒出来另一种声响，那是萨布的声音，是他竭尽全力呼吸的响动。比翁的剑从他的胸口突贯而出——这杀手还是十分谨慎的。他把守护者像一只蝴蝶标本一样钉在了地上。血沫从他的口中流出，萨布的双眼在失焦和聚焦的情态间不断地游离着。他在努力把视线聚焦在比翁身上,想要在自己死前看清杀死自己的人的模样。

比翁自己也苦痛不堪,但他还是忍住两胁伤口带来的痛楚,动了动身子,以便俯视着他。

"告诉我,你的名字。"萨布有气无力的说道。比翁点了点头,像是在称赞萨布虽败犹荣。

"我叫比翁,"杀手回答道,"确实是维序者派我来杀你和你的家人的指派我的是教团里的一名高级成员,他的名字叫作拉亚,你知道关于他的事情么?"

萨布摇了摇头,这个动作带给了他极大的痛苦。他眯起眼睛缓了一会儿,等他再次睁开双眼的时候,他的目光依然锁在了比翁的身上。杀手从这目光里感受不到一丝憎恨和愤怒,他只感到了哀伤,对自己镜中倒影一般的人的哀伤。比翁在想,萨布的伤疤,是不是都在他的心里,他是不是和自己一样,已经厌倦了杀戮?他心里的某个部分,也同自己一样期望着自己能早点儿离开这个世界。

"他在哪儿?"萨布问道

"你的孩子么?已经不再这里了。"

"死了?"萨布强撑着问道。

比翁摊开两手。"谁知道呢?"

"他可是个坚强的孩子啊。"萨布的笑里,带着一点不舍。

"你把他教得不错,守护者。"比翁一面回道,一面伸出手去,把一绺头发从萨布的眼睛前面拂走。"我远远地看了你们好一会儿,我看见你把徽章传给了他。我知道,你觉得他的训练已经结束了。你已经把守护者的衣钵传到了他的手上。"

"我这是给他判了死刑,对吧?"

比翁摇了摇头。"不,这一切都过去了。亚历山大的那班维序者下了决定,要根除守护者和他们的血脉。如果我完成了我的工作,那么守护者这个名字就只会在你们的追随者和冒牌货中间流转了。而维序者们也将从此高枕无忧,他们可以让自己的统治无限地延续下去,而不用担心有人成为自己的障碍。"

"这种世界和你很合得来,是么?"

比翁耸了耸肩,这个动作让他的脸痛得抽搐了起来。"不,这世界并不适合我,我不过是拿我主子的钱,然后办他们要我做的事罢了。我只是在杀人,仅此而已。我杀过你们的盟友,我也杀过你的主子赫蒙,还有他的孩子萨贝斯泰也是我杀的。"比翁指着那柄把萨布钉在地上的剑说。

"我已经取走了你的性命,再过一阵,我就会杀掉你的儿子,来完成我的任务。这些事情没有一件'适合'我,我只是去做而已,仅此而已。"

"你得先找到他。"萨布答着,强挤出一个微笑,"这可不是什么轻松的差事。"

比翁眼见着巴耶克被河水冲走,但是比起萨布向他保证的事情,他知道的还要多一些。他知道,如果巴耶克真的活了下来,那么他肯定会想方设法回到锡瓦。

不过,比翁没必要去告诉萨布他知道这些事情。就让他这么抱持着虚假的希望去往另一个世界好了。让他和他的同僚一样,带着他们的信仰去见他们的众神好了。他还有一件事没告诉萨布,他得把最后一块守护者徽章拿到手,才能去跟拉亚交差,让这场杀戮真正地画上句点。比翁没有说这件事,原因很简单,萨布已经没多长时间可活了,比翁不想让他再给他所剩无几的人生里再增添别的烦恼,仅此而已。

他反而说道："守护者啊，于我来说，你是个优秀且可敬的对手，一位伟大的战士。你不必亲自来告诉我这一点，因为我心知肚明。带着这些话去见你们的神吧。你只要知道你尽到了对你自己的信条的本分，你自己的家庭的本分，还有你的……"比翁刚想说"城镇"，却把话收了回去。"你已经得到了自己想要的结果了。你说得对，守护者，我永远都找不到你的儿子了。也许我也永远完不成我的任务了。现在，要完成我的任务，我要付出比以前多出不知多少的心力。你就带着这种慰藉，安心地去吧。别了。"话说完了，于是比翁坐回自己的脚后跟上，想着在这里多等一会儿，目送萨布，权表敬意，也正好让自己的伤口愈合一阵，以便行动。

　　守护者又过了好久才死透，但是临死之前，他还是眨了眨眼，最后一口气随着一声轻缓的长叹吐出，才把头歪到了一边。

　　比翁又检查了一番，确定守护者是真的死透了之后，才从他的尸体里拔出自己的剑，放着他在那里慢慢化作一团腐肉，然后才包扎好自己的伤口，骑上马背，向着锡瓦的方向径自离去了。

第六十二章

　　我到底在河里漂了多久，说实话，我自己也不清楚；我被那对老夫妇从水里拖出来的时候，又是怎样一副样子呢，我也不知道。现在的我只知道一件事……我正躺在一张卧席上，而这席子下的地面却不是那么安定，就好像……好吧，就是在移动着。
　　晕头转向的感觉在我的大脑里恣睢了一阵，接着取而代之的，是我手臂和肚子上突然传来的剧痛——每当这痛觉触动我的神经，"他"手中长剑在烈日下映出的凛凛寒光就会刺进我的脑海，让我想起他那双描着眼影，双瞳无神的眼睛，想起他脸上蠕虫一般白得发亮的疤痕，想起那条风中飘扬的红色披巾。我努力让自己坐起来，最后却只得躺在那里，听凭苦痛像无数的矛头一般，不停穿刺着自己动弹不得的身体。
　　艾雅在我的思绪，还有想看清周遭的渴望在那晕眩感筑成的迷墙里苦苦扎挣的时候，有关她的念想，都一直默默地沉在我的脑海深处。忽然有那么一瞬，我终于想起了父亲，我仿佛回到了自己流着血被河水冲走的那一刻，又看到了他送着我远去的视线，那一幕又从我的视野里一点点随着河水被冲走。就是那柄剑，那柄举在半空，在阳光下闪耀着美丽光芒的剑，就那么直直地朝着父亲挥了下去。

其实父亲一直对我有很多忧虑。而这种忧虑的表达方式，在他来说，就是不断地否认我具有成为守护者的资格。我知道，他这是作为父亲在关心我，只不过他永远没法表达出来。但是，问题就在于，这种做法在我们之间生出了嫌隙，而这些年，却只有我一个人在努力填补它。到头来，要我猜的话，我们终究也没能真正互相把对方当成朋友来看。不过，"成为像样的父子"这一点，我们应该还是做到了，而他也把我教成了一名守护者。我们本要一起回到锡瓦，我本会在那里真正接过守护这座城镇的重任。如果事情真能这样发展下去，假以时日，我们之间没准还是能生发友情之类的东西的——嗯，到底会怎样，那就只有天知道了。

可现在我是永远都不会有机会，去看到这个猜想的结末了。

父亲给我的徽章跑到哪里去了呢？我也不清楚，不过，我想它的去向已经无关紧要了。如果我没搞错的话，现在，我已经是世间最后的守护者了。

那么，从今往后，守护者的未来将是怎样一番样貌，就完全取决于我的意志了。这样想着，虽然被悲哀纠缠在侧，我此时却觉得无比的清醒和踏实。

不多时，我能看清了。呃，我觉得这里没法叫作一个"屋子"的，说是一个"地方"更好些——这里还有另外一个存在。总之不管怎么说，我肯定不是孤身一人。

我抬起头来，向着席子的另一头看去，那边有一个人。"你好啊。"他说道。

他走到了光下，现出了自己的样貌，我这才放下心来。来人并不是杀死父亲的凶手，这个男人比起"他"要老上不少，微微有些驼背。我猜对于积年的船家来说，变成这副样貌也是正常的。他一身白袍，头发束在额头上绑着的带子里。在他左边还站着一个女人，这次我猜对了，那是他的老婆，焦急和担忧的神情满满地挂在她的脸上。我看着她用手肘轻轻推了老人一下，然后走上前来告诉我，他们叫作奈希和阿娜，是一对夫妻，也是我现在躺的这条船的船家，他们平常就拿这条船来打鱼和沿河运货，作为度日的营生。

"好点儿了吗？"老妇人问道。她的声音和她的丈夫一样轻柔徐缓，听着便令人心安。这声音让我想起了母亲努力安慰我的情景。这个念头瞬间让我感到有一股催断人肠的乡愁烧遍了我的全身。比起身上伤口带来的苦楚，这种感觉更加刺人心怀，也更加叫人撕心裂肺。

"我现在在哪儿？"我问道。

于是两位老人把前情后事都一五一十地告诉了我：他们一直以船为家，而这艘船正沿河北上时（那是我归乡的方向），从水里捞出了遍体鳞伤的我的事情。

"那时你看着像是经历了一场死斗啊，孩子。"奈希说道。

"我还以为你死定了。"阿娜接道。

"我们尽了最大的努力来照顾你，"奈希说着，又赶快解释道，"当然了，倒不是说你欠我们什么，就算你这么说了，我们也不会这么想。"

"那就只能说实在是感激不尽了。"

我接着问他们："从我被发现开始，已经过去了多久？"然后他们便面面相觑，苦着一张脸耸了耸肩。"没多久。"奈希答道，"也就过了四晚。"

我努力地思考着，也就是说，那杀手——不管他到底是谁，有可能在这三天四夜里一直都在追着我。"您要是愿意带我往北去,那么我还是跟你们一起走的好。"我接着说道。

"你去北边要找什么呢?"

"我的家乡,还有我心爱的女人。"我顿了顿,生怕自己把有关守护者的事体给顺嘴说了出来——"还有我的人生。"

我希望我的回答没有什么破绽。不过,管他呢?现在只有一件事是绝对的:我得回到锡瓦去。

第六十四章

"我只是来还你的披巾的,"艾雅一醒来,比翁站在她旁边,"你可摔倒了啊。"

艾雅花了好一会儿功夫来集中精神:现在有个不请自来的男人进了自己的家门,这让她很是伤脑筋,这对任何一个足够谨慎的女性都会这样。好在,屋里的异味已经消散了,但是不知怎的,那种令人窒息的感觉却又从她的记忆中升腾而起,实在是叫人不快。

"你的邻居说你很快就会回来,"比翁接着说道,"蒙她好心提议,我才想到在你家里等你出现。"

艾雅慢慢地站起来,试验着自己能不能站稳,免得让自己不安。"我的姑姑……"她挑起了话柄。

"嗯。"比翁点了点头,表示自己知道艾雅想要说什么,"我之前一直在和奈夫鲁聊天。"

他微微笑了笑,眼神一如往常地空洞。"我把绿洲那会儿的事情都和她说了。她也没和我隐瞒什么。"

艾雅努力让自己维持一副平静样貌,以求尽可能地掩饰自己心中的焦虑之情。

到底是为什么?是什么原因让她对这个人避之不及?她自己都没法给自己一个明确的答案。因为,她心里清楚自己没什么好怕他的,但她又真的在怕。有些奇怪的感觉就在这个人的身边环绕,这点她是十分肯定的。这些东西,让她满身不自在。她不由得去想,没准他们在绿洲碰上的那些马贼已经顺着路跟她到了绿洲甚至锡瓦的人提供给他们的线索,找上门来了。

"我晕了多……"

"没多会儿。"比翁回答道,"我扶住了你,然后让你躺下喝了点水。"他指了指凳子上放着的一个杯子,"你醒得还挺早,我差点去隔壁找人来帮忙照顾你了。"

艾雅看到屋子里的东西并没有被动过。她的视线顺着杯子一路向那边的屋子延伸而去,又吸了一口气,像是要恢复五感的感觉一般。然而那股异味却还在她的意识中盘桓不去,她时刻提醒自己,不要让事态闹大,要让那人觉得自己没那么警惕才好。她这种想法听起来有点稚嫩,但是没准也是无懈可击的。

"好吧。你还没去隔壁,这倒让我挺欣慰的。毕竟我不想让自己的姑姑和奈夫鲁再为我担心了。等等,你说你和奈夫鲁说过话?"

"哦,那会儿你还没回来呢,你是去看……"比翁一副正在思考的模样,虽然在艾雅看来,他这根本就是做做样子而已,"……什么人的母亲了对吧。是你说的那个巴耶克的母亲么?"

"差不多就那个意思吧。"她谨慎地答着,一面移转脚步,想要从比翁的身旁通过。"他没理由特地提起巴耶克的,不会有的,没准他只是好奇罢了。"艾雅逼着自己保持冷静,在心里推算着种种可能的情况——这人确实是个麻烦,但是他到底是不是就是之前他们提过的杀手呢?

"我要去隔壁,看看我姑姑的情况。"

比翁也站了起来,他穿堂而过,就好像赶巧一般,把艾雅的去路堵了个严实。"你现在还不舒服吧,真觉得现在去隔壁没有什么问题么?我听那些医师说过,那些带来疾病的鬼祟可是会传染的呢。"

"我们都不会有事的,我心里有数。"艾雅一边轻描淡写地答着,一边转身从比翁的身旁走了过去,就好像她面前的,只是个没什么稀奇也没什么威胁性的陌生人。"我得去看看她是不是平安如旧。"

比翁满脸的不自在。不过要不是艾雅注意到了这一点,要说的话,他平常也一直是这副模样。"那这样的话,我还是离开的好。"

好啊,你走了才好呢。

"不不不,我不是这个意思。"艾雅紧跟着就做出了回答——如果他就是带来祸患的人呢?如果他就是那个杀手,或者说是他的手下呢?于是她转念觉得还是看紧他要来得好些。"别急着走嘛,上次你拔刀相助,替我赶跑了马贼,我还没好好谢过你呢。别客气,想待多久,就待多久。好了,我去看看我姑姑,一会儿就回来,嗯……等我回来咱们吃顿饭怎么样?我挺想听你再多讲讲你自己的事儿呢。"

艾雅这话没什么探别人底细的意思,但是比翁的脸上,却掠过了一丝奇怪的神色。"谢谢。"他也就说了这些作为回答,然后再也没声音。

艾雅一面点着头搪塞掉诸多问题,一面从荷丽忒的家里奔了出来。她跑到街上,贪婪地吸着外面的空气。积年的阳光把石头晒成了白色,那白色反射的光芒又晃得她不时眯起双眼。即便如此,她的目光还是牢牢地锁在了远处的神庙上,就好像有些什么东西牵动着她的视线一般。她满心希望巴耶克能出现在她的面前,时至现下,就算他旁边还跟着一个萨布,她也认了。她向右转身,想到奈夫鲁的家里避上一避,却在她家门口停住了脚步。如果说荷丽忒已经陷入了危险之中呢?再者说,比翁已经和奈夫鲁说过话了,如果他确实就是预想中的危险人物,那么现在想要抽身事外也已经太迟了。

"奈夫鲁。"艾雅轻轻敲了敲门,"你在里面么?"

老太太现出了身形。"你家里有客人啊。"她意味深长地应道。

艾雅轻手轻脚地把她扶回了屋里,让她们离敞开的窗户,还有诸多有心无心之人的耳目尽量远了一些。

"你和他讲过话了啊。"

奈夫鲁点了点头。"嗯……我看他倒也不像坏人。而且,你也没说自己碰见了马贼啊。"老太太话里带忧,视线仔仔细细地扫遍了艾雅身上的每一个角落,像是生怕哪里掩藏着伤口。

"他都问了些什么?"

奈夫鲁翻了个白眼说道:"他可真是好打听呢,把你还有和你有关的人的大事小情都问了一遍,像是巴耶克啦,你姑姑啦,巴耶克的父亲啦……"

"一点儿不落啊,嗯?"艾雅打断了她的话头。

"嗯,差不多吧,几乎所有的事情他都问到了。"

然后你就一五一十的告诉他了?艾雅吸了口气,努力地把心里的无力感紧紧地团在一起,强压下去。

艾雅对比翁的警惕顿时在心中蒸腾而起,就好像他就在墙后偷听一样。虽说这种想法,不过是杯弓蛇影而已。

得,这下你把不该讲的都讲了。

艾雅看过了荷丽忒的状况，便向街上走去，却不巧撞见了刚从隔壁出来的比翁，她惊得一跳，连忙像寻常女子一般，手捂在心口，挤几声带喘的轻笑，做出一副突然认出旧识的模样。

"你好啊。"比翁笑道。艾雅发觉自己越去看眼前的人，便越发觉得他只有一副空荡的躯壳。这副躯壳翘起了自己的下巴，视线从她的肩膀越过。艾雅转身看去，却只看见了奈夫鲁，她正摇着手，向屋里走去。

"想知道的东西都问出来了吗？"比翁的眼神叫人怯于直视，更可怕的是，他的脸上却还挂着一副沉着世故的笑容。

"嗯，多谢关心。"艾雅发现，先前的不安不时地从自己的脑海中向她侵袭而来，于是兜了个圈子问道："如果你不介意的话，我还想回去躺一会儿。"艾雅说着，便把手贴在脑门上，"我还是有点儿不舒服，吃饭的事儿回头再说吧。"

"也好，"比翁答道，"那这会儿我就去村子里逛一圈好了。"他往山上的方向示意了一下。"你们这儿的神殿还是挺有名的。"

话一说完，两人便分道扬镳了。

然而，艾雅刚一转头，比翁就反身跟了过来，她吃了一惊，急急退了几步。

"你没和奈夫鲁还有你姑姑说过你不舒服的事儿，我说得对不对？"

艾雅摇了摇头，心头疑窦顿生：为什么有人，而且偏偏是这比翁，想要她对此守口如瓶呢？ 过了一会儿，艾雅回到家中，却被自己的直觉驱着，又往门外看了一圈。她眼见着比翁顺着街道走远——虽说去的根本就不是神庙的方向——要说的话，他八成是往巴耶克家去了。

第六十五章

　　说实话，和奈希还有阿娜道别的时候，我心里也不好受，待在他们身边让我有一种裹在我母亲的披巾里的那种……嗯，安宁舒泰的感觉。船身会随夜里的波浪轻摆，那种律动我已经习以为常，到了白天，我感觉自己舒服些的时候，就会走上甲板，在那里坐看尼罗河上嘈杂熙攘的热闹景象。当年我还是个背井离乡，为了寻父行走天涯的懵懂孩子的时候，就被诸多河上胜景给勾去了魂儿。现在，眼前的河景还是当年勾人的河景，看风景的人，却换了一副面貌。

　　话说回来，在船上的日子里，我也算是得到了一些训练。对我来说，在这艘船上站稳就算是一个趣味与难度并存的任务了。每到河上波涛汹涌，我在湿漉漉的木板上努力稳住下盘的时候，奈希和阿娜都会给我许多建议，这些建议对我助益颇多，不过他二老意识不到。

　　天下还是没有不散的宴席，我踏上回乡旅程的时刻终究还是到了。我肯定会想念他们二老，但眼下现在要紧的，还是赶紧上路。我郑重地和他们告了别,谢过了他俩在旅途上照顾我的大恩,许下了锡瓦永远欢迎他们的诺言——如果他们真的来了,可以直接来找城镇的保护者,也就是我。

"你说了好多那位艾雅的事情,到时候可要让我们见见她呀。"阿娜说道。

"好啊!"我一面努力不让自己的担忧——对艾雅已经死在杀手剑下的担忧显露出来,一面回答道。

我一上了岸,就连忙找到本地的商队,用身上剩下的大部分钱买了一匹马,然后就踏上了横穿沙漠去往锡瓦的行程。我刚一上路,那个戴着艾雅披巾的杀手就挤满了我的念想,思绪阴郁不堪的我,在夜里也难以安生——艾雅是不是已经死在他的剑下了?

有一次,我行到一处聚落,和一位商人搭上了话。

"您在这里待得久么?"

"我在这里已经待了七年多了,一步也没离开过。"

"那么,您应该见过大多数从这里经过的人。"

"没错。"

"您有没有见过一个女孩,嗯……一个姑娘。她到这里的时候应该已经好几天没有歇过脚了。她非常漂亮,头发梳成了辫子,戴着束在带子里的披肩,嗯,还有护腕。"

"啊,我见过这样一位姑娘,她打我这儿买了些面包。"

"她有没有说自己正要往锡瓦去?"

"是的。"

这话让我整个人都安心了下来,然而,我突然又想到另一个问题,"我还有点事要问!您见过另一个往锡瓦去的人么?他……"

听完我的形容,商人作出了肯定的回答,之前确实有这样的一个人从这里经过,去往锡瓦。听罢这些话,我只觉得一股恶寒掠过了全身。于是我没再多想,赶紧翻上马背,快马加鞭向着自己的故乡飞驰而去。

第六十六章

　　比翁回到艾雅家里之后，就盘起双腿，把衣裾撩过膝头，然后坐到了地席上，他手里摇着酒杯，身边盘子里的面包已经吃了个干净，只有些残渣还留在上面。艾雅坐在他的对面，专心地观察着他的吃相。比翁养成了吃饭时低下头的习惯，而有这种习惯的人，不是久在行伍，就是长年以游牧为生。托先前接受的训练的福，她看出眼前的这个人的动作里毫无冗余，外加手上那些只有修习弓剑之人才会有的老茧，艾雅心里断定，事有蹊跷。

　　这疤脸人突然出现在自己的家里，还把她的底细给摸了个透，但是对于他自己的事情却一言未发。那么，这就很明显了，来人就是萨布口中的杀手，他到这里来，又找上了艾雅的门，根本就是为了以逸待劳，等着巴耶克回到乡里，再取他的性命。

　　艾雅盘起腿，拾起了比翁的餐盘，然后给他的杯子里续了一点儿酒。接着走到屋子的另一头，拽来一把椅子，坐得离杀手远了一点儿，然后给自己倒了一杯酒,这才发了问。

"那么,"艾雅问道,"讲讲你的故事如何?为什么你会在外流浪呢?"

在锡瓦这样的小地方,随便有哪个好传八卦的姑娘家问出这样的问题,都没什么奇怪的。毕竟奈夫鲁那种好听墙角的习惯,要传染起来也太容易了。

"不好说啊,估计是在禁卫军里待腻了吧。我打自己还年轻的时候就在亚历山大供职,那会儿干的事情主要是给那班权贵当保镖。"

艾雅听见了亚历山大城的名字,心里一振。"我的父母住在亚历山大。"她接过了话头,用喜气掩住了自己心里的隐忧,然后把话题又扯远了一点。"我到这里和姑姑住之前就在那里,不过那是很小的时候了。"

这话没准你都听过了。比翁点了点头,看来艾雅想对了,他根本就不像是听一个陌生人给他头一回讲的故事,压根儿一副已经了然于胸的模样。

"总有一天,我会回亚历山大去的。"艾雅加了一句,然后停住了话头。比翁就在那里听着,也没有追问下去。

"好吧,那是你的事儿。我呢,是这辈子都不打算再踏进那里半步了。"比翁接过了话头,"要是能把那种日子扔在身后,我高兴还来不及呢。"

"那只能说,我们实在是没什么共同点呢。"艾雅答着,心里却在纳闷:她这么说其实已经越了一条非常危险的线,可是,这杀手怎么还是一副云淡风轻的模样?

比翁点了点头:"嗯,你这么说倒也没错,不过有一点例外。"

"哦?"艾雅警惕地答道,"那这一点又是什么呢?"

艾雅对上了对面人的目光，一股不快涌上心头：之前那种感觉又再出现了。他的眼神后面简直就是一个空洞，或者说"空无一物"。

"你还记不记得，那天在水潭边，你夸我射术熟娴的事儿？还记不记得你问过我的弓看着怎么那么新？"

比翁咬了咬嘴唇："我还在军中的时候，箭法就从来没好过。我的指挥官，拉亚，总会拿这件事儿来调笑我。"

"看样子你觉得很羞耻喽？"

"成了马其顿剑兵可不是什么光彩的事情。"

艾雅有一种奇怪的感觉：她觉得比翁已经知道自己搞清楚了他的身份。两人的一字一句都如同刀锋一般，仿佛随时都会沾上真正的鲜血。虽然情态如此，她还是没有作声——如果比翁真的想拿她怎么样，那现在他应该已经下手了。

艾雅先前的猜想成真了，自己就是比翁安排的香饵。

"嗯……你说的也没错。"比翁的话头还没停，"我最近才开始好好练习射术，就当我是死要面子，不想让别人知道好了。"

"这没什么好羞耻的。"艾雅答着，心里却在纳闷比翁到底想讲什么。但是这些于她来说，他没那么值得在意。只要他的话头不停，身形不动，她就不会有性命之忧，所有从这里经过的人也会听见他的声音，知晓他的存在。

"至少我不会用这种琐碎事儿来论你的短长。那天你在水潭那里出手相助，于我可是有大恩的。"

"其实你也用不着我帮你。我看你身手也是非常了得的。你是在哪儿学来的这一身武艺？"

"是我的……"艾雅顿了顿说，"朋友巴耶克，他让我学上几手好在旅途中防身，教我的也是他。"

"那么你也可以说是善用所学了。那么，这位巴耶克现在人在何处？"

"你和奈夫鲁问了一样的问题，那么你也应该知道答案了，为什么还要问我一遍呢？"

比翁摊了摊手，像是找不到什么话来答一样，于是，他微微笑了笑。虽然没人说话，事情其实已经很清晰了：两边都在编瞎话，两边也都已经在心里把对方的瞎话拆穿了。

艾雅从比翁的脸上甚至读出了一点儿敬意，不过这实在是有点扯。这个人做抹脖子的行当，完全只是因为他有这个本事，感情感想之类的东西，根本无关紧要。如果有机会，他肯定会杀了巴耶克，然后再杀了她，甚至杀了奈夫鲁、荷丽忒还有阿赫莫丝灭口，省得留下后患。她打定主意，如果可以的话，她会和比翁侃到地老天荒，免得事情真的那样发展下去。

"这点上我们倒是真的一样，"艾雅把先前的话头又挑了起来，"你是不是要说……"

比翁点了点头。"看来你知道我想说什么了。你看见了我的弓还没怎么用过，我记得我也为此夸过你眼尖，不过这是我们的共同点。"

艾雅的视线紧紧地锁在比翁的身上，她虽然身形未动，心里却已经估摸起这里到门口的距离，还有身下凳子的重量，还有她能多快地把凳子冲着比翁扔出去，好给自己争取逃跑的时间。

"我们是不是扯远了？"

"是啊。"

艾雅吞了吞口水，绷紧了身子，她感觉到，屋里僵化的气氛终于松动了些许，于是她把心里的那一点儿希望藏在了那依旧翻腾的恐惧之下——比翁还没聊够，那么这下，如果必要的话，她真的要跟这杀手侃到地老天荒了。

"那就接着说吧，既然你一直想把话题往这里引，那就多讲点儿：你凭着自己过人的眼力，又发现了什么东西，而且还这么急着想告诉我？"

"嗯，好极了。"比翁接过话头，"那么我就说了。"他紧紧地盯着艾雅，那双墨色双瞳里的目光无比锐利，像是要把艾雅刺穿一般……

第六十七章

我拼命地骑着,现在的速度,比我以前最冒险达到的速度还快上几分。马儿受着我无休无止的催策,听着我对水、燕麦,还有它心里对马儿专有的享受的承诺——只要回到锡瓦,这一切都会有的。

夜幕从天边垂下,我们这一人一马却依旧在路上飞奔着,但马背上的我可一直是惶惶然,要是马儿脚下一个不稳,它怕是要猛打一个趔趄,然后我们一人一马就都会栽到地上。

如果事情真的成了这样能怪谁呢?怪这匹疲惫不堪、口边生沫、在一日将尽的时候拼命疾驰、遭了新主人这番虐待却依旧埋头苦奔的可怜马儿么?还是该怪她背上那被迫切的使命感和欲求逼疯的骑手呢?

我的心里是有答案的。

终于,锡瓦绿洲那映着月光的水面出现在我们的视野里。我又紧加了一鞭,逼着马儿接着加快自己的脚程,我嘴上还挂着那些许诺,然后……

我的马还是栽倒了。要么是因为疲惫，要么是因为踏错了一步，它弯下了前腿。

这下真是一语成谶——它一头向前倒去，我们一人一马，就都扑进了盖布神的怀抱。

我在那里呻吟着躺了一阵，然后翻身而起，检查自己是不是摔断了手脚或者有了什么流血的创痕。还好，我自己是毫发无伤。我的马也从一旁连忙站了起来，它低着头，幸好也没有受伤。我驱策它驱策得实在是太狠太狠，但是它还是毫无怨言地把我带到了这里。

我的马已是疲惫不堪。不过无妨，剩下的路我可以用跑的。"谢谢你，谢谢你。"我从喘息中挤出这么一句话，把行囊从马背上拽了下来，拿出了剑和弓，把它们挂在背后，便踏上了绕行绿洲的旅程。我的上方便是锡瓦的山坡，堡垒和神庙就在那里，它们好像在急切地迎接我。我一路狂奔，跑上了通往村中的小径，这时的我已然筋疲力尽，驱动我的，只有心中的决意而已。

我没时间去多想归乡之后的大事小情，现在我的心里只有艾雅。而我的身子也正直奔向她家而去。我已经是上气不接下气，四肢也沉得超乎自己的想象，但是我还是在自己熟悉的街巷间飞奔着，不过，在这种行为里带上了如此的决意和目标的事儿，这还是头一回。

接着，我终于跑到了艾雅姑姑的家门前：自从离开家乡的那一晚后，我就再也没见过这里的模样，现在我回到了这里，感觉就像时光倒流一般；然而我现在没时间去细细琢磨自己的所思所感，现在的我必须思维敏捷，必须保持明智。正和父亲一直灌输给我的思路一样：必须多加警惕，勤加思考，慎加计划才行。

我退到了对面房子的阴影里，调好了自己的呼吸，悄悄地放下了行囊，双眼注视着荷丽忒家的前院。这间房子比起我上次看见它的时候要破败了不少,这叫我吃了一惊。我检查了一下自己的剑,短刀上手,腰间发力,飞快地奔过了街道。我停在了门廊里,在那里静静听着,希望能捕捉到一些动静,否则只能面对一片寂静。不管怎样说,现在屋里确实是一点儿声音都没传出来。但是话虽这么说,这房子现在也不是久无人居的模样。门口有屏扇,窗上挂着帘子。从后面绕进去是没可能了,那么不管愿不愿意,我也只能从前门进去。我深吸了一口气,溜进屋中。

屋里一片黑洞洞,四下无声。

我环顾四周,发现了一样熟悉的东西:艾雅的红色披巾,她的护腕就放在离披巾不远的地方。

这还不算,桌上还有两个杯子。我把它们拿在手里,仔细检查:这些杯子不久前还被用过,里面还没有干透。我闻了闻,是酒的残迹。我心里琢磨着:是谁用了两个杯子,艾雅和荷丽忒?那么说,老太太已经康复了?是不是那杀手还没有到锡瓦来?还是说他已经到了这里,只是在守株待兔?再或者,是不是我问的那个商人搞错了什么?

我接着把注意力放到了卧房里——这间屋子的构造我还是很清楚的:屋里只有一处地方供人睡眠,那么艾雅应该会和她姑姑共用这里。我在那里站了片刻,心里纠结了一会儿,不知道到底该怎么做:如果窥探别人的卧房,还被抓了个现行,那可就太尴尬了。墙那边躺的可能就是艾雅——几个月来叫我魂牵梦绕,心扉痛彻的人儿啊。

我深吸一口气,从门边飞快地往卧房里瞄了一眼。

里面空无一人。

我又看了一眼,里面依旧空空如也。一种不祥的预感代替了先前的恐惧,弥漫在我的脑海里。艾雅在锡瓦,但是她又不在自己的家里——那么她到底哪儿去了?

我突然想起了些事情，于是我也没再顾什么声响，急急跑回了街上。荷丽忒的隔壁住着她的老姐妹奈夫鲁。不过谁要是大半夜叫醒她，肯定要被她呛上一通，但是现在情况如此，我就得这么做。我刚要进门，就听见里面传来的声音，声音的主人都是我认识的人：奈夫鲁，荷丽忒，还有……艾雅。

我把礼貌、规矩，甚至有关那杀手还有为父亲复仇的念想都抛到了脑后。我一听见声音，脑子里就只有艾雅了。我喊着她的名字一头冲进了奈夫鲁的家里。这么做并不礼貌，但是我也管不了那么多了，现在我只想见到艾雅。迎面而来的是比水、食物和空气更珍贵的东西——那是艾雅的视线，她从座位上站了起来，一副瞠目结舌、悲喜交加的模样——她心里的感觉正和我一样——如果要我用一个词来形容的话，那就只有喜悦了。

我听见了奈夫鲁的声音："诸神哪，这孩子，他来了。"荷丽忒也附和了她的话。但是她们的声音于我来说只能说是周边生发的噪音而已，并不能吸引我的注意力；而艾雅和我，也像航船划过的水面一样，飞快地奔到了一起。

"我好想你啊，"艾雅一面吻着我，一面说着。她把我的脸捧在手里亲了个遍，我也一样发狂般地亲了回去。奈夫鲁和荷丽忒在我们背后低声细语着，说着"年轻人的爱情"还有"不是很妙么"之类的话，就好像我们是一对小情人，或者说——满脸羞涩地互相接吻的孩子一样；看样子，在她们眼里，我们可不像一对马上要结婚的男女，而且——我才反应过来——还是差点儿生离死别的那种。

"我以为我再也见不到你了。"我一边喘着气，一边说道。

我话音刚落，艾雅脸上就又换回了那副惯常的促狭笑容："拉比亚可跟我说，我肯定能再见到你呢。"

"我真想和你说一样的话啊,"我回道,"我真的怕你已经死了。"

艾雅摇了摇头,一股奇怪的宽慰感交缠在她的字句里:"不,我好得很。你父亲呢?"

现在,我不得不把父亲的死讯跟别人说出来,一种鲜烈且刺人的痛楚由此占据了我的脑海。

"他找到我们了,艾雅,那个男人多年来根本就没有放弃追捕我们,他找到了我们,然后下了手。"

"萨布死了?!"艾雅的脸顿时变得煞白。"巴耶克,节哀顺变。"

我执起她的手,然后握住了她的肩膀。"他在这儿?"

艾雅整个人都僵住了,两手紧紧地握着拳,现在的她,已经下意识地进入了状态——一种我们在训练中学到的状态——换句话说,她已经做好了战斗的准备。"嗯。"她低声答道。

奈夫鲁突然截断了我们的话头:"巴耶克,你们说的这个人,是不是很危险?"

我一边回答,目光却依然黏在艾雅身上:"没错,危险得超乎你的想象,奈夫鲁。他一心想杀了我和我的亲眷,如果他在这儿的话,我必须立刻掌握他的行踪。"

然而,艾雅的眼睛就告诉了我需要知道的一切,基本已经没有问奈夫鲁的必要了。

"这个人长什么样?"虽然艾雅也慢慢地摇着头,老太太却还是发问了。

他之前来过这里。对屋中的众人来说,这件事儿是确凿无疑的。就好似这杀手本人现在就在这屋里一样。

最后,我只说了一个词:"伤疤。"

老太太们听见这个词,立时面白如纸。

"他之前在隔壁待过,"荷丽忒说,"他叫作比翁。"

有那么一会儿,我差点发起狂来,想要问艾雅她是否安好,或者是不是被怎么样了。虽说她现在确实好得很,至少说这副皮囊确实没被怎么样。比翁没有动她一根毫毛,他在等我,也就是他真正的猎物,自己咬上他的钩。

"他现在不在这里,那么他人呢?"

"我不清楚,"艾雅接过话头,"我不……巴耶克,我真的以为他会——"

我没有听她说话,我在思考。

血脉。

"我的母亲!"这几个字突然从我口中蹦了出来,我放开了艾雅,发现自己又是后知后觉了。为什么艾雅会在她姑姑的家里做战斗的准备呢,现在我才明白。

"诸神哪,我的母亲!"

我立刻疾步冲回了街上,艾雅紧接着追了出来。

"巴耶克,等等!"她叫道,"你不现身的话,他不会对阿赫莫丝下手的!"

"就算是这样,我们也得抓紧时间!"我一面大声回答,一面在街上飞跑。

"我知道,"艾雅答道,"他到头来并没有对我下手,就是因为你不在锡瓦。"这话听得我打了个趔趄,几乎把自己绊倒当场,艾雅抓住这个当口,追了上来。

"你自己也对付不了他啊。"

我们这一嚷,弄得四邻们纷纷从门里和窗后探出头来,想看看到底发生了什么,但是我现在没时间也没心情去让他们安静下来。甚至说,不去管反而是为他们好。"你对这个人的了解可没我的深。"我对她说道。

"话别说得太早。"

"他已经修成了……"

"射术,我知道的。我说了,我跟他说过话的。"

我吃了一惊,应该说是又吃了一惊。但是艾雅确实告诉过我了,这次她趁着我们停步的当儿又说了一次。

"我跟着你过去。"

不过也对,艾雅说的一点儿都没错,别的事情现在都无关紧要了。我和我父亲,或者说两个守护者加在一块都在比翁身上占不到什么便宜,而满锡瓦找下来,接受过和我一样艰苦的训练的人也就那么一个,那就是艾雅。我们现在连计划都没做过,但是我们俩会并肩战斗,这就够了。我突然就明白了过来:之前我还打算不带艾雅就去找那个杀手,这主意真是糟透了。

我俩肩并肩跑了好一会儿,虽然是这种时候,她脸上却露出了微笑——看来她已经明白,我总算是做出了正确的选择。

"在这儿等一会儿。"她号令了一声,然后就蹿进了自己的家里。

过了一会儿,她回到了我身边,带上了自己的剑,艾雅一面走,一面扣紧了自己的护腕,我俩穿过村庄,往高地上我家的所在走去。

我已经多年没有见过母亲了,讽刺的是,我这一回来,就把死神带到了家门口。如果我们真的已经来迟了,那估计我这辈子都没法原谅自己。我和艾雅在离我家不远的地方猛地停下了脚步。那幢房子的影子又笼罩在了我的身上,说实话,我一直觉得我家的房子有一种生人勿近的气场,原因也许很简单,这里住着我父亲。但是说了这么多,这里到头来还是我的家,还是我曾经栖身的地方。现在,事情倒已经是另外一副模样了。

我和艾雅停下脚步，面面相觑，接下来到底会发生什么，我们心里是一点儿底都没有。在我看，这幢房子已经没那么像家了，说是战场，也许还恰当一些。

这么多年来，我和艾雅一直在互相教导着对方，这种经历让我们之间养成了一种默契。现在它就派上了用场。我没有作声，打了个手势，指示艾雅迂回到我家的后面，一面带着自己鼓动的心脏，一步一步地向前门走去。

说起我家的门，如果要比结实，那可以说是打遍全村无敌手的。我试探着推了推门，记忆里涌出它在我年少时的种种蹂躏下发出的刺耳噪鸣。然而，即便是现在的我，也拿这道门没什么办法。现在每分每秒都是关键。如果比翁就在这里，他可没理由到处乱逛，所以说我必须进到屋里去，而且现在就得进去。

我现在是不是在毫无准备地进行突击，就像我父亲一直警告我不要去做的那样呢？也许吧，不过这次我不是一个人，这次我有艾雅在我身边。

第六十八章

  我得承认,我心里还有那么一丝侥幸,希望我能和在荷丽忒家的时候一样,闯进一幢空无一人的房子;虽然我确实想直面那个杀手,还想阻止他,但是比起这个,母亲的平安在我心里的分量还是要重上太多。

  我家的老屋和我回忆中的模样并无二致,时光丝毫没有改变它的模样。我想看到什么,我自己不清楚,也无关紧要,迎上来的视线的主人,或者说,之前的骑手、弓手、剑士,夺去我父亲生命,现在又把杀掉我作为自己使命的人——就是比翁。

  然而,我眼前的凶徒,和我记忆中的模样可说是大相径庭。那时的他满身是血,遍体鳞伤,虽然如此,他还是用手中的剑刺穿了父亲的身体,在我心里烙下了一副豪强印象。

  然而,现在我眼前的这个人,和那时的杀手真是天壤之别。

  比翁正坐在凳子上,眼神注视着分开的两膝。至少,一开始的时候，我觉得他只是在这么做，直到我看见了他手中金属闪耀的银光。那是一柄剑，不，是一柄匕首。他的长剑还挂在腰带上，虽然我已经拔剑在手，但我依然十分担心母亲，没有贸然冲上前去抢占先机。我在屋里环顾了一圈，想要确定母亲确实就不在那里。

比翁注意到了我的存在——很难注意到，因为整个屋子里除了我和他，并没有任何人，屋中空旷如此，以至于任何的噪音都会像花瓶落地的声音一样清晰。然而就算是这样，他的姿势也没有多少改变，就好像根本不知道我进到了屋里一样。这屋里只有一个杀手，一把凳子，还有我心中升腾的一股复仇怒焰。我明白，我现在身在此处，只为了一件事——弥补当初我在尼罗河畔犯下的错误。

这时，杀手终于抬起了视线，和我四目相对。

"你好啊，守护者。"他悄声说道。

他的问候好像一道谶语，接下来事态会是何种走向，于我已经是个定数。

我心里也明白，开战的时刻到了。

我疾步上前，只消两步就穿屋而过，手中剑挥出了一个刁钻的弧度。我盘算着用这一击进攻他毫无防备的左胁，不过这一击看来在他的意料之中，剑锋未到，他却已经神色大变，站稳用几近非人的速度拔剑在手，接下了这一击。

我向后退了一步，重新摆好了自己的架势，对面的杀手也做了同样的动作，两边就此对峙起来。

父亲，我希望你和图塔现在正跟诸神一道，在天上注视着我：我在这里所做的一切，都是为了你，为了守护者的血脉，为了我的家庭。如果我真的因此付出了生命，那么我至少死在了这里，死在了自己的家中，死在了保护所爱之人的战斗里，而我，只想让你知晓这一切。

母亲。我的思绪游移到了她的身上，而艾雅却像是应着我的念想一般，从比翁身后的门廊里现出了身形。冲这里喊了起来：

"她现在安全无恙，巴耶克，她还活着。"艾雅的眼里，闪着宽慰的泪光。

教团派来的杀手从我身上移开了视线，朝艾雅看了过去，也不知是我的想象，还是他落在艾雅身上的目光的确温柔了许多，温柔中带着一丝怜悯？不知怎的，现在我又从他身上感觉到了一些前所未有的东西，他看上去还是先前那副没血没泪的模样，不过现在倒是有了些微的不同。

艾雅也拔剑在手，比翁转身准备迎接她的攻击，却发现他的步法有些不大灵活。是因为我在尼罗河边给他留下的那一道伤痕么？我们现在面对的这个杀手，是不是已经发挥不出那天展现的实力了呢？

我对上了艾雅的视线，然后拍了拍自己的身侧，她也立时明白了我要表达的意思。

比翁看见了我们的动作，他也明白了我想表达什么。于是他把拿着匕首的手放到胁部，除去了自己的破绽。这边艾雅也动起身形，从刺斜里向比翁视野的死角包抄过来。她冲我微微点了点头，接着我们俩便同时冲到杀手的跟前，发起了进攻。

我们的剑又格在了一起，战斗再次打响了。

我们没有把力气浪费在跟比翁讲话或者是挑衅他上面，直觉告诉我们，这样做了也是徒劳。于是我们没多废话，直接扑了上去。默契里打定主意，轮流进攻，就像一条两头蛇，叫他应接不暇，耗得精疲力尽，露出破绽，然后再一发制敌。

但是我们的对手也是个身手敏捷经验老到的主。他的剑锋在对抗中划开了我的肩头，温热的血瞬时从我的胳膊上流泻而下，不过幸好没什么痛感,至少现在还没有。然后我也立刻还以颜色,在上次也就是河边那一战留下的伤痕上面,用短刀又给他多添了一道。杀手吃痛,抽身向后,却正迎上艾雅朝他大腿砍来的一剑。更多的血就这么顺着他的腿流下,滴在了他身下的石头上。我发现,每次他改换姿态的时候,脚下也会微微偏转,同时检查自己握剑的状况。可以说,作为一名武人,这杀手真的是非常优秀。

话虽这么说,我们倒也不觉得自己比他差到哪儿去。这还不算,现在的局面是二对一,而且,虽然他的剑势刚猛如前,然而,至少在我的感觉上,格下他的剑招对我已经不是难比登天的事情了。

"你变强了。"一阵缠斗过后,比翁先开了口。

"我要为父亲报仇,所以我会全心全意地战斗。"

然而就在这时,事态出现了变化。我的母亲从通往她房间的走廊里现出了身形,我只见她见状倒吸了一口凉气。她这么自顾自地暴露了自己的存在,我却什么都没法做,只能在心里暗叫不好,毕竟……谁能想到她会这么做呢?

"我给你补一条吧,你还要为自己的信条复仇对不对啊,守护者?"杀手冷漠地接过了话头,现在的他和之前判若两人。

"没错。"

我们的剑锋再次交错,铿锵之声不绝于耳,屋中好像进行着一场一成不变且无休无止的舞蹈,袍上浸透鲜血,地面一片红滑。

"那好,假设你做到了,你给你的父亲报了仇,那然后呢?"杀手抽空抛出了一个问题。虽然他还散发着冷酷无情的气息,但是在这气场中,我发现了一丝疲惫。"还会有更多的杀戮等待着你,直到有一天你会和现在的我一样,身心疲惫,满目疮痍;总有一天,你的形容甚至会让你自己心生厌恶。其他的人都是这样,至少他们是这么告诉我的。"

"但是我们不一样,你只是为了杀人而杀人,"我回答道,"而我所做的一切,都是为了埃及更美好的明天。"

我觉得自己这番话说得光明正大,而且毫无破绽。

杀手的笑容突然扭曲了,他的脸上挂上了一副讥消的神色。"维序者也好,你们守护者也好,果然脑子都不对头。你们都觉得,自己的所作所为是为了'埃及更美好的明天',你们都觉得自己的道路才是正道。而在你们想尽办法证明自己是正义的道路上,除了尸体,就只有堆积如山的尸体。"

"那好啊,既然你这么想,就放下武器好了。你只是个拿钱办事的杀手,所以我保证会给你个痛快。"

铿锵之声又在屋中激荡而起,我们都使出了浑身解数,想要抓住对方的破绽。艾雅也发起了进攻,在杀手身上飞快地留下了两道创痕,她吸引了杀手的注意力,又在千钧一发之间躲过了一击。我疾步上前,回到了战圈中。僵持的局面就这么持续着。

"守护者啊,我只能说,这种事情在我这里门都没有。"比翁说道。

"你必须截断我们的血脉,是吧?"

比翁点了点头。"所以这屋里的人一个都不能留。"

"艾雅不算。"

"她算的。"

"为什么?她和我们并没有血缘关系。"

比翁看了看艾雅,又开了口,这次是对她说的。

"你不知道么?"

艾雅的目光在我身上游移着,我感觉到了她的不安。

他这话是什么意思呢?一股不安从这个念头里生发出来,在我的腹中盘桓着。

别分心,不然就中了他的下怀了。屋里的战斗停下了一阵,我们三个互相对峙着。我的视线从杀手的肩头越过,看见了还在走廊里的母亲,但还是我定了定神,没有为这件事分心。

"你知道他说的是什么意思吗?"我一边向艾雅发问,一面死死盯着比翁,手中的剑也伺机待发。

"别让他把你带跑了,眼前的事要紧。"她已经恢复了镇定,看穿了杀手的战术。

"不会的。"

"没什么好遮掩的,只不过,现在不是说的时候。"她做出了保证,"巴耶克,我没有什么好瞒着你的事情。"

"她可怀着你的孩子呢,守护者。"比翁一面说着,一面向我扑了过来。

问题在于,他的话确实起效了。我像是被猛揍了一拳,整个人愣住了一下。艾雅见状,发出了一声惊呼;话虽如此,我还是挡下了杀手的攻击,这下他预想中的先机就彻底灰飞烟灭了。接着,我们三个又回到了先前的态势中。我心知自己已经占了上风,不由得笑了笑。这杀手居然真的以为,我会因为知道艾雅怀了我的骨肉而丧失斗志?或者说,他真的以为我会因此破绽百出?

他确实是机关算尽,到头只换来了一场空。嗯,说偷鸡不成蚀把米要好得多。现在的我感觉自己力量充沛,自信满满,而且满怀希望,希望着这杀手说的是实话,不过也没差,就算这些也是他拿来算计我的空话,我迟早也要让它成真。现在的我,是为了比守护者和我父亲更重要的东西在战斗。

我扑向眼前的杀手,比之前更有力了,艾雅也扑了过来。

之前,我只能在河里看着岸上的父亲,眼睁睁地看着他走投无路,败于人手的模样,而现在,我眼前的比翁也成了这样一副样子。现在的他脸色煞白,满脸是是汗,格挡乏力,步法凌乱;他满以为自己戳到了别人的软肋,结果却反而为自己的敌人平添了几分力量。到头来,他机关算尽,却反害了自己。

但是他毕竟还是一名士兵,一位战士,一个任务在身的杀手。这种人的字典里可从来没有"失败"二字,这也是他们如此危险的缘由。

正和我想的一样,这杀手走出了自己的下一步棋:趁艾雅放松了警惕,比翁虚晃了一招,把她扑倒在地,然后一把将她抓到了自己身边。

比翁又把局面整个逆转了过来,现在艾雅反而成了他的人质。他把短刀架上了艾雅的咽喉,现在,主动权到了他的手里。

第六十九章

"不!"我僵在那里,只听得这样一个声音,却发现它出自我的喉咙。艾雅的下巴被抬了起来,而那把短刀,就斜在她的颈背上。

艾雅却也没闲着,她正一点点拨弄着她的剑。我立刻就明白了她想干什么,一股恶寒跟着便顺着我的脊梁节节而下:如果她真的让剑以正确的角度把他们两个都捅穿了,那么艾雅还有可能活得下来;但是,也只是有可能而已。

比翁的视线越过艾雅的肩头,直直地朝我射过来,现在,这道视线里不再空无一物,它反而被冷漠、残酷,还有无边的痛感和苦楚给占据了。不论是他自己的,还是别人的,都算在内。而艾雅的眼神里满是爱与决意,那么,就算她并不想那么做,她也肯定会跟这杀手拼命,这是不消多想的事情。

比翁收紧了胳臂,想要用短刀割开艾雅的喉咙。艾雅的剑已经被弄到了更远的地方,那索命的锋刃也已经蓄势待发。我想要拿起自己的短刀，虽然我心知这样也是徒劳，然而……

比翁的眼神突然就涣散了下来，嘴巴大张着，握剑的手也失去了力道。那柄剑立刻吭啷一声落在了石头上。我连忙冲上前去，把艾雅从垮成一团的杀手那里拉了起来，她大口喘着气，回过头去看着比翁——他的背上钉着一柄短刀，而我的母亲就站在他的后面，她举起的胳膊还没有放下。

"就和我的丈夫说，是我把你送过去的！"阿赫莫丝一面说着，一面满腔仇恨地看着比翁，他浑身失了力道，一下子跪在了地上，然后倒向一边，最终整个人垮在了石头上。我眼见他挤出一声长叹，心知这杀手终于是离死不远了。

屋中的气氛立刻就平静了下来，而危险的气息好像也已经消散了。我的母亲倒还是一副怒火炽盛的模样。这让我想起了她那晚杀掉门纳的喽啰保护家人的情景。一时间，所有人都没法相信战斗已经结束，但是，这也已经是确凿的事实了：我们的敌人已经一败涂地，而他现在就躺在我们的脚下，好像要说些什么。我看到了他眼中哀求的目光，于是拿起了匕首，准备走去他的跟前。

"小心点，巴耶克。"艾雅在我身后警告道，我点了点头，小心翼翼地接近了比翁，然后跪在了那里。艾雅也跟了过来，我们就一起跪坐在那里，看着杀手慢慢地死去。我从他的眼睛里读出了认命，甚至也许还有一种万事皆休的快慰，或是一种奇怪的好奇心，就好像他在琢磨接下来事态的发展一样。不过，看样子，在他离开这个世界之前，还有一些话要跟我说，他动了动手指，要我凑近一些。我虽然照办了，手中的刀却还是没有放开。要说他现在已经放弃了，我还是不相信的。

"恭喜啊，守护者。"他喘息着说道。

"还会有杀手来吗？"

血从比翁的口中不受控制地涌了出来，对现在的他来说，每说一个字，都是莫大的煎熬："我的雇主名叫拉亚，他人就在亚历山大，他一直利用狩猎守护者的行动，利用我来提升自己在教团里的地位。只有他知道我的存在；还有，第一批向教团透露你们组织计划的卷轴是被拉亚的上级发现的，而他也因此被拉亚杀掉了。现在我告诉了你们这些情报，你们大可以任意处置。"

"他知道我在哪里吗？"

比翁的双眼看向了跪坐在我旁边的艾雅，然后又回到了我的身上，他张开了嘴，我本以为他是要为他之前造成的种种悲剧向我们道歉，然后才想起，这是不可能的。这杀手的天性如此，杀戮便是流淌在他血液中的一切。如果他的杀戮走到了尽头，那么等待他的就只有死亡，然后把缠在他身上不放的诸多阴魂冤鬼，一并带向那个世界。

而他也确实这么做了。比翁，这个阴魂一般追捕我们多年的杀手，终于闭上了眼睛，吐出了最后一口气，让永恒的安宁降临在了他的身上。

我从比翁的尸体旁边站了起来，心知我不单是作为锡瓦的保护人，而且是作为一个守护者完成了自己的第一个任务。

尾　声

　　我暂且抛下了之前自己的所言还有诸多承诺，花了几个月来到了亚历山大，来到了拉亚——这个名字是他派来取我，我的母亲，还有我的妻子和她腹中的孩子的性命的杀手临死之前告诉我的——的家门外。

　　艾雅和我在那件事之后就结了婚，而我们的孩子也已经出生了。艾雅生下了一个漂亮的男孩，我们把他取名叫作卡慕。奈夫鲁乐得不行，她早就猜到了艾雅有喜，比我们所有人都早。她把先前艾雅的晕眩感和对医生开出的药草味的反应和这个扯到了一起。但她很后悔自己没有先告诉艾雅，而是先把这件事儿传遍了半个锡瓦，还传进了杀手的耳朵里。自从卡慕出生，我们的日子便一直被喜乐围绕：他总会伸出手来使劲够我们的脸庞。这种行为散发着一种无条件而且简单明快的爱。他还会摸着我的鼻子，把我拽到自己跟前，又是亲又是搂。这时我总会看着自己的儿子，心里想着当年的父亲是不是也做过同样的事情。我知道他一直在注视着我，想要从世界的诸般丑恶手中保护我，这只是冰山一角，我明白的事情，还是要比这多得多。

而现在，我也在锡瓦开始了自己的新生活：现在我成了城镇的保护者。不过我也明白，艾雅还是没有放弃有朝一日回到亚历山大的梦想。但是三星期前我动身往亚历山大去的时候，她却没有跟我同行的打算。不过下次，我肯定是为了艾雅跟他一起到这里来，她一直想着面见自己的父母，把我和卡慕介绍给他们认识。我觉得，我对这件事的期待已经在日渐增长了。

找到拉亚的住所，花了我好一会儿。我猫在他的房子对面的灌木丛里观察着：这人的房子可真是奢华极尽，家具周全。我伏在灌木丛里，静静等待着，我知道，一旦他出现在我的视野里，那么剩下的就只有一个选择了：要么让他丧命当场，要么下半辈子过着要时不时回头张望，整天担惊受怕，心里还要想着他会不会再派杀手来取我们一家性命的日子。

嗯……所以说，这也谈不上是什么选择，毕竟最优解只有一个。

我在灌木丛里潜伏了好几个小时，终于等到他了。正和我想的一样，他的穿着十分时髦，身后还跟着几个女人。其中一个我猜是他的老婆，另外两个应该是他的女儿。

她们三个的年纪看着都和艾雅和我多年前离乡的时候差不多。我看着他们四个走到了房子跟前，一边揣测着这一家人的状况，一边等待着出手的时机。夜幕很快就会降临，而黑暗将掩蔽我的行踪，没人会知道这里发生了什么，直到又一个黎明将一切大白于天下。

我已经做出了我的抉择。

我的家人，和整个埃及，从此都会安泰无虞。